KB201992

판타스틱——북월드

일러두기

* 이 책은 교유서가 창립 10주년을 기념하여 기획하였다.
* 필진은 모두 (주)교유당의 출판브랜드인 교유서가, 싱긋, 꼬마싱긋, 아템포에서
  책을 냈거나 낼 예정인 저역자로, '책'이라는 키워드로 원고를 청탁하였다.
* 글의 순서에 의미를 두지 않았다.

북월드 판타스틱

강건모 강명효 강창래
고영직 고원효 곽경훈
권성우 권성욱 김경민
김경집 김도연 김영문
김풍기 김효정 노승현
류동현 박준영 박지혜
박찬휘 서미석 송기호
오경철 오동진 유성호
유이월 윤성훈 윤혜준
이라영 이상엽 이   홍
장석주 장은수 정영목
조한욱 주순진 한성윤
현택훈 홍정인 황규관

교유서가

차례

1부

2부

3부

1부

큰 바위 얼굴

김도연(소설가)

어린 시절 대관령 산골의 우리집엔 책이라고는 형과 누나들 그리고 나의 교과서밖에 없었다. 그게 이상하지도 않았다. 초등학교 저학년인 나는 교과서가 금방 시시해졌다. 당연하게도 나는 형과 누나들이 학교에 가져가지 않은 교과서들을 뒤적거리기 시작했는데 그중 가장 재미있었던 책은 『사회과 부도社會科 附圖』였다. 아직 대관령도 넘어보지 않았고 집에서 이십 리 밖에 있는 오일장에 엄마를 따라 두어 번 가본 게 전부인 내게 『사회과 부도』 속의 지도는 신천지나 다름없었다.

그 안에서 나는 내가 살고 있는 곳을 먼저 찾았고 이웃 도시들로 여행을 떠나기 시작했다. 바다를 보았고 남쪽의 무수한 섬의 이름을 소리 내 읽었다. 깊은 밤 아버지가 켜놓은 라디오에서 들었던 추자도를 발견했을 땐 거의 고함까지 내질렀을 정도였다. 추자도는 제주도와 완도 사이에 자리하고 있는데 어업 전진기지여서 먼바다의 일기예보가 나올 때면 빠지지 않는 섬이다. 울릉도와 독도 역시 마찬가지였다. 텔레비전조차 없는 산골 마을에서 그 책은 오늘날의 인터넷이나 마찬가지였다. 언제부터인가 나는 용기를 내어 마침내 북한 땅까지 여행하기 시작했다. 동해안을 따라 천천히 북상하며 단어들을 중얼거렸다. 원산, 함흥, 청진, 아오지, 두만강, 백두산, 압록강……. 집에 텔레비전이 처음 들어올 때까지 『사회과 부도』는 내게 있어 어쩌면 한 권으로 묶은 한국문학전집이었다는 생각을 훗날 소설가가 되어서야 비로소 인정할 수 있었다.

초등학교 고학년이 되었지만 여전히 우리집에는 세계문학은 고사하고 한국문학 책조차 없었다. 내가 읽은 문학은 교과서에 들어 있는 게 전부였다. 사실 당시엔 소설책이란 게 있다는 것조차 몰랐다. 그러던 어느 날 표지와 앞부분, 뒷부분이 뜯겨나간 낯선 책 한 권이 집 안에 굴러다니는 걸 발견했다. 거기에 수록된 단편 소설이 바로 너새니얼 호손의 「큰 바위 얼굴」이었다. 책 상태가 좋지 않아 그땐 작가의 이름조차 알 수 없었는데 그 소설은 단박에 내 마음을 사로잡아버렸다. 나는 『사회과 부도』를 방바닥에 내던지고 그 소설을 읽고 또 읽었다.

시골 마을의 산에 사람의 얼굴을 닮은 바위가 있다. (내가 사는 대관령에도 장군바위가 있었다.) 마을 사람들은 언젠가 그 바위를 닮은 훌륭한 사람이 나타날 거라 믿는다. (우리 동네 사람들도 장군바위 근처에 묘를 쓰면 후손 중에서 장군이 나온다고 믿었다. 실제로 우리 고조할아버지 묘는 장군바위 근처에 있다.) 소설 속의 소년, 어니스트는 언젠가 그 사람을 만나게 될 것을 기대하며 살아간다. 세월이 흘러 스스로 큰 바위 얼굴을 자처하는 부자, 장군, 정치가, 시인이 마을에 나타나자 사람들은 환호했고 그때마다 어니스트도 달려갔다. 하지만 부자는 수전노였고 장군은 전쟁광이었으며 정치가는 권력욕에 찌들어 있었다. 시인은 시를 쓰며 살아오면서 신념을 지키지 못하고 현실과 타협해왔음을 자기 입으로 시인하며 큰 바위 얼굴이 아니라고 고백한다. (대관령에도 달리기를 하듯 부자, 장군, 정치가, 시인이 앞을 다투며 지나갔다.) 목수 일을 하던 어니스트는 노년에 이르러 일을 자식들에게 물려주고 마을의 설교자가 되었다. 그러던 어느 날 친구가 된 시인이 어니스트의 설교를 듣다가 그가 바로 큰 바위 얼굴임을 깨닫고 사람들에게 소리친다. "보세요! 어니스트 씨야말로 저 바위랑 닮지 않았습니까?" 하지만 어니스트는 고개를 가로저으며 언젠가는 큰 바위 얼굴과 닮은 사람이 나타날 거라고 나직하게 말하곤 자리에서 내려온다. 소설은 이렇게 끝을 맺었지만 어린 나는 그 뒤에도 쉽게 흥분을 가라앉힐 수 없었다.

소설을 읽은 다음 날부터, 없던 버릇이 생겼다. 평소에는 거들떠보지도 않던, 마을의 북쪽에 있는 장군바위 산을 자주 바라보는 버릇이 그것이다. 내게 없던 표정도 새로 생겨났다. 소설 속의 어니스트처럼 인자한 표정을 연습하느라 신경을 써야 했다. 학교에 가면 으레 작성하는 장래 희망도 수정했다. 고민이 없지는 않았지만 대통령, 장군, 부자를 과감하게 지워버렸다. 그것만이 아니었다. 부모님과 마을 어른들을 예전보다 좀더 세심하게 살피게 되었다. 그러다보니 한동안 나는 애어른의 삶을 사느라 다소 곤욕을 치른 것 같다. 큰 바위 얼굴이 되는 것은 소설 속에서도 그렇지만 소설 밖에서도 결코 쉽지 않은 일이었다. 하지만 내가 태어나 처음 읽은 소설 한 편은 세월이 흐르는 동안, 대관령을 떠나 소설가로 살아가는 지금도 가끔 기억 속에서 툭 튀어나와 내 마음을 물끄러미 들여다보다가 사라지기를 반복했다.

내가 태어난 집이 뒷마당에 그대로 있는 대관령에는 부모님이 살고 계신다. 내가 태어나기 전에도 부모님은 농사를 지었고 아직도 농사일을 하고 있다. 어린 시절 나는 초등학교에 다니면서부터 부모님의 직업이 농부라는 게 싫었다. 학교에 갔다 오면 작은 손이지만 바쁜 농사일을 거들어야 했기 때문이다. 놀고 싶었다. 부모님이 농부가 아닌 아이들을 부러워했다. 가정통신란에 부모님의 직업을 농부라고 쓰는 게 부끄러웠다. 학력 역시 무학(無學)이라 쓰는 게 창피해서 고심 끝에 한학(漢學)이라고 고쳐 썼다. 중학생이 되어서도 같은 마음이었다. 내가 거들어야 할 농사일이 더 많아졌다. 어떻게든 집을 떠나고 싶은 마음에 먼 곳에 있는 고등학교를 선택했다. 하지만 여름방학이 되면 집에 와서 일을 해야 했다. 대학생일 때도 비슷했다. 덩치가 커지고 힘이 세졌기에 당연히 내가 할 일은 줄어들지 않았다. 부모님은 지금까지 다른 직업을 한 번도 엿보지 않았다. 밭에 거름과 농약을 뿌리고, 소나 경운기로 밭을 갈아 고랑과 이랑을 만들었다. 거기에 감자, 옥수수, 당귀, 콩, 무, 배추, 당근, 양파를 매년 거르지 않고 심고 가꾸고 추수했다. 그 돈으로 자식들을 길렀으니 나의 투정은 사실 욕을 몇 바가지로 얻어먹어도 할 말이 없었다. 이런 말을 꺼낸다는 것 자체가 불손한 짓이었다. 그럼에도 나는 목장갑을 끼고 쇠스랑을 든 채 밭고랑에서 틈만 나면 툴툴거리곤 했으니…….

부모님, 특히 아버지의 농사 철학은 안정적인 농사를 짓는 것이었다. 아버지는 다른 일부 농부들처럼 무모한 투자와 한탕주의 도박의 성격이 강한 농사를 절대 선택하지 않았다. 하지만 어린 내가 보기엔 그게 마음에 들지 않았다. 고랭지 채소는 한번 제대로 맞아떨어지면 엄청난 돈을 벌어들일 수 있는 작물이었다. 물론 그 반대 상황이 벌어질 수도 있었다. 어떤 농부들은 농협에 빚을 내서라도, 남의 땅을 빌려서라도 농사를 지었지만 아버지는 그러지 않았다. 젊은 나는 그게 좀 답답했던 것 같다. 다르게 말한다면, 아버지는 지금껏 농사를 지어 큰돈을 벌지 못했다. 폭삭 망하지도 않았다. 땅을 더 늘릴 욕심도 없었다. 그러나 가족들이 밥을 굶는 일은 일어나지 않았다. 아버지와 함께 씨앗을 뿌리고 김을 매고 콩을 터는 어머니도 같은 철학이었다. 그렇게 두 분은 농사를 지으며 밭고랑 위에서 살아오셨다. 지금은 연로해서 큰 밭은 남에게 빌려주고 집 주변의 자그마한 밭만 일구고 있지만 그렇다고 해서 하루라도 손에서 농기구를 놓는 날이 없으시다. 이제 쉬어도 되는데…… 등이 굽을 대로 굽었는데……. 그래서 나는 저 옛날의 『사회과 부도』와 「큰 바위 얼굴」을 기억 속에서 다시 소환하게 되었다.

소설가로서 나는 지금까지 내 인생의 책을 찾거나, 그런 이야기를 쓰고 싶은 욕망에서 벗어나지 못하는 삶을 살아왔다. 어린 시절 집에 있는 세계문학 전집이나 한국문학 전집을 읽으며 문학 공부를 했다는 다른 작가들의 이야기를 들었을 땐 내 자신이 초라하게 느껴졌다. 기본적인 준비도 없이 문학 판에 덜컥 뛰어든 건 아닌가 하는 불안감마저 뒤늦게 몰려왔다. 그러나…… 그렇다고 하더라도 누군가를, 무언가를 원망할 수는 없었다. 원망해서도 안 되는 일이었다. 그래서 그동안 살아온 날들을 뒤적거려 나만의 세계문학 전집과 한국문학 전집을 찾아 나섰는데 운이 좋게도 두 권 외에 한 권의 책을 더 추가할 수 있었다. 그 책은 어느 날 위성 지도로 대관령 고향집을 들여다보다가 발견했다. 그 옛날 『사회과 부도』의 지도를 가지고선 결코 찾아낼 수 없는 책이었다.

위성 지도는 고향집 뒤편 부모님의 밭 사진을 선명하게 보여주고 있었다. 아직 파종하기 전인 가지런한 밭고랑은 누가 보아도 거대한 원고지였다. 그러니까 부모님은 그 원고지 위에 매년 새로운 이야기를 심고 가꾸셨던 것이다. 거의 평생 동안. 나는 그 책을 읽으면서 문학 공부를 했고 지금도 계속하고 있다는 걸 깨닫자 비로소 눈시울이 뜨거워졌다. 당신들이 바로 나의 큰 바위 얼굴이었다.

김도연_저서 『강릉 바다』 출간

외로울 때면 책을 읽었다

고영직(문학평론가)

생각해보면, 나는 외로울 때면 책을 읽었다. "책 속에 길이 있다"라는 경구를 신앙처럼 믿어서 그런 것은 절대 아니었다. 진짜 외로워서 그랬다. 십대 시절 밥상에서 밥을 같이 먹는 식구(食口)들이 하나둘씩 떠나면서부터 나의 외로운 책 읽기가 시작되었다.

초등학교 2학년 겨울방학 때인가, 아버지가 돌아가셨다. 술꾼이었던 아버지는 식구들에게는 무뚝뚝했지만, 펜글씨와 붓글씨를 곧잘 썼고, 특히 모르는 한자가 없을 정도로 아는 게 많아 동네에서는 식자(識者)로 통했다. 아버지가 집에 계실 때면 동네 사람들이 찾아와 누군가에게 보내는 중요한 서류나 편지 따위를 대신 써달라고 부탁하던 장면이 지금도 어렴풋하게 생각난다. 그러면 아버지는 펜글씨로 한문투성이의 서류 따위를 세로쓰기로 썼다.

하지만 아버지는 동네 사람들에게는 한없이 다정했지만, 우리 식구에게는 너무나 무심했다. 어머니 혼자 1,200평 남짓한 논 한 배미와 약간의 밭에서 농사지어서는 자녀만 4남 1녀인 우리 식구가 끼니를 제대로 먹을 수 없었다. 아직 보리 이삭이 패기 전인 보릿고개 철이 되면 쌀 구경은 좀처럼 어려웠고, 아침에도 저녁에도 온통 수제비였다. 그때 수제비에 물린 탓일까. 나는 지금도 수제비를 썩 즐겨 먹지 않는다. 하지만 아버지는 식구들의 그런 사정을 아는지 모르는지 동네 술친구들과 어울려 다니며 술집과 노름판을 기웃거렸다.

시간이 약이 된 걸까. 반세기 가까운 세월이 흐른 지금, 아버지에 대한 애증 따위의 감정은 별로 남아 있지 않다. 하지만, 아버지가 비록 술꾼이었지만 돌아가시자 가세가 급속히 기울기 시작했다. 열여덟 살인 큰형은 대전 정림동인가로 석공(石工) 일을 배우러 떠났고, 중학생이던 작은형은 학교 공부를 작파하고 도회지로 훌쩍 떠났다. 이제 밥상머리에 앉은 식구는 어머니, 셋째 형, 나 그리고 여동생이 전부였다. 단출해졌다.

나는 외로웠다. 무슨 일에든 눈치보고 주저하는 순간이 많으며 주변머리가 없던 나는 점점 소심하고 내성적인 아이로 자랐다. 늘 허기가 몰려왔다. 하지만 그 허기는 음식을 향한 것만은 아니었다. 무엇인가를 갈망하는 허기였다. 지금 있는 이곳을 떠나 어딘가로 '탈출'하고 싶다는 욕망이었을까. 고등학교 2학년에 가출 비슷한 행동을 결행했을 때, 가방 속에 최서해의 『탈출기』라는 소설

책을 갖고 간 것은 순전히 내 오래된 무의식 때문이었으리라. 작품 속 이야기는 내가 생각하는 탈출과는 전혀 무관한 내용이었는데도 말이다.

여하튼 어린 시절 멋진 탈출 같은 시도는 모두 막혀 있었다. 오히려 잔병치레가 유독 많았던 터라 학교에 가지 않고 답답한 집구석에 꼼짝없이 갇혀 지낸 시간이 더 많았다. 아버지 장례식을 치르고 나서 맞은 4월, 나는 홍역을 된통 앓았다. 하릴없이 집에서 우리집 처마 밑에 자리한 제비 둥지를 관찰하는 게 일과였다. 하지만 그 짓도 하루이틀이었다. 너무나 싫증나고 답답해서 집에 있는 종이 쪼가리라도 눈에 띄면 닥치는 대로 읽었다. 신학기여서 학교에서 나눠준 교과서를 모조리 읽은 것도 그때였다. 심지어 산수책마저 뜻도 모른 채 손에 침을 묻혀 책장을 넘기며 열독했다.

그 무렵 내 생애 최초의 '이야기'를 접했다. 정확한 제목은 가물가물하지만, 국어 교과서에 실린 「키다리 아저씨의 정원」이라는 이야기를 읽고 뭔가 뭉클한 감정을 느꼈다. 세상에서 가장 멋진 정원을 가진 키다리 아저씨가 있었는데, 어느 날 동네 아이들이 노는 모습을 보고 "나가 놀아!"라며 모조리 쫓아냈다. 그런데 그날부터 오래도록 추운 겨울이 계속 이어졌고, 한참의 시간이 흐른 후 자신의 정원에서 노는 꼬마를 보며 무슨 생각이 들었는지 온화한 낯빛과 다정한 말로 "다른 아이들도 데리고 와서 놀아라"라고 하자 그날부터 키다리 아저씨의 정원에도 '봄'이 왔다는 우화였다.

나는 이 이야기를 접하고, 「혹부리 영감」 같은 한국 전래 동화를 읽을 때와는 사뭇 다른 감동을 받았다. 이야기의 힘과 독특한 매력을 느꼈다고 해야 할까. 그리고 나도 이런 멋진 '글'을 쓰는 사람이 되고 싶다는 욕망을 처음으로 품었다. 그 무렵부터 나의 외로운 책 읽기가 시작되었다. 이웃 마을 목사님 딸인 같은 반 친구가 갖고 있는 계몽사 『소년소녀세계위인전집』을 한 권씩 빌려다 닥치는 대로 읽었다. 스무 해 전에 작고한 어머니는 한 번도 "공부 좀 해라"라는 잔소리를 하지 않았다. 오히려 밤에도 책 읽기에 몰두하는 나를 대견해하며 내 곁에서 밤늦도록 바느질하며 나와 두런두런 이야기를 나누었다. 5학년 때인가, 셋째 형이 사과 궤짝으로 얼기설기 작은 책상을 만들어주었다. 내 인생 첫 책상이었다. 궤짝 책상 위에 책을 펴놓고 읽노라면 시간 가는 줄 몰랐다.

훗날 내 인생 최초의 이야기로 기억되는 「키다리 아저씨의 정원」이 19세기 아일랜드 작가 오스카 와일드가 쓴 「거인의 정원」이었다는 사실을 알게 된 것은 대학교 국문과에 진학해서였다. 그리고 '거인의 정원'이란 어쩌면 우리 마음의 은유라는 점을 알아차린 것은 더 늦은 때였다. 마음의 감기에 걸린 사람은 키다리 아저씨처럼 내 마음 정원 안의 어린아이를 쫓아내는 '몽니'를 부리지만, 밝고 다정한 마음을 가진 사람은 누군가에게 '다정한 말'을 한다는 사실은 사회적 우울이 넘쳐나는 시절에 얼마나 귀중한 통찰인가.

나는 소설가가 되고자 했으나, 되지 못했다. 습작품을 몇 번 쓰고 나서 지레 포기한 나의 용렬한 태도 때문일 것이다. 죽기 살기로 소설을 쓸 수 있는 상황이 아니었다는 비겁한 변명을 핑계삼아 그런 나 자신을 위로하곤 한다. 뭐랄까, 일종의 '정신승리법'이라고 해야 하나? 하지만 나는 여전히 이야기의 힘을 신뢰한다. 유튜브가 책을 집어삼킨 시대일지라도! 우리의 삶 또한 죽음으로써 완성되는 어떤 이야기를 쓰고 있는 것 아닌가 생각하곤 한다. 사회학자 김찬호, 여성학자 조주은 선생과 더불어 베이비붐 세대를 심층적으로 인터뷰한 책을 『당신의 이야기는 무엇입니까』(서해문집, 2018)라는 제목으로 출간한 것도 그런 이유 때문이었다. 그렇다. 이러한 질문을 던지는 이유는 '나'를 '나'이게 하는 것이 무엇인지 생각해보자는 것이다. 나는 초라한 경제적 동물로 내 인생을 마무리하고 싶지는 않다.

여전히 쉽지 않다. 미국 문학 연구자 브라이언 보이드는 『이야기의 기원』(휴머니스트, 2013)에서 "예술작품은 정신의 운동장과 같다"라고 말했다. 요즘에는 '정신의 운동장'이 없는 사람들이 적지 않은 것 같다. 물론 책을 읽지 않는다고 해서 자신의 삶을 살아가지 못하는 것은 절대 아니다. 경북 칠곡 할매들이 쓴 시집 『시가 뭐고?』(삶창, 2015)를 편집하면서 얼마나 즐겁고 기뻤는지 모른다. 책이 출간된 2015년, 이 책을 편집한 것을 그해 가장 잘한 일로 기억한다. 유튜브에도 삶에 대한 유용한 정보, 지식, 지혜가 넘쳐난다는 점을 모르지 않는다. 하지만 어느 순간 유튜브, 릴스 같은 것들이 '사카린 다큐멘터리'는 아닌지 생각하게 되자 되도록 억제하려고 한다. 2020년 코로나19 팬데믹 첫해, 중독 증상을 보일 정도로 과몰입하게 된 넷플릭스를 해지했다.

책 속에 길이 있는가. 나는 '있다'고도 말할 수 있고, '없다'고도 말할 수 있다고 생각한다. 하지만 적어도 내 경험적 진실에 따르면, 책 속에는 길이 없을지 모르지만 '책을 읽는 사람에게는 길이 있다'고 생각한다. 내 유년 시절, 식구가 하나둘씩 줄어들던 상실의 시간에 나는 외로운 책 읽기를 하며 큰 위로를 받았고, 꿈을 꿀 수 있었다. 그 꿈을 이루었느냐고 묻지는 마시라. 셋째 형의 죽음 이후 정신적으로 무수히 방황했던 청소년 시절에 괴테의 『파우스트』를 읽었다. "인간은 노력하는 한 방황하기 마련이다"라는 구절은 그 시절 내 인생의 지침이었고, 지금도 그러하다. 요즘 너무 바쁘게 사는 것은 아닌가 돌아본다. 조금 더 고독할 수 있는 시간이 필요하고, 조금 더 고독할 수 있는 힘을 의미하는 고독력(孤獨力)을 길러야 한다. 고독은 결코 고립이 아니다. 나는 오늘도 문청 시절 읽은 기형도의 시에 나오는 "성경이 아니라 생활에 밑줄을 그어야 한다"(「우리 동네 목사님」)라는 구절을 디딤돌삼아 외롭게 책을 읽는다.

고영직_산문집 출간 예정

I 'can' live with or without you

유이월(소설가)

작가라면 대부분 책벌레라 불렸던 어린 시절의 기억을 거쳐 이
제는 책과 떼려야 뗄 수 없는 일상을 평범하게 살고 있을 것이다.
독서란 습관이나 즐거움일 수도 있겠고, 인풋이 있어야 아웃풋이
있다는 직업적 성의일 수도 있겠고, 일종의 출판업 종사자로서의
윤리라든가 의리 행위일 수도 있겠다.

그러나 나는 얼마 전부터 책을 잘 읽을 수가 없게 되었다. 흰 것
은 종이요 검은 것은 글자인 증상에 시달리는 중이다. 피치 못하
게 읽어야 할 때도 있는데 한 페이지도 몇 번을 읽어야 겨우 이해
가 되고 넘어가지는 난독증이 찾아왔다. 숨 쉬듯 책을 읽어온 내
게 무슨 일일까. 우리는 무슨 일에든 수백 가지 이유를 붙일 수 있
지만, 철저한 정직성을 발휘해보자면 내 경우에 이것은 권태인 것

같다. 올 것이 온 것뿐이다. 이만하면 오래 사랑하며 살지 않았나. 너 없으면 안 될 것처럼, 내게 없는 해답을 네가 줄 수 있을 것처럼, 너만이 나를 배신하지 않을 것처럼.

사실 책과 멀어진 것은 첫 책을 내고 다음 책을 준비하기 시작하면서부터였다. 평생 취향에 따라 내 멋대로 독서만 해온 내가 작가로서 어떤 틀을 잡는다고 실용적인 목적으로 책을 읽기 시작했던 것이다. 마치 아이를 낳고 싶어서 좋아하지 않는 이와 결혼하는 사람의 심정이랄까. 그런 독서가 반복되자, 내가 얻고자 한 것은 얻었지만, 대신 왠지 모를 미안한 마음이 생겼던 것 같다. 책과 쌓은 오랜 마음이 있으니까.

그나저나 책을 읽지 않으면 무기력감과 체력 저하와 면역력 하락과 근육통과 수면 패턴의 변화가 올 줄로만 알았는데, 놀랍게도 내겐 아무 일도 일어나지 않았다. 책을 읽지 않는 삶의 평화라니. 어쩌면 그간 내가 누려온 독서의 쾌락은 관성에 복무하는 아주 작은 보상이었을까? 아니다. 사실 이렇게 못되게 말하는 것은, 10년이나 20년쯤 후의 나를 위한 '신 포도'일 것이다. 좋지 않은 징조들이 나타나고 있다. 앞서 말한 난독증, 집중력 저하, 노화로 인한 눈의 피로, 책을 대체할 만한 각종 콘텐츠, 분주해진 일상, 그리고 지적 게으름. 이러한 현상들은 점점 심화될 것이고 언젠가는 정말로 책 없는 삶을 살게 될 수도 있다. 설상가상 출판계에서는 종이책 없는 미래에 대해 수군거리고 있지 않은가. 나는 한편으로는 아직 오지 않은 그 슬픔을 덜어보려고 짐짓 권태로 위장한 거리두기를 미리 시연해보고 있는 중일지도 모른다.

산업으로서의 출판이야 걱정이 되지만 개인들은 또 각자의 속도대로 변화되는 몸과 새로운 시대에 적응하게 될 것이다. 우리의 생활 패턴을 영원히 바꿔버린 스마트폰이 출현했을 때도, 몇몇 아날로그 추종자들을 제외하고 우리는 아주 부드럽게 그 세계로 진입했던 사례가 있다. 그렇다. 평생을 함께해온 '너' 없이도 어쩌면 나는 잘 살 수 있을 것이다. 하지만 나는 그 시기가 최대한 늦게 찾아오기를 바라고, 현재의 '너'와 좀더 할 일이 있다.

나는 본래 글쓰기 훈련이 되어 있지 않은 사람이었다. 흔한 글쓰기 수업에도 한번 등록해본 적이 없었다. 합평은 물론 습작도 해본 적이 없고 애초에 작가가 될 마음도 아니었기에, 책을 내기로 하고 어느 정도 분량을 채운 이후에도 내가 이것을 끝마칠 수 있을 거라는 확신이 없었다. 아무나 작가가 되는 것에 대한 희미한 비판 의식도 있었던 터라, 나의 어쭙잖은 실력에 대해 자주 회의했다. 그러니 내가 한 권이라도 완성하고 작가라는 이름을 얻었다면, 나를 키운 것은 99%가 책이다. 내가 한 유일한 것은 꾸준히 읽고 끝없이 매료당한 것뿐이니까. 나에게 책은 단순히 물성을 가진 지식의 도구가 아니다. 의인화해도 무리가 아닌, 존재로서의 가치가 있는 연인이자 은인이다. 그래서 내가 글을 계속 쓰는 한은, '너'와의 동행이 절대적으로 필요하다.

그럼에도 불구하고 나는 이 권태를 좀더 연장해볼까 한다. 쫓기듯 책을 읽어온 시간의 쓴맛이 다 빠지고, 어린 시절 활활 타오르는 압도적 경험을 안겨줬던 『데미안』과 『제인 에어』의 단맛이 올라오기를 기다리는 것이다. 젊은 시절 내게 문학의 신기원을 알려줬던 커트 보니것, 리처드 브라우티건, 잉에보르크 바흐만의 설렘을 기다리는 것이다. 책장을 덮고도 여운이 가시지 않아 잠을 이루지 못했던 사랑의 회복을 기다리는 것이다. 나는 책을 사랑했고 책 쓰는 사람들을 사랑했다. 그것(그들)이 내 앞에 흩뿌려놓은 세계의 명징함이나 혼란이 나를 집어삼켰던 순간들을 기억한다. 잠시 떨어져 있으면 그리움이 차오르리라는 것을 나는 안다. 권태의 효용성은 그런 것이 아닌가. 책 읽기를 좋아했던 내 부모의 노화 속도를 감안할 때 10년 혹은 20년 정도 남았을 내 독서 인생은 조금 더 순수하고 달콤하기를. 그리하여, 나의 권태는 사랑이다. 책을 펴도 문장이 좀처럼 눈에 들어오지 않지만, 사랑이 아니라는 증거는 전혀 찾아볼 수 없다.

유이월_산문집 출간 예정

내 인생에서 책은 과연 무엇이었을까?

강명효(자개 디자이너, 작가)

내가 태어난 광주광역시의 고향집은 단층 양옥이었는데, 처음에는 그냥 밭 옆에 덩그러니 지어진 집이었다고 한다. 손위의 언니들이 그 밭에서 뱀이 벗어놓은 허물을 주워서 놀 정도로 근처에 인가가 없었다. 내가 초등학교를 입학할 무렵에야 밭을 갈아엎은 곳에 집이 계속 세워졌고, 2~3학년쯤에는 우리집도 완전한 모양을 갖춰 무등산으로 올라가는 길 쪽으로 대문이 들어섰다. 대문 옆으로는 서점과 작은 잡화점이 세를 들었다. 마당 제일 안쪽에 있던 별채 위에 옥상이 있었는데, 더운 여름밤이면 올라가 시원한 밤바람을 쐬거나 동생들과 뛰어놀았고, 엄마는 제철 생선을 그곳에 말려두시기도 했다. 생선을 말리기 위해 배를 가르고 내장을 뺀 뒤 넓게 펴 소금을 뿌려 채반에 생선을 가지런히 늘어놓으면 온갖 파리들이 달라붙었다. 엄마는 언제나 아들이 아닌 딸들에게 파리를 쫓는 임무를 맡기셨다. 나 역시 할일 없이 뒹구는 듯 보이면 엄마에게 걸려 파리채를 쥐고 옥상에 올라가 파리채를 휘휘 휘저으며 파리를 쫓거나 파리채를 쉬익 하고 내리쳐 파리를 잡았다. 종갓집 종손이셨던 아버지에게 시집와 8남매를 낳고 기르며 1년에 열 번이 넘는 제사를 지내야 하셨던 엄마는 늘 일을 손에서 놓을 수가 없었고 여섯 딸은 언제나 엄마의 일을 도와야 했다. 내가 아마 손에서 책을 놓지 않고 읽었던 건, '애는 공부를 잘하겠구나. 책을 좋아하는 걸 보니'라는 인상을 엄마에게 언젠가 줬었고, 책을 읽거나 공부를 하고 있으면 엄마가 일을 도우라고 부르지 않는다는 걸 깨닫고(!) 난 뒤 그걸 아주 잘 이용해야 한다고 무의식적으로 생각하고 있었기 때문일 것이다. 사실 큰언니와 둘째 언니, 셋째 언니 모두 책을 아주 좋아했지만, 그 세 언니는 불행히도 가장 위의 자식들이라 엄마의 도우미에서 벗어날 수 없는 운명이었다. 그 언니들은 모두 밖에 나가서 놀려고 해도 밑의 젖먹이 동생을 보대기(강보)에 싸서 등에 업고 나가야 했다. 지금에 와서야 솔직하게 밝히지만 내가 책 읽기를 좋아하게 된 건 집안일을 하기 싫어서였던 것 같다.

날이 따뜻한 날에는 마당으로 통하는 문을 열어놓은 마루에 누워, 날이 추운 날에는 안방 아랫목에서 이불을 덮고 누워 책을 읽었다. 어린 내가 읽기에 적합한 책이 집에는 많지 않았다. 아버지는 자식들을 위해서였는지 책장을 장식하기 위해서였는지 알 수는 없지만 책을 주로 질 단위로 구입하셨다. 그때의 내가 읽을 수 있던 책은 세계 동화 선집이었는데 지금은 어느 출판사에서 나온 것인지 기억나지 않는다. 대포알을 타고 날아가는 허풍선이 남작을, 작은 콩알 하나에도 등이 배겨 잠을 제대로 못 자는 공주도 그때 만났다. 그걸 다 읽은 뒤엔 주인집 딸이라는 권력을 이용해, 집에 세 든 서점을 도서관처럼 이용했다. 매일 서점에 가서 한 권을 골라 집에 가져와 읽고 반납하고 다시 새 책을 골라 집에 와서 읽고 반납했는데, 책을 더럽히지 않아야 한다는 것이 중요했다. 그때 주로 읽었던 책은 어느 출판사에서 나왔던 것인지는 잊었지만 탐정소설 문고본이었다. 아서 코넌 도일의 셜록 홈스 시리즈와 모리스 르블랑의 괴도 아르센 뤼팽 시리즈로, 작고 얇은 책이라 빨리 읽고 서점에 후딱 반납하기에 아주 좋았다. 난 셜록 홈스보단 아르센 뤼팽 쪽을 더 좋아했다. 그리고 그렇게 집에서 드러누워 책을 보고 있으면 엄마는 내게 일을 시키지 않으셨다.

중학교 2학년 때 새로 집을 지으면서 서점도 잡화점도 다른 건물로 옮겨 갔다. 나는 집에서 10분 정도 걸어가야 하는 만화방의 단골손님이 되었다. 사실 나만이 아니라 언니들부터 막내 남동생까지 모두 그 집의 단골이었다. 그 만화방에서 수많은 명작을 만났다. 순정 만화를 좋아했던 나는 『들장미 소녀 캔디』『베르사유의 장미』『유리가면』같은 일본 작가의 작품부터 강경옥의 『별빛 속에』와 신일숙의 『아르미안의 네 딸들』 등 국내 작가의 작품들까지, 첫 권이 나올 때부터 읽기 시작해 신간이 들어올 때마다 달려가 읽으면서 완결될 때까지 그렇게 만화방 죽순이로 중고등학교 시절을 보냈다.

고등학교에 다닐 땐 이미 집에 내가 읽지 않은 책이 남아 있지 않았다. 아버지가 사놓으신 한국문학 선집도 무척 재미없었지만 다 읽었고, 둘째 언니랑 셋째 언니, 넷째 언니가 사놓은 책들도 곶 감 빼 먹듯 야금야금 다 읽었다. 언니들의 책 취향은 당시에 인기 있던 국내 작가의 소설부터 독일 교양소설, 러시아 소설까지 꽤 다양했다. 고등학교 2학년 때에는 한 권씩 매일 읽었다. 집에 읽을 책이 부족하자 직접 책을 사기 시작했다. 칼 세이건의 『코스모스』 부터 범우사의 문고판 책들, 민음사의 세계시인선을 삼복서점에 나가 구입했다. 그때 프리드리히 휠덜린과 아르튀르 랭보를, 프리 드리히 니체와 헤르만 헤세를, 두보와 이백의 시를 만났고 좋아했 다. 천문학자가 되고 싶다는 꿈을 갖게 된 것도 그때였다.

내겐 책을 살 용돈이 부족했다. 책을 사겠다면 아버지는 언제나 군말 없이 돈을 주셨지만 날마다 새로운 책을 읽어야만 하는 내겐 턱없이 부족했다. 그때부턴 도서관을 좋아하게 됐다. 내가 다닌 고등학교는 광주에서 가장 오래된 여고였고 도서관이 제법 컸다. 교실과 떨어진 별채의 1층에 무용실이 있었고 2층이 도서관이었 다. 도서관 서가는 크지 않았고 자유롭게 열람할 수도 없었다. 일 종의 독서실이라 부를 수 있는 공간이 컸고, 안쪽으로 사서 선생 님이 일하는 공간과 서가가 독서실과 벽으로 분리되어 있어 큰 유 리창으로 사서 선생님이 독서실에 있는 학생들을 감시했다. 서가가 개가식이 아니었던 터라 도서관 이용률은 아주 낮았을 것이다. 게다가 당시엔 청소년 권장 도서 같은 개념조차 없던 때라 서가에 비치된 책들은 뭔가 구닥다리 같은 느낌을 주는 오래된 것이 많았다. 나는 고등학교 2학년 시절의 토요일 오후를 자주 이 서가에서 놀며 보냈다. 당시 학교에선 토요일 오전 수업이 끝난 뒤 2학년 학생 모두를 공부하라고 도서관에 저녁 다섯시 정도까지 붙잡아뒀다. 학생들을 감시하는 일은 선생님들이 교대로 하셨고 감시도 상당히 느슨해서 항상 자리를 지키고 계시진 않았다. 선생님이 자리를 비우시면 나는 거의 예외 없이 서가로 가 책을 읽었다. 사실 독서실에 앉아 있어도 교과서나 참고서를 펼친 적은 없었다. 그날그날 책은 달라졌지만 대부분 소설책이거나 시집이었다. 어떤 이유였는지는 모르겠지만 사서 선생님이 나를 유다르게 대해주셨다. 나 외엔 서가에 와서 책을 읽겠다고 한 다른 학생이 없어서 그랬을 수도 있겠지만 감시가 뜸한 틈을 타 독서실에서 서가로 넘어오는 나를 사서 선생님은 언제나 웃으며 받아주셨다. 그분의 후원으로 나는 혼자 서가에 서서 먼지가 앉은 책들을 읽거나 읽던 책을 대출증을 쓰지 않고 독서실 자리로 가져와 읽고 집에 가기 전에 반납할 수 있었다. 그때를 회상하면 그저 충만과 두근거림으로 가득찬 나날이었다. 오로지 책에 탐닉하며 보냈던, 책으로만 가득찼던 내 세상이었다. 하지만 고등학교 3학년 때와 대입 재수를 하던 1년 동안 읽은 것은 교과서와 참고서뿐이었다. 그땐 고3 1년과 재수 1년을 희생하고 그저 공부를 해야 한다고 생각했고 그래야만

했다. 그때 내가 희생한 것은 독서였다.

나는 문학을 좋아했지만 천문학자가 되고 싶었기에 고등학교 2학년 때 이과를 선택했었고, 재수 생활을 겪으며 삼수까지는 하고 싶지 않았기에 커트라인이 낮은 지질학과에 지원해 다행히 합격했다. 그리고 대학교 1학년 때 선배의 추천으로 읽었던 조영래 변호사의 『전태일 평전』은 이후 내 삶의 궤도를 바꿔버렸고, 이후 전공 공부와는 담을 쌓은 채 과 동아리에서 선후배들과 사회과학 분야의 책을 읽고 세미나와 스터디를 하며 세상을 바꾸는 문제에만 골몰하며 살았다.

국문학과로 대학원에 진학한 뒤에는 국내 작가들의 작품을 텍스트로 읽고 분석하고 수업 발표문과 논문을 쓰는 일에 골몰했다. 읽어야 하는 국내 작가의 소설과 평론, 외국 유명 이론가의 책들을 밑줄 치며 공부하며 소화하고 한 줄을 써먹기 위해 노력하느라 온 시간을 보냈다. 온갖 영인본들을 구입하고 도서관에만 있는 책들을 빌려 복사하고 제본해서 읽었다. 이상하게도 그 당시에 학교 도서관 서가에 들어가면 언제나 배 속이 불편해졌다. 도서관 책에 쌓인 먼지나 도서관 책에 기생하고 있는 온갖 세균들이 내겐 맞지 않는다는 생각을, 역시 도서관은 내 체질이 아니라는 우스운 생각을 하며 책을 대출받고 바로 도서관을 빠져나오곤 했다.

박사과정을 수료한 뒤에는 한동안 책보다는 음악에 빠져 살았다. 블루스와 록 음악에 빠져 책 대신 CD를 모으기 시작했다. CD를 천여 장 가까이 사고 난 뒤 수집벽이 사라졌다. 그 뒤를 다시 책이 치고 들어왔다. 그때부터 글을 잘 쓰는 사람의 글을 찾아 읽기 시작했다. 처음으로 좋아하는 작가가 생기기도 했다. 내용이 탄탄한 과학책을 좋아해서, 잘 번역된 외국 작가의 책을 주로 많이 읽었다. 그리고 어릴 때 좋아하던 작가들의 책을 다시 찾아 읽기도 했다. 그즈음 결혼을 했고 박사 논문을 쓰지 않기로, 국문학 공부를 그만두기로 결정하고 출판사에 취직했다. 그때부터의 책 읽기는 책을 잘 만들기 위한, 재밌는 책을 기획하기 위한 필요에 맞춘 일이 되었다. 아주 좋아하는 작가의 경우를 제외하곤 책 한 권을 몰입해서 끝까지 다 읽는 건 거의 하지 않았다. 그렇게 10여 년을 출판 기획자로 살면서 내겐 또 무수히 많은 책이 쌓였다. 사놓고 보지 못한 책이 더 많았다. 그때는 집에 있는 먼지가 수북이 쌓인 책더미를 볼 때마다 왠지 한숨이 났다. 뭐하는 짓인가 싶었다. 책을 허영의 성채처럼 쌓고 있었다. 출판사를 그만두고 했던 결심 중 하나는 보지 않을 책은 사지 않는다는 것이었다. 하지만 여전히 일단 사고 쌓아두는 버릇을 제대로 고치지 못했다. 어떤 자개 디자인을 할지 고민하는 요즘도 고민을 해결할 단서를 찾아 책을 펼치고, 좋아하는 분야나 작가의 신작이 나오면 책을 사곤 한다.

이것이 내 50여 년에 걸친 독서사(讀書史)의 전부다. 한글을 배우고 책을 읽을 수 있게 된 뒤부터 지금까지 책은 언제나 내 가장 가까운 곳에 있었다. 옆에 두고 자주 찾거나 옆에 두고도 오래 버려뒀다. 어릴 때는 책의 재미에 탐닉했고 책으로 아는 세상의 범위를 넓혔다. 대학에 입학한 이후 책은 이전의 나를 깨는 도끼였다가 논리를 세우는 지렛대였다가 마지막에는 밥벌이 수단이 되는 지경에 가닿았다. 그렇다고 책이 없으면 못 살 정도였던 적은 단 한 번도 없었던 듯하다. 그저 내게 책이 없었다면 좀 심심했겠지 싶다.

요즘은 몸으로 작업하는 일을 하다보니 책으로 배우는 지식이 가진 한계 같은 걸 절감할 때가 있다. 책으로 얻는 것은 빠르지만 몸으로 그것을 체득하려면 시간이 오래 걸린다. 책으로는 한 줄로 설명되는 일이 몸으로 할 때는 짧게는 몇 달, 길게는 몇 년이 걸려서야 이해될 때도 많다. 그렇다면 책으로 읽는 것이 훨씬 더 경제적이고 효율적인 게 아닌가 생각할 수 있겠지만 나는 그렇게 생각하지 않는다. 이젠 몸에 남는 기억으로 저장되지 않는 지식은 진짜 내 것이 아니라고 생각하게 됐기 때문이다. 그래서인가 책을 예전보다는 훨씬 천천히 읽는다. 사실 나는 속독법의 달인이다. 어릴 때부터 대학원 시절까지 거의 매일 한 권 읽기를 해왔기에 책을 읽는 속도가 엄청 빠르다고 자인한다. 누군가와 비교하는 실험을 해본 적은 없지만 말이다.

몸으로 느리게 작업하는 일을 하게 되면서 책이 내게 무엇이었는지가 명확해졌다. 급하게 속도를 낸 독서는, 아니 독서가 아니라 그 무엇이라도 급하게 속도를 냈던 것은 내 것이 되지 못한 채 연기처럼 내 손에서 빠져 날아가버렸다. 그건 그저 탐닉이었을 뿐, 사랑은 아니었다는 걸 알게 되었다. 하지만 또 이내 깨닫는다.

사랑에 이끌려 잡았던 손을 수십 년 놓지 않을 수 있게 해준 힘이 책에서 나왔다는 것을. 사랑하는 이와 길 끝까지 손을 놓지 않고 함께 걸어갈 힘을 책 읽기에서 얻었다는 것을 말이다.

강명효_ 저서 『날마다, 자개』 출간

12월의 어느 우중충한 아침에 책의 증식에 대한 단상

류동현(미술 저널리스트, 전시 기획자)

최근, 아니 꽤 오래전부터 고민이 있다면 책이 늘어만 간다는 점이다(상식적으로 책을 사고 처분하지 않으면 좁은 집에 책이 늘어나는 것은 당연하다). 글 쓰고 강의하는 사람 입장에서 어쩔 수 없다고 생각하지만, 이에 대한 상황의 극적인 변화를 계획하지 못하는 점이 최근에 생긴 고민의 원인일 게다. 그렇다면 왜 이러한 상황에 부닥치게 되었는가. 2023년 12월의 어느 우중충한 아침, 이에 대해 잠시 고민해본다.

먼저 인생을 사는 데 나만의 원칙이 개입되어 있음을 꼽을 수 있다. 아마도 원칙이라는 단어는 가치관이나 신념으로 바꿀 수 있고, 영어로 '룰'이라고 이야기할 수도 있을 것이다. 미드 〈NCIS〉의 리로이 제스로 깁스처럼 수많은 룰을 사람들에게 퍼트리는 정도는 아니지만, 나 또한 길지도 짧지도 않은 인생을 살면서 아주 소소한 개인적인 리스트를 만들었다. 예를 들면, '술을 마시면 사흘은 쉰다' '신작 영화는 웬만하면 영화관에서 본다' '록그룹 퀸이 출시하는 정식 앨범은 모두 산다(거의 매년 출시한다는 점이 함정)' 등등(적고 보니 정말 소소하다). 그중에 책에 관한 원칙이 몇 개 있다. 이 원칙은 집에 책이 증식하는 가장 큰 원인이다. '가능하면 책은 빌리지도 않고, 빌려주지도 않는다.' 어렸을 때 어른들이 이에 대해 이야기한 것을 들은 것 같기도 하다. 피상적으로 '아, 그런가'라고 생각만 하고 있었는데, 실제로 과거에 책을 빌려준 뒤로 받지 못한 사례가 몇 번 생기면서 이 룰을 꽤 심각하게 지킨다. 나뿐 아니라 아마 꽤 많은 사람이 이 원칙을 가지고 있으리라 생각한다.

못 받은 경우가 있으니 빌려주지 않는다고 하지만 빌리지도 않는 이유는 무엇인가. 사실 책을 구할 수 없을 때, 꼭 봐야 할 책은 어쩔 수 없이 도서관에서 빌릴 때도 있다. 하지만 그럴 경우 차라리 헌책방을 뒤지는 경우가 더 많다. 이유는 단순하다. 책 반납 기간의 스트레스가 싫기 때문이다(그렇기 때문에 이와이 슌지 감독의 영화 〈러브레터〉 같은 상황은 발생하지 않는다). 이는 개인에게 책을 빌릴 때도 적용되는 문제이다. 결국 '책은 맘 편히 읽어야 한다'는 것이 나의 원칙이다(여기서 또하나의 룰이 등장한다). 과거 책 대여점이라는 초기 공유경제 형태가 있었다. 비디오 대여점에서 발전한 형태인데, 만화책 보기에 나름 좋았기에 종종 빌려 보왔다(겨울에 만화책 시리즈를 빌려놓고 귤을 까먹으면서 보는 재미란). 이제는 이러한 대여점 시스템 또한 역사의 저편으로 가버렸지만(이제는 만화 카페로 진화했다), 그 당시에도 역시나 마음에 드는 책이 있으면 두고두고 보고 싶었기에 결국 책을 샀다.

여기서 책이 증식하는 또다른 원인이 등장한다. 바로 무언가를 모으는 성격이다. 이른바 수집 기질이 있는 것이다. 솔직히 이게 가장 큰 이유라고 생각한다. 생각해보면 꽤 많은 물건을 모았다. 먼저 음악 관련 굿즈. 레코드판, 카세트테이프, CD 등등이 그것이다. 비록 이제는 음악 대부분이 MP3 파일 등 데이터의 형태로 유통되지만, 음반 커버가 아름답거나 소장 가치가 있다고 생각될 때는 여전히 실물을 구입하게 된다. 영상 관련 굿즈도 있다. 비디오테이프와 DVD 또한 한때 나의 주요 수집 품목이었다. 그 외에도 나에게는 기념품이지만 남들이 보기엔 단순한 잡동사니일 수 있는, 여행지에서 산 열쇠고리, 티셔츠, 후드티, 맥도날드에서 출시하는 해피밀 기념품, 레고, 좋아하는 영화나 음악 관련 굿즈 등도 리스트에 올릴 수 있다.

이렇게 무언가를 모으는 성격은 책에도 적용된다. 요즘에는 동네마다 도서관이 많이 생겼지만, 내가 어렸을 때는 찾아보기 어려웠다. 책을 사서 보는 것이 자연스러운 시절이었다. 그럼 어떤 책이 내 서재에서 증식하고 있는가. 먼저 미술사, 미술비평, 미술이론 등 강의와 글쓰기처럼 일과 관련한 책은 기본적으로 소장한다. 그래서 일과 관련한 책들이 지속해서 늘어간다. 그 외에 내가 관심 있는 분야에 대한 책이 조금씩 증식한다. 그리고 표지가 멋지다든가 판형이 독특하다든가, 외관과 형식이 관심을 끌면 구입한다. 책을 만드는 입장에서 필요하다는 핑계다. 이렇듯 책들이 계속 증식하지만, 과거에 모은 책들에 좀더 애착이 간다. 아무래도 최근에 출간된 책들은 쉽게 구할 가능성이 크니까. 최근 책들 또한 시간이 지나면서 차례대로 컬렉션 가치가 높아지지 않을까 생각한다.

이렇게 증식한 책들 중에 기억나는 몇 권의 책을 꼽아본다. 이른바 모든 사람에게 인정받는 걸작, 명작, 고전과는 좀 다르다. 개인적 애착으로 선정한 것임을 밝힌다. 먼저 어렸을 때 좋아했던 추리소설들. 해문출판사에서 출판한 에드먼드 W. 힐딕의 '매거크 소년탐정단' 시리즈가 있다. 해문출판사에서 출간하기 이전에 일신사에서 '마가크 소년 소녀 탐정단'이라는 이름으로 여덟 권을 냈는데, 해문출판사 판본은 열두 권으로 구성되어 있다(모두 일본 판본의 표절이라는 점이 아쉽지만). 이후 절판되어서 2차 시장(헌책방)에서 꽤 고가로 거래되는 것을 봤는데, 이후 '맥거크 탐정단'이라는 이름으로 다시 열 권으로 새로이 출간되었다(출판사 별별책방에서 출간했다). 당시 해문출판사에서 출간한 아서 코넌 도일의 '셜록 홈즈' 시리즈, 애거사 크리스티 전집 등도 책장의 한편을 차지하고 있다.

만화책 시리즈들도 있다. 고등학교 시절, 우리에게 최고의 인기를 끌었던 작품은 호조 츠카사의 '시티헌터' 시리즈였다. 그 외 '란

마 1/2' '북두의 권' '공작왕' 시리즈 등이 모두 해적판으로 출간되었다. 학교 앞 문방구에서 500원에 구입할 수 있는 작은 판본이었다(가방에 숨기기 좋았다). 그중 '시티헌터'는 꽤 공을 들인 판본으로도 출간되어(일반적인 문고본 크기였지만, 이 또한 해적판이라는 함정이 있다) 완간본을 소장하고 있다. 아다치 미츠루의 3대 걸작, '터치' '러프' 'H2' 시리즈와 이노우에 다케히코의 '슬램덩크' 시리즈, 미우라 켄타로의 '베르세르크'(작가의 타계로 마무리가 어떻게 될지 아무도 모른다), 이와아키 히토시의 '기생수' '히스토리에' 시리즈, 요시다 아키미의 '바닷마을 다이어리'와 그 후속편인 '우타 강의 시간', 아즈마 키요히코의 '요츠바랑!' 시리즈 또한 개인적인 애착 만화책 컬렉션이다.

흡혈귀 관련 책들도 좋아한다. 브램 스토커의 『드라큘라』, 엘리자베스 코스토바의 『히스토리언』 등 소설을 비롯해, 보스턴 칼리지의 교수들인 레이먼드 맥널리와 라두 플로레스쿠가 쓴 『드라큘라 그의 이야기』는 역사와 인문학 등 다양한 관점에서 뱀파이어를 흥미롭게 다룬다.

군 운전병 복무 시절, 당시 차량 대기 시간에 읽기 시작하면서 모으기 시작한 무라카미 하루키의 책들은 내 인생에 큰 영향을 끼쳤다(이 글의 제목 또한 무라카미 하루키의 매우 짧은 소설, 「4월의 어느 맑은 아침에 100퍼센트의 여자를 만나는 것에 대하여」에서 '차용'했다). 『바람의 노래를 들어라』부터 최근의 『도시와 그 불확실한 벽』까지, 소설과 수필을 비롯해 국내에 출간된 거의 모든 책을 모아왔다. 그 외 영화 〈스타워즈〉 〈인디아나 존스〉와 록그룹 퀸과 관련한 책들도 국내외를 돌아다니면서 보이면 틈틈이 사 모았다.

음, 이렇게 책 컬렉션 리스트를 적다보니 일관성이 하나도 없음을 확인할 수 있다(잡식성이다). 그나마 시리즈물이나 문고본을 꽤 좋아하는 것 같기는 하지만. 그래서 그런가. 요즘 흥미롭게 보는 책은 '날마다' 시리즈다(내가 참여해서 꼽은 것이 결코 아니다. 흥미로운 주제가 많다!). 요즘 기타 연주에 관심을 가지면서 『날마다, 기타』를 재미있게 읽었다. 최근 출간된 『날마다, 자개』와 『날마다, B』를 출판사에서 보내주었는데(감사하다), 조만간 읽어봐야겠다.

구구절절 책의 증식에 대해 썼지만, 결국 이 증식을 막을 방법은 없을 듯하다(최근에는 전자책을 이용하는 경우도 꽤 있지만, 여전히 종이책이 압도적으로 많다). 책을 좋아하는 사람이라고 위안을 삼으며 '정신 승리'를 할 수밖에(그래도 비좁은 공간 때문에 정리가 필요한데…… 정리를 시작하지 못하는 건 결국 게으름 때문이다).

각설하고, 교유서가의 10주년을 축하합니다! 앞으로 나의 책장을 더 채워주길 바랍니다!

류동현_ 저서 『날마다, 영화』 『어쩌다 이탈리아, 미술과 걷다』 출간

보들레르의 『악의 꽃』
─내가 학부생 시절 들고 다니던 책

윤혜준(교수)

내가 책들과 보내온 긴 세월의 첫 장면들을 떠올려본다. 이제 곧 교수 생활을 마감할 것이니, 그러한 회상은 적어도 역사적 기록의 가치는 있을 법하다.

나는 아직은 '연세대학교 영어영문학과 교수'로 자신의 정체를 밝히는 자이다. 그런데 이 글의 제목에서는 프랑스 시인의 책을 올려놓았다. 그 연유를 설명하려면 나의 '학부생 시절'이라는 말에 대한 주해가 불가피하다.

학부생 때나 대학원생 시절 친구들과 늘 하던 농담이 하나 있었다. '영문도 모르고 영문과에 들어왔다.' 나의 경우 고등학교 3학년 때 지원했던 학과(전공)는 관악산에 있는 대학의 경제학과(사회대)였다. 합격 가능성이 있으니 지원했던 것이나 대학별 본

고사 직전에 폐결핵이 나를 습격했다. 고열에 시달리며 며칠 누워 있던 수험생이 고난도의 시험 문제를 제대로 풀 리 없었다. 이 병은 이후로도 한 삼 년 동안 나를 떠나지 않았다. 당시에는 복수 지원 제도가 없었다. 전기에 한 곳, 후기에 한 곳을 지원할 기회밖에 주어지지 않았다. 나는 재수할 건강 상태가 아니었기에 후기 대학 어딘가를 다녀야 했다. 그 '어딘가'에서 자의 반 타의 반으로 영문학을 시작하게 되었다.

여기서 '자의 반'은 내가 초등학교 때 아시아에 남아 있던 영국 식민지 홍콩에서 영어를 일찍 배워서 영어를 쉽게 읽고 말할 수 있다는 편리함의 측면을 말한다. '타의 반'은 전두환 대통령이 만든 석사장교라는 매력적인 제도의 힘을 지칭한다. 대학원을 졸업하고 소정의 시험을 통과하면 병역의무를 장교 훈련 6개월로 마칠 수 있었다. 속박과 단체생활을 극도로 혐오하던 나였기에 군대 생활을 그렇게 쉽게 해결할 수 있음을 알게 된 후, 자연스럽게 대학원 진학이 삶의 목표가 되었다. 그리하여 대학 4학년 2학기, 고3 때 떨어졌던 (그리고 자존심 때문에 근처에도 가지 않았던) 그 학교 대학원 영문과에 지원, 이번에는 합격했다. 거기를 다닌 것이 계기가 되어 영문과 교수를 하며 수십 년 먹고살았다.

위에서 말한 후기 대학에 '영문도 모르고' 들어간 후, '영문'이 무엇인지를 인식하는 데는 오래 걸리지 않았다. 당시에는 『노튼 영문학 앤솔로지The Norton Anthology of English Literature』라는 1천 쪽 넘는 두꺼운 책을 '영문학개관' 등의 과목에서 교재로 사용했다. '영문학'을 그야말로 묵직하게 상징하는 책이었다. 이후 세대는 이 책을 '벽돌 책'이라 부르게 되지만, 내가 학부생이었던 1980년대의 첫 4년은 개인적으로나 국가적으로나 그런 위트를 부릴 여유가 없던 시기였다. 이후에 미국에서 학위를 받고 귀국해서 대학교수가 된 지 얼마 안 돼서 나는 이 '벽돌 책'을 비판하는 논문을 발표하기도 했다. 무겁고 두꺼운 책이지만 막상 '문학'에 대한 경계선을 너무 비좁게 그려놓았다는 게 요지였다. 그러나 지금 생각하면 책의 두께 그 자체도 의미가 없지 않았다. 영문학 대가들의 글들을 촘촘히 인쇄해서 얇은 종이에 제본한 그 두꺼운 책은 문명과 문화유산의 무게를 실감하게 해주었기 때문이다.

여유 없던 그 시대에도 유독 대학교수들은 무척 여유 있는 삶을 즐겼다. 맘대로 휴강하고 강의실에서 담배를 피워 물고 진도는 대충 나가고 잡담으로 시간을 때우다가 '오늘은 여기까지!'로 일찌감치 수업을 끝내는 이들이 적지 않았다. 위에 소개한 '벽돌 책'을 다루는 수업에서도 그 큰 책의 아주 일부만 조금 해석해주고 끝났던 것 같다. 그래도 '영문학'이 싫지는 않았다. 교수들이 가르치는 시늉만 하는 작품들 외에도 많은 작품을 혼자 읽기 시작했던 것은 대략 대학원 진학을 목표로 정한 후였던 것 같기는 하다. 군대를 짧게 갔다 오려는 강렬한 욕구가 큰 몫을 했다. 당시에는 무슨 '문학을 한다'는 자부심 같은 것으로 그러한 욕구를 포장해놓기는 했었겠지만.

내가 학부 시절을 보낸 그 학교의 학과 이름은 '영문과'가 아니라 '영어과'였다. 동기 대부분은 경제학을 부전공해서 졸업과 함께 기업에 취직하거나 외무고시를 준비하는 게 기본 패턴이었다. 나중에 학자로 생활할 경우에도 경제나 경영 쪽 교수를 하는 경우들이 더 많았다. '문학'을 한다고 나서는 자는 극소수였다. 졸업 후 한 10년이 되는 시점에 둘러보니 '영문학' 교수로 사는 사람은 나밖에 없었다. 젊은 시절에 내가 내린 그러한 선택의 무모함은 이후 삶에서 해결할 수 없는 짐으로 남았다. 물려받을 재산이 없는 자는 스스로 재산을 만들 궁리를 하거나 돈을 벌어야 마땅하건만, 돈도 없는 주제에 돈도 안 되는 공부를 해왔으니 나의 돈 없음은 오로지 나의 탓이다.

동기가 어떠했건 내가 당시에 읽은 영문학 책의 상당수는 불법 복제물, 소위 '해적판'들이었다. 대한민국을 굳게 지켜주는 한미 관계에서 미국 출판물들의 저작권 보호 같은 사사로운 문제는 걸림돌이 되지 않던 시대였다. 아직 '강남'이 존재하기 전 '종로'가 곧 서울의 중심이던 시절, 종로 한복판 YMCA 건물 옆에 있던 모 출판사 겸 서점은 영문학도들이 필수로 드나드는 '해적판'의 메카였다. 겉으로만 보면 원본인지 복제물인지 알 수 없을 정도로 번듯하게 제조해낸 책들은 남들 보라는 듯 들고 다니면 일종의 근사한 장신구 역할을 톡톡히 했다. 들고 다니는 책들을 다 꼼꼼히 읽는 영문학도들은 그리 많지 않았을 것이다.

학부생 시절 나의 허풍은 이 정도에 만족하지 않았다. 그러한 허풍이 대학 낙방으로 생긴 열등감의 또다른 표현임은 굳이 말하지 않아도 누구나 짐작할 것이다. 같은 학과 입학 동기들이 대부분 부전공을(부전공은 의무였다) 경제학으로 택할 때 나는 프랑스어를 택했다. 영어는 이미 구사하는 언어라 별 재미가 없었던 터라, 프랑스어를 배우는 게 무척 흥미로웠고 뭔가 '있어 보였다.' 프랑스어 교수들은 영어 교수들보다 대체로 좀더 성실히 강의해주는 편이기도 했다. 그중에는 상당히 높은 수준의 학문을 이룬 분도 있었다. 파리 시앙스포(Sciences Po, 파리정치대학)에서 정치학 박사학위를 받고 온 그 교수님은 〈르 몽드Le Monde〉 신문 기사를 발췌해서 읽혔다. 부전공 학부생에게는 어려운 텍스트들이었으나 그 분위기 자체가 좋았던 기억이 지금도 생생하다.

마음속 중심에 열등감과 허풍이 단단히 서로 붙어 있던 나는 프랑스어를 공부한다는 과시를 종로 거리에서 안 하고 다닐 수 없었다. 당시에 막 새로 연 광화문 교보문고 지하 서점에는 다수의 프랑스어 원서가 진열돼 있었다. 나는 그 책들을 뭔지도 모르며 뒤적이다 잘 해석도 못하면서 한두 권씩 사기 시작했다. 그 중에서 가장 자주 들고 다닌 원서는 샤를 보들레르(Charles Baudelaire)의 『악의 꽃Les Fleurs du Mal』이다. 작은 포켓판 『악의 꽃』 프랑스어 판본은 지금도 몇 년 안에 반납해야 할 신촌 캠퍼스 연구실의 서가 한 자리를 차지하고 있다. 나는 이 시집을 들고 다니는 것만으로도 뭔가 '문학을 한다'는 느낌을 즐길 수 있었다.

당시 나의 프랑스어 수준에서 『악의 꽃』을 펼쳐 작품을 제대로 이해할 가능성은 거의 없었다. 그러나 몇 줄 사전을 찾아 해석해

보는 정도만으로도 보들레르의 '그 무언가'와 만났다는 환상에 빠질 수 있었다. 그 외에도 이 책은 내게 다양한 가치가 있었다. 일단 내게는 '보들레르'라는 이름 자체가 입에서 굴려볼수록 맛이 나는 말이었다. 프랑스어의 난해한 발음 중 하나인 'r' 발음을 연습하기에도 좋았다. 제목의 'fleurs'의 'r'도 마찬가지였다. 또한 제목이 주는 반항과 부조리의 느낌이 현실에 불만이 많던 그 시절 나의 구미에 잘 맞았다.

프랑스어 수업에서 이 책을 교재로 사용하지 않는다는 점도 이 시집과 더 친하게 지낼 수 있는 이유 중 하나였다. '반항'과 '부조리'의 대표작인 알베르 카뮈(Albert Camus)의 『이방인L'Etranger』은 (아마도 4학년 때) 교재로 읽어야 했던 탓에 작품을 제대로 음미할 수가 없었다. 생긴 것부터 부조리한 남자 교수가 당시 나의 미숙한 귀에도 거슬리는 경상도식 프랑스어 발음으로 교재를 낭독하며 연신 담배를 피워댔다. 물론 당시 교수법 관행에 충실하게 책의 앞부분만 좀 해석해주다가 한 학기는 끝났다. 이방인을 위한, 이방인에 의한 『이방인』 강의였다.

보들레르를 들고 종로와 광화문 거리를 배회하다보면 자연스럽게 당시에 경복궁 건너편에 있던 프랑스문화원으로 발길이 닿았다. 그곳에서는 프랑스 영화를 늘 상영하고 있었다. 주로 별로 극적인 액션도 없고 플롯도 느슨한 '누벨바그(La Nouvelle Vague)' 영화들이었기에 딱히 '재미'가 있었다고는 할 수 없었다. 게다가 배우들이 중얼거리는 대사는 거의 알아듣지 못했지만 프랑스 영화를 보고 프랑스 말을 듣고 있다보면 당시 내가 처한 처지와 내가 태어난 나라의 초라함, 내가 입은 이런저런 상처 등을 잊을 수 있었다.

프랑스어는 학부 졸업 후에도 나의 좋은 벗이었다. 대학원 때는 당시 새로 유행하기 시작한 '프랑스 이론' 영역본들을 원서와 대조해서 읽을 수 있었다. 대학원을 마치고 석사장교 시험을 치를 때는 제2외국어로 프랑스어를 선택했다. 그리고 마침내 미국 유학 때 비교문학 연구의 대가인 로돌프 가셰(Rodolphe Gasché) 교수에게 보들레르를 제대로 배울 수 있었다. 학위논문을 쓸 무렵에는 보들레르에 심취했던 대선배 발터 벤야민(Walter Benjamin)의 도움을 많이 받았다. 유학 후에는 보들레르에 대한 글들을 미국과 한국에서 출간했다.

보들레르를 들고 다니던 젊은 학부생은 그런 쪽으로까지 일이 진행될지는 아마 몰랐을 것이다. 그에게 보들레르의 『악의 꽃』은 그가 입은 몸과 마음의 상처를 숨기는 밴디지였을 뿐이다.

윤혜준_ 저서 『근대 용어의 탄생』 출간

나의 동반서, 『한어대사전』

김영문(번역가, 인문학자)

　『한어대사전』은 한때 내 책상의 가장 중요한 자리를 차지한 동료였다. 하루에도 수없이 뒤적이며 어루만진 책이었다. 사람에게는 동반자만 있는 게 아니라 동반서(同伴書)도 있다! 얼마나 정겨운 이름인가? 1994년 나의 첫 중국 나들이는 바로 그 동반서를 만나기 위함이었다. 아마도 1986년부터인가 중국에서 새로운 사전이 나온다는 소문이 들려왔다. 가슴이 설렜다. 그 이전에는 타이완에서 나온『중문대사전中文大辭典』을 썼다. 전부 열 권짜리다. 원본은 못 사고 국내 영인본을 샀다. 요즘 같으면 어림없는 일이지만 당시에는 대형 영인본들이 시중에 자주 나돌았다. 밥값 술값을 쪼개서 정말 어렵사리 한 질을 구입했다. 그것을 자취방 책상에 올려놓는 순간 모든 한문을 다 읽을 수 있을 것 같은 착각에 사로잡혔다. 며칠간 쓰다듬으며 들춰보곤 했다. 그런데 이게 영인본이라 책 부피가 원본보다 엄청 컸다. 게다가 어떤 부분은 글자가 떡이 되어 알아볼 수 없었다. 그래도 아쉬운 대로 한동안 내 책상의 요지는 이 『중문대사전』이 차지했다. 주위 동학 중 몇몇은 모로하시 데쓰지(諸橋轍次)의 『대한화사전大漢和辭典』을 봐야 한다고 했다. 『중문대사전』은 『대한화사전』의 번역판이라면서……. 나도 좀 탐이 났지만 그렇게 절실하게 구입하고 싶지는 않았다. 『중문대사전』만으로도 그럭저럭 한문 문장을 읽어나갈 수 있었기 때문이다. 아니, 다시 술값을 쪼개기 싫기 때문이었을지도 모르겠다.

1986년부터 중국에서 『한어대사전』이 낱권으로 출간되면서 홍콩을 들른 사람들이 『한어대사전』을 한두 권씩 사 들고 오기 시작했다. 『중문대사전』보다 글씨가 커서 좋았고, 또 가로로 인쇄되어 읽기가 아주 편했다. 마음이 동했지만 당시에는 그림의 떡이었다.

그사이 1992년에 한중 수교가 이루어졌다. 그리고 한두 해 뒤, 부록과 색인을 포함한 『한어대사전漢語大詞典』 전질 열세 권이 완간되었다는 소식이 들려왔다. 1994년, 첫 중국 여행의 명분은 충분했다. 1993년에 결혼한 반려자는 국내에 남겨두고 그동안 그리던 책을 만나러 배낭을 꾸렸다. 여행 경비를 아끼기 위해 인천에서 배를 탔다. 지금 영남대학교에 재직하고 있는 우재호 교수와 한국교통대학교에 재직하고 있는 권혁석 교수와 함께였다. 30여 시간 배를 타고 다음 날 저녁 톈진항(天津港)에 내렸다. 그날은 톈진에서 자고 다음 날 정말 털털거리는 고속버스로 베이징에 도착했다. 대학 친구가 당시 중국에서 가장 고급 주거 단지인 야윈춘(亞運村)에 살고 있었다. 이름 그대로 아시안게임 선수촌 아파트를 분양받은 것이다. 그곳에 숙소를 마련하고 그날 저녁은 친구의 초대로 본격 베이징 요리를 첨 맛봤다. 요리를 먹으면서도 머릿속은 온통 『한어대사전』 생각뿐이었다. 어디 가면 『한어대사전』을 구입할 수 있느냐고 친구에게 슬쩍 물었다. 친구는 바로 베이징대학교 앞 도서성(圖書城)으로 가라고 권했다.

다음 날 택시를 타고 베이징대학교 남문에 내렸다. 먼저 베이징대학교를 한 바퀴 둘러보았다. 학교 안에 전통식 기와집이 그렇게 많은지 처음 알았다. 우리나라 학교 건물은 대부분 성냥갑 같은 양옥이지 않은가? 다시 남문으로 나와 도로를 건너 도서성으로 갔다. 다짜고짜 첫눈에 띈 제일 큰 서점으로 들어갔다. 직원이 가르쳐준 사전 코너로 가는 순간 저 멀리서도 반짝반짝 빛을 내는 『한어대사전』 전질을 바로 알아볼 수 있었다. 이역만리 타국에서 이심전심으로 마음이 통한 책. 가슴이 뛰었지만 함께 간 일행에게 티를 낼 수 없어서 침착하게 천천히 다가가 『한어대사전』 앞에 서서 1권을 빼 들었다. 그리던 책을 만나 어루만져보기 위함이었다.

'아, 종이 면은 왜 이리 매끈하냐?' 그러나 더 중요한 것이 있지 않은가? '그래! 값이 얼마지?' 한 권에 80위안. 그럼 총 13권이면 1,000위안이 넘는다(현 시가는 3,600위안, 한화 66만 원 정도). 호기롭게 직원을 불러 전질을 사겠다 하고 카운터로 옮겨달라고 했다. 함께 간 분들도 모두 산다 했으니 세 질이 되었다. 서점 직원도 신바람이 났는지 몇 명을 더 불러와서 카운터로 책을 옮겼다. 어떻게 갖고 갈 거냐 하길래 배낭에 넣어달라고 했다. 그런데 아뿔싸! 배낭이 작아서 다 들어가지 않았다. 서점 직원의 실망한 목소리가 아직도 귀에 생생하다. "좡부시아(裝不下)!" 다 담을 수 없다는 뜻이었다. 어쩔 수 없이 끈으로 묶어달라고 했다. 그리하여 『한어대사전』은 슬프게도 포박된 포로처럼 나의 야윈춘 친구 집으로 실려 오게 되었다.

그다음 날부터는 고궁(故宮, 자금성), 톈탄(天壇), 이허위안(頤和園), 유리창(琉璃廠) 등등의 관광지를 돌아다니며 즐거운 여행을 했다. 그사이 북한의 김일성이 죽었다. 우리나라 친지들은 우리에게 연락이 안 돼서 난리가 났다. 혹시 이산가족이 될까봐. 그래! 우리 부부는 결혼한 지 1년밖에 안 되었잖아……. 다음 날 아내와 전화를 주고받다가 다소 비장한 마음이 들었다. 1·4 후퇴 때 헤어졌다던 신혼부부 이야기도 떠올랐다. 그러나 아무 일도 없었다.

다시 인천으로 돌아오는 날, 포로처럼 묶인 『한어대사전』을 카트에 싣고 세관을 나오는데 직원이 수상쩍은 눈초리로 훑어보다가 물었다.

"이게 뭡니까?"

"책인데요."

"똑같은 책을 왜 이렇게 많이 샀어요?"

"네? 똑같다니요?"

"제목이 다 똑같잖아요? 장사하시는 거예요?"

이런 제길~

"거참! 자세히 보세요. 사전인데 한 질이 열세 권이잖아요!"

하긴 뭐 당시 인천항 국제여객선터미널엔 99%가 보따리장수였으니 세관 직원들을 탓할 수는 없는 노릇이었다. 책 보따리장수는 첨 봤으니 이상하기도 했겠다!

집으로 돌아와, 중국 춘추시대 제나라 포숙아(鮑叔牙)가 관중(管仲)의 포승줄을 풀어주는 심정으로『한어대사전』을 묶은 줄을 풀고『중문대사전』자리에『한어대사전』을 놓았다. 책상이 환하게 빛났다. 가슴속에 뿌듯함이 밀려왔다. 그렇게『중문대사전』은 뒷전으로 밀려나고『한어대사전』이 내 동반서 목록의 1호가 되었다. 수많은 한문 고서와 고시를 읽을 때 뜻을 모르는 어휘가 있으면 바로『한어대사전』에게 물었고, 그때마다 친절한 해답을 얻었다. 이런 동료이자 스승이 어디 있으랴? 그런데 조금씩 사용하다 보니 좀 아쉬운 점이 있었다.『한어대사전』에는 옛날 사람의 이름이나 자(字)가 어휘로 등재되어 있지 않았다. 뒷전으로 밀려났던『중문대사전』이 다시 책상으로 복귀했다. 이후 이 두 사전은 한동안 나란히 내 책상의 요지를 차지하고 나의 무식함을 일깨워줬다.

21세기로 들어서자 디지털과 IT 산업이 눈부시게 발전했다. 정말 눈알이 핑핑 돌아갈 지경이다. 벽지도 바르지 않은 흙집에서 호롱불을 켜고 살던 촌놈이 이 흐름을 어떻게 타고 지금까지 버텨왔는지 모를 일이다.『십삼경』이니,『이십오사』니,『사고전서』

니,『제자백가』니,『왕조실록』이니…… 거의 모든 고서나 옛 자료가 디지털화하여 글자 검색까지 가능하게 되었다. 사전도 거의 디지털로 변모했다.『중문대사전』은 모르겠지만『한어대사전』은 PC판, 모바일판까지 나와서, 이제 번거롭게 부수나 발음을 확인하며 무거운 사전을 뒤적일 필요가 없게 되었다. 또 모든 외국어 사전을 포털 사이트에서 쉽게 이용할 수 있게 되었다. 그리고 온라인에서 '위키백과' '네이버 지식백과' '바이두백과'를 이용하면 웬만한 정보는 모두 찾아볼 수 있다. 게다가『초서자전』『이체자자전』까지 온라인에서 이용이 가능하다.

2005~2006년을 기점으로 노트북을 장만하고 나서 번역 속도가 엄청나게 빨라졌다. 모두 온라인 네트워크 덕분이다. 네이버, 구글, 바이두, 야후 등에서 사전과 자료 검색이 가능해졌기 때문이다. 모르는 어휘를 찾기 위해 종이로 된『중문대사전』이나『한어대사전』을 찾을 필요가 없게 되었고,『십삼경』이나『이십오사』를 확인하기 위해 방대한 종이책의 인득(引得, 색인)을 일일이 찾아볼 필요가 없게 되었다. 이제 책장 대신 외장하드가 늘어나기 시작했다. 웬만한 중국 책은 거의 PDF 자료로 소장할 수 있다. 외장하드에 있는 자료를 종이책으로 바꿔서 책장에 꽂는다면 장서루가 몇 채 더 필요할 지경이다.

이런 시대이니『중문대사전』과『한어대사전』도 더이상 나를 도와줄 일이 거의 없게 되었다. 따라서 내 책상의 요지를 덩그러니 차지할 명분도 사라져버렸다. 2010년에 들어서서 책장과 책상을 정리할 때, 마침내 이 두 질 스물세 권은 내 책상을 떠나 저 높은 책장 위의 빈 곳으로 자리를 옮겼다. 그야말로 '속지고각(束之高閣)'이라는 고사성어에 딱 어울리는 이동이었다. 요즘의 무슨 유명 프로야구 선수처럼 거창한 은퇴식도, 동해를 지키던 무슨 구축함처럼 비장한 퇴역식도 거행하지 못했다. 몇 번이나 헌책을 처분하면서 동반서를 고물상에 넘길지 말지 고민한 적이 있다. 하지만 중국까지 가서 직접 모셔 왔을뿐더러 한때 내 공부의 스승 역할을 담당한 동반서를 버릴 수는 없는 일이었다. 그리하여 2024년이 된 지 일주일이 지난 오늘까지도 나의 동반서는 저 높은 책장 위에서 나의 일거수일투족을 내려다보고 있다. 내가 번역하다 어려운 어휘에 막혀 신경질적으로 클릭을 해댈 때마다 고고한 동반서는 방대한 지식을 속 깊이 감춘 채 나를 비웃으며 이렇게 속삭인다.

"너는 어째 아직도 그렇게 무식하냐?"

김영문 _ 번역서 『삼국지평화』 『원본 초한지』 출간

『옥루몽』에 얽힌 사연

김풍기(교수)

스무 살이 되었을 때 한문 공부를 본격적으로 해보고 싶어졌다. 어렸을 때 자의 반 타의 반으로 접하던 한문에 재미를 느꼈기 때문이다. 학과 공부는 뒷전으로 한 채 읽고 싶은 책들만 골라 읽고 있었던 터라 바쁜 나날을 보내고 있던 참이었다. 친구들은 학과 공부에 소홀한 나를 걱정하기도 했는데 정작 나는 아무 생각이 없었다. 민족문화추진회(현재는 한국고전번역원)에서 번역한 『동문선』을 1권부터 차례로 읽으면서 조금씩 번역 투의 문장에 물이 들어갈 때가 이즈음이었다.

하루는 도서관에 유몽인(柳夢寅, 1559~1623)의 『어우야담^{於于}^{野談}』을 빌리러 갔다. 컴퓨터가 없던 시절이었으니 도서 카드에서 책을 검색해서 대출을 신청하면 사서가 서고에서 책을 찾아주는 방식이었다. 잠시 기다리고 있는데 내 이름을 불렀다. 사서가 나를 보면서 이 책을 읽을 수 있겠느냐며 먼저 물어보는 것이었다. 꺼내놓은 책을 힐끗 보면서 그 이유를 짐작했다. 나는 이 책이 번역본인 줄 알고 대출 신청을 했는데, 한문본을 영인한 책이었던 것이다. 그런데 학부 2학년 학생이 보겠노라고 대출을 하니 사서로서는 궁금하기도 했으리라.

순간 나는 민망하고 당황스러웠지만 그 책을 읽을 수 없다는 사실을 인정하기에는 자존심이 허락하지 않았다. 당연히 읽을 수 있지요, 하고 단호하게 대답한 뒤 호기롭게 그 책을 가지고 도서관을 나왔다. 그 책을 읽지 못하는 것은 당연한 일이었고 나는 대출 기간을 꽉 채워서 마지막 날 반납했다. 책상 위에 놓인 그 책을 볼 때마다 속이 쓰렸다. 번역본인지 아닌지도 확인하지 않고 대출 신청을 한 것도, 첫 페이지부터 읽지 못하는 내 처지도, 게다가 사서에게 이 책을 읽을 수 있겠느냐는 질문을 받은 것도 모두 마음을 아프게 했다. 여러 사정으로 한문을 공부하고 있었지만 스무 살 어린 내가 한문 전적을 마구 읽어가는 것은 당연히 불가능했다.

이 사건은 내게 큰 파동을 던져주었다. 한동안 이런저런 생각을 하던 나는 한문을 본격적으로 공부해보자고 마음먹었다. 한문학을 강의하시던 선생님께 찾아가서 한문 공부를 본격적으로 해보겠다고 말씀드리고, 어떤 책을 읽는 것이 좋겠느냐고 여쭈었다. 그동안 내가 읽었던 책이라든지 한문의 수준을 확인해보시더니 빙긋 웃으시면서 조선 후기 남영로(南永魯, 1810~1857)가 지은 한문 소설 『옥루몽玉樓夢』을 추천하셨다. 뜻밖의 책이었다. 당연히 나는 사서(四書)와 같은 유교 경서를 추천하실 것으로 예상하고 있었다. 그런데 소설이라니, 무슨 의미지, 하는 생각이 뇌리를 스쳤다. 선생님께서는 서가에서 한문 소설 활자본 『옥루몽』 제1권을 꺼내서 빌려주셨다. 하릴없이 그 책을 받아서 돌아왔다.

그날은 책을 펼치지 못했다. 한문 공부를 하겠다는 제자에게 소설책을 권하다니, 내 예상과는 너무도 달랐기 때문이다. 며칠 동안 고민하다가, 선생님의 추천이니 앞부분을 읽어나 보자는 마음으로 책을 펼쳤다. 현토(懸吐)가 되어 있는 한문 소설이라 생각보다는 읽을 만했다. 한 페이지에 몇 글자만 자전(字典)을 찾으면 되었기에 비교적 빨리 읽을 수 있었다. 경서(經書)에 비하면 쉬웠으니 읽어나가는 진도 역시 빨랐다. 그런데 이 책, 생각보다 훨씬 재미있었다. 너무 재미있어서 책장 넘어가는 걸 모르고 읽었는데, 생각해보니 선생님께 계속 빌려보기보다는 그 책을 구입해서 읽어야겠다는 생각이 들었다. 그러나 어떤 서점을 가도 이 책을 살 수가 없었다.

이 무렵 나는 헌책방을 돌아다니면서 문학사에서 중요하게 언급되는 책의 초판본을 구하는 재미에 빠져 있었다. 주머니에 돈이 없었지만 2주에 한 번은 반드시 청계천과 인사동의 헌책방을 돌아다니면서 책 사냥을 즐겼다. 혹시라도 돈이 약간 부족해서 구하고 싶은 책을 사지 못할까 두려워서 점심도 먹지 않고 다녔다. 지금은 거의 사라졌지만 당시에는 정말 많은 헌책방이 청계천 쪽에 이어져 있었다. 종로5가 뒤쪽으로 들어가서 책방을 훑으면서 올라간 뒤 종로3가로 나와서 인사동으로 들어가곤 했다.

하루는 청계천 헌책방 거리를 일찍 빠져나와서 종묘 인근으로 나왔다. 빨리 인사동 쪽으로 가려고 뒷골목으로 들어갔다. 지금과는 비교가 안 되겠지만 당시는 종로에서 한 골목만 들어가도 좁고 누추한 느낌이 물씬 풍기는 곳이 이어져 있었다. 점심때가 가까운 시간, 주변을 두리번거리면서 걷고 있는데 눈에 익은 간판이 보였다. 세창서관(世昌書館)이었다. 『옥루몽』을 펴낸 바로 그 세창서관이었다. 너무 기쁜 나머지, 간판이 걸린 입구로 들어갔다. 말 그대로 좁고 작은 건물이었고 올라가는 계단 역시 허름했다. 1981년의 기억이라 정확하지는 않지만 아마도 세창서관은 그 건물 4층에 있었다(굳이 이것을 밝히는 것은 최근 서울시에서 만든 표지석 때문이다. 현재의 표지석은 종로 대로변에 설치됐는데 사실 세창서관은 거기서 한 골목 더 들어간 뒷골목에 있었다는 점을 기록으로 남기고 싶다). 나는 세창서관이 아직도 있을 줄은 상상도 못했다. 왜냐하면 활자본 고전소설 중에 세창서관 판본은 늘 중요하게 거론되는 것이었고 그것은 일제강점기에 주로 발행됐기에 내 머릿속에서 세창서관은 오래전 존재했다가 사라진 출판사였다. 그런데 내 눈앞에 떡하니 나타났으니 그 당시의 감격이란 이루 말할 수 없었다.

막상 들어가 본 세창서관은 누추한 건물보다 더 누추한 느낌이었다. 몇 평 안 되는 사무실 한 칸을 사용하고 있었다. 사방으로 책을 어지럽게 쌓아놓은 탓에 빛이 들어오지 않아서, 한낮이었는데도 어두컴컴한 느낌이었다. 누군지는 모르겠지만 나이를 제법 먹은 남자분(아마도 세창서관 창업주의 아들뻘쯤 되실 정도로 연세가 들어 보였다)이 앉아 있다가 내가 들어가니까 뜨악하게 쳐다봤다.『옥루몽』을 구입할 수 있느냐고 물으니 남자분은 어디서 왔느냐고 되묻는다. 어린 학생이 굳이 뒷골목 세창서관을 찾아와서 팔리지도 않는 책을 물으니 궁금했던 모양이다. 고전소설에 관심이 많다는 점, 대학생이라는 점 등을 말하니 반색하면서 책을 꺼내줬다. 고전소설에 관심이 있으면 당연히 이런 책도 필요하지 않으냐면서 세창서관본 고전소설을 여러 권 꺼내놓는 것이었다. 그냥 나오기가 민망해서 주머니에 몇 푼 안 되는 돈을 털어서『옥루몽』을 포함해 한글 고전소설 몇 권을 구입했다.

그해 여름방학을 동해가 보이는 암자에서 보내게 되었다. 가방을 꾸릴 때 책 몇 권을 넣었는데『옥루몽』을 가져갔다. 새벽에 예불도 드리고 아침 공양을 마치면 혼자 바닷가를 산책하기도 하고 그늘에 앉아 책도 읽으면서 틈틈이『옥루몽』을 읽었다. 한자 자전을 가지고 가지 않아서 어려운 한자나 단어는 돌아간 뒤 찾아볼 요량으로 표시한 뒤 건너뛰었다. 엄벙덤벙 읽었지만 양창곡이 강남홍, 벽성선, 일지련 등 여러 여성과 인연을 맺으며 살아가는 이야기는 흥미진진했다. 세 권으로 된『옥루몽』을 모두 읽고 나자 여름방학이 끝나가고 있었다. 희한한 것은 세번째 권을 읽을 때가 되자 한문 문장이 한눈에 이해가 되는 느낌을 받았다는 점이다. 나도 모르는 사이에 한문을 보는 눈이 달라져 있었던 것이다.

　내 주변 사람들은 많이 아는 이야기지만, 나는 대학원을 어쩌다 진학한 경우다. 우리 고전문학을 공부하면서 중요한 한문 전적을 읽고 공부의 길을 열심히 걷고 걸었다. 사서를 읽고 노장(老莊)을 읽으면서 내 한문 지식이 눈곱만큼씩 자랐겠지만, 한문에 재미를 붙이고 그 공부를 하는 토대를 쌓는 과정에서 『옥루몽』 세 권을 통독한 경험은 큰 자산이 되었음을 부정할 수가 없다.

　공부를 하면서 뜬금없이 이 책이 떠오르곤 했다. 물론 다시 통독하지는 않았지만 책꽂이에 꽂혀 있는 책을 꺼내보면 스무 살 여름방학 때로 돌아가는 듯했다. 내가 전공하는 세부 분야는 아니지만 『옥루몽』에 대한 아련한 추억은 가슴속 깊은 곳에 남아 있었다. 2005년 고전소설로 꽤 큰 프로젝트를 하게 되었는데, 퍼뜩 『옥루몽』이 생각났다. 차제에 이 책을 번역하는 것이 어떨까 싶어서 즉시 번역에 착수했다. 1년 동안 새벽까지 애쓴 덕에 2006년 『옥루몽』 완역본을 출간하게 되었다. 오랜 사랑이 이렇게 결실을 본 셈이다. 그 과정에서 나는 일제강점기에 출간된 활자본 『옥루몽』을 모두 구하게 되었으니, 어쩌면 이 책은 내 공부의 첫걸음에 크고 짙은 그림자를 드리우고 있다 해도 과언이 아니다.

　세창서관에 찾아가서 샀던 그 『옥루몽』은 지금도 내 서가에 꽂혀 있다. 이 책에는 어릴 적 연필로 낙서한 흔적이며, 내가 세창서관에서 샀다고 메모한 흔적이 고스란히 남아서 어린 시절을 떠올리게 한다. 이후에도 헌책방에서 귀한 책을 구했던 감격스러운 순간을 수차례 맞이했지만, 역시『옥루몽』을 구했던 세창서관 안 어둑한 공간에서의 감격은 어제처럼 생생하다. 그 책은 여전히 당시의 모습을 간직하고 있지만 그때의 어린 학생은 가뭇없이 사라지고『옥루몽』을 가슴에 품은 초로의 연구자가 그 책을 바라보고 있다.

김풍기_ 저서『시힘』『김풍기 교수와 함께 읽는 오언당음』『어디 장쾌한 일 좀 없을까』 출간

"나는 책 덕후로소이다"

권성욱(전쟁사 연구가)

책이 좋다. 몸을 움직이는 건 싫어하고 남들처럼 이렇다 할 다른 취미도 없고, 안중근 의사의 유명한 말마따나 잠시라도 책을 읽지 않으면 입안에 이상한 뭔가가 돋지는 않지만 확실히 금단증상은 있다. 그러면서도 편식쟁이답게 독서 취향 또한 입맛만큼이나 쓸데없이 까다롭다. 장르를 가리지 않고 닥치는 대로 섭렵하기보다는 전쟁사와 밀리터리 쪽만 주야장천 읽으면서 틈만 나면 쓸 만한 신작 나온 거 없나 인터넷 서점의 역사 코너를 뒤지고 있다. 물론 편식쟁이들이 그러하듯 재미있는 책을 발견하면 얼마든지 눈을 돌리니 독서라는 것도 혀와 비슷한 모양이다. 먹지 않으면 허기지는 것처럼 읽지 않으면 뇌가 굶주리니 독서 중독이 실로 '3대 욕구'급이다. 속독과 다독에 능숙하여 한 달에 적어도 열

권은 읽는 것 같다.

19세기에 활동한 영국의 역사학자이자 사상가인 토머스 칼라일은 "책 속에는 지나간 모든 시간의 영혼이 잠잔다(In books lies the soul of the whole past time)"라고 했다나. 너무 거창하지 않은가. 나는 책을 통해 과거와 대화한다거나, 영혼의 양식을 얻는다기보다 그저 읽는 게 좋은 사람이다. 쓰기 위해 글을 읽은 게 아니라 읽다보니 글을 쓰게 되었다. 왠지 인생의 보너스 스킬을 얻은 것 같다. 정신 차리고 보니 벽돌책 세 권을 내놓기는 했지만 남 앞에서 당당히 "나는 작가요"라고 우쭐대기에는 80%쯤 부족하다. 한 가지에 미친 듯이 빠져서 열정과 집착만큼은 전문가조차 따르지 못하는 인간을 '덕후'라 한다면 나는 책 덕후다.

책을 읽는 것이 좋다. 이 기쁨을 널리 퍼뜨리고 싶다. 하지만 아쉽게도 내 주변 사람들은 그것을 알아주기에 아직 이른 듯하다. 지인들은 물론이고, 국어 교사인 아내는 허구한 날 거실의 안마의자에 앉아서 스마트폰을 들여다본다. 청춘남녀의 로맨스를 다룬 웹소설이란다. 어릴 때 책 덕후 2대를 만들어보겠다며 밤마다 부지런히 동화책을 읽어주었던 초등학교 6학년 딸은 요즘 들어 스마트폰으로 친구와 카톡을 하거나 자기가 좋아하는 유튜브 영상을 보는 데 더 빠져 있는 느낌이다. 혹시나 직장 동호회에 독서모임 같은 게 있지 않을까 사내 게시판을 뒤져보았다. 축구, 산행, 골프, 낚시, 그림 그리기, 사진 찍기, 영화 감상, 농구……. 아니, 요즘 젊은 직원들은 에너지도 좋지, 주말마다 모여서 농구를 한다고? 우리 나이가 되면 말이야, 족구도 힘들다고. 오호통재라, 어쩌겠는가. 세상에는 독서 말고도 인생의 즐거움이 이렇게 많으니 말이다. 이러다가 미래에는 독서가 희귀 취미가 될지도 모르겠다.

엊그제 작년 한 해 동안 책을 한 권이라도 읽은 성인이 절반도 되지 않는다는 기사를 읽었다. 굳이 문화체육관광부나 한국출판문화진흥원의 통계를 들지 않아도 독서 인구가 나날이 줄고 있는 것은 새삼스럽지 않은 이야기이다. 그리고 보니 요즘은 좀 시들해진 느낌이지만, 몇 년 전에 한동안 '책 쓰기 코칭'이라는 게 유행한 적이 있었다. 일부 작가들이 뭣 모르는 일반인들을 상대로 책 쓰기 코칭이라면서 자기에게 몇 주만 코칭을 받으면 평범한 직장인도 책을 내고 인세를 받아서 평생 수입이 생긴다는 둥, 말로만 듣던 파이어족이 되어 조기 은퇴의 꿈을 실현할 수 있다는 둥 광고하더라. 심지어 누가 책을 썼더니 그 돈으로 스포츠카를 샀다는 얘기도 있었다. 내가 들어도 솔깃하다. 그렇게 나온 책들을 몇 권 본 적이 있는데, 틀에 박힌 구성에 내용은 무성의하며 개성이 없었다. 그들만의 속성 교본이라도 있는 모양이다. 하지만 세상일이란 호락호락하지 않으며 그렇게 쉽게 나온 책이 무슨 의미가 있을까 싶다. 스코틀랜드 출신의 영국 작가 제임스 보즈웰이 "사람이 한 권의 책을 쓰려면 도서관 절반 이상을 뒤져야 한다"라고 했듯이, 단순히 내 생각을 나열하는 것이 아니라 다른 사람들의 공감을 얻고 그들의 마음을 움직여야 비로소 책다운 책이라 할 수 있다. 그 옛날에 대장장이가 칼 하나를 완성하기 위해서 쇠를 수백 번 때렸다는 이야기처럼, 한 권의 책을 쓰려면 저자는 고뇌하고, 책을 뒤지고, 글을 고치는 과정을 수백 번 반복해야 하는 법이다. 하지만 그렇게 나온 명저조차 어지간히 유명한 사람의 저서가 아니면 대부분 1쇄조차 팔지 못하고 금방 절판된다. 나중에는 구하려야 구하기 어려울 정도이다. 하물며 작가로서 대박을 꿈꾸기에는 영하의 칼바람이 부는 것이 대한민국의 냉엄한 출판 현실이다.

미국, 중국, 일본에 비할 수는 없어도 국내 출판 규모가 인구나 경제력에 비하여 그리 작은 편은 아니라고 한다. 그런데 어째서 내 주변에서 책 읽는 사람을 발견하는 일이 포켓몬 찾기보다 어려울까. 독서층의 편중 때문이란다. 한마디로 읽는 사람만 읽는다는 것. 학생들은 그럭저럭 읽지만, 성인은 열에 여섯 명이 일 년 내내 책을 한 권도 읽지 않는다고 한다. 특히 'MZ세대'라는 20·30세대는 한 달에 책을 사는 데 만 원도 쓰지 않는다고. 워낙 책을 읽지 않으니 오죽하면 요즘은 인터넷에서 유튜브를 보는 것도 독서 활동으로 친다나. 하물며 책 따위 관심 없는 사람에게 책을 쓰는 작가란 그야말로 괴이한 인간일 것이다. 아이러니하게도 대한민국의 모든 부모는 자녀를 책 읽는 아이로 키울 요량으로 부지런히 책을 사주고 도서관으로 데리고 다닌다. 그런데 어른이 되면 읽지 않는 것은 무슨 까닭인가. 흔히 "바빠서"라고 하지만 바꾸어 말해 독서가 나의 귀중한 시간과 바꿀 만큼 매력적이지 못하다는 이야기이기도 하다. 책보다 재미있는 오락거리가 넘쳐나는 게 우리네 세상이고 그 치열한 경쟁에서 이기지 못하는 쪽이 잘못인지도 모른다.

　법정 드라마 〈미스 함무라비〉의 작가 문유석 판사가 쓴 『쾌락 독서』라는 책이 있다. 판사이자 작가로서 쓴 독서 에세이이다. 어릴 때 어쩌다가 책이라는 즐거움에 처음 빠져들게 되었는지, 학창 시절 인상 깊게 읽었던 소설이나 만화책이 오늘의 자신을 만드는 데 어떻게 일조했는지 인생 만담을 늘어놓는다. 뜬금없이 『슬램덩크』의 어느 장면에 이런 게 있는데, 하는 걸 보니 이분, 나랑 같은 시대에 사셨구먼. 그래선지 그때는 그랬지, 하면서 기억도 공유되는 모양이다. 저자가 책 덕후의 길을 걷게 된 계기는 엄마 몰래 동네 만화방을 드나들던 초등학교 1학년 때, 잘사는 친구 집에 놀러 갔다가 우연히 방 한쪽 면을 가득 채운 백과사전과 위인 전기, 세계 명작 전집을 발견한 순간이었다고 한다. 값비싼 전집류를 한가득 사준 부모의 희망과 달리 신세계가 열린 쪽은 친구가 아니라 자신이었다고.

　나도 비슷한 추억이 있다. 마찬가지로 초등학교 1학년 때였다. 요즘 같으면 어림없는 얘기겠지만, 내가 어릴 때만 해도 죄 없는 아이들을 꼬드겨 부모님들 주머니를 털 속셈으로 학교의 묵인 아래 장사꾼이 교실에 들어와서 판촉 활동을 하는 경우가 많았다. 어느 날 담임 선생님과 함께 교실을 방문한 책 장수가 아이들에게 부모님께 갖다드리라면서 리플릿을 나누어 주었다. 몇십 권짜리 전집류였다. 그 양반이 뭐라고 했는지까지는 기억나지 않지만 이런 책 많이 읽어야 똑똑해지고 공부 잘한다는 둥 뻔한 감언이설을 늘어놓지 않았을까 싶다. 무슨 이유인지 책이 엄청나게 탐났던 건 분명하다. 당장 집에 가서 며칠에 걸쳐 어머니한테 사달라고 졸랐다. 그리고 집에 도착한 것은 각각 열 권짜리 국내 전래 동화와 세계 명작 동화였다. 왠지 리플릿에서 본 것과는 다른 느낌이었지만 어머니께서는 같은 거라고 하셨다. 나중에 같은 반 친구 집에 갔다가 리플릿과 똑같은 전집류를 보고 그제야 어머니께 속았다고 생각했지만 말이다. 하긴 좁은 단칸방에 그걸 둘 자리가 어디에 있었겠냐만. 어쨌든 어린 나에게는 첫 전집류이자 책에 대한 신세계가 열리는 순간이었다. 볼 때마다 어찌나 재미있었는지 누더기가 될 때까지 읽었던 것 같다. 그때부터였다, 활자 중독에 빠진 것은. 심지어 화장실에서 볼일을 보면서 샴푸 통에 적힌 설명서를 열심히 읽기도 했다. 초등학교 6학년 때에는 아버지께서 부산 보수동의 헌책방에서 다섯 권짜리 삼국지 시리즈를 사다 주셨다. 요시카와 에이지의 삼국지였는데, 정식 라이선스가 아니라 1980년대 해적판인지라 누런 똥종이(갱지)에 무려 세로쓰기였다. 지금 생각하면 초등학생이 읽을 책은 아닌데도 내용을 달달 외울 만큼 엄청나게 탐독했다. 내가 처음 읽은 역사소설이었고, 이때부터 나는 역사 덕후, 즉 '역덕'이 되었다. 그렇다고 집에 책이 그리 많지는 않았다. 하라는 공부는 안 하고 소설이나 읽는다며 타박을 놓는 게 그 시절 가난하고 배움이 짧은 대다수 부모님의 사고방식이기도 했다.

시대는 달라졌고 대한민국은 훨씬 풍요로워졌다. 내 아이의 독서 습관을 위해서 부모는 아낌없이 주머니를 연다. 우리집만 해도 내 책장과 딸내미 책장이 방 두 칸과 거실 전체를 차지하고 있다. 동네마다 작은 도서관이 있고, 몇 년 전에는 교육과 문화의 불모 지라던 울산에서도 시립 도서관이 열렸다. 이렇게 좋은 세상이 왔으니 이론적으로는 책 덕후가 양산되어야 마땅한데 언론에서는 독서 인구가 줄고 있다느니, 젊은 세대일수록 책을 읽지 않아 문해력이 날로 떨어지고 있다느니 비관적인 기사 일색이다. 물론 우리 세대라고 해서 누구나 책에서 신세계를 만난 것은 아니지만 오늘날 학벌 사회, 성적 지상주의 분위기에서 독서가 점수와 진학을 위한 일종의 수단으로 여겨지다보니 아이들로서는 도리어 독서의 즐거움 자체를 박탈당한 것은 아닐까. 쾌락도 의무가 되면 쾌락으로 여겨지지 않는 법이다.

책 덕후에게 책이 즐거운 이유는 그곳에서 내가 모르는 세상과 모르는 사람, 모르는 지식을 발견할 수 있기 때문이다. 내 눈에 들어오는 세상이 얼마나 좁고 내 식견이 얼마나 편협한지 깨닫는다. 책을 통해 타인의 감정과 고통, 욕망을 배운다. 때로는 저자의 예리함에 찬사를 보내고 때로는 저자가 놓친 부분을 나 스스로 짚어보거나 그것이 틀렸다면서 비판한다. 1,000여 페이지가 넘는 알렉산더 미카베리즈의 『나폴레옹 세계사』를 읽으면서 나폴레옹이라는 인간이 자신의 욕망을 위해서 프랑스혁명을 어떻게 악용했으며, 그럼에도 이후의 인류 역사를 어떻게 바꾸었기에 일세의 영웅으로 불리는지 나만의 관점에서 되새겨본다. 유튜브 영상은 제

아무리 유명 강사가 화려하게 편집해도 짧은 분량에 넣다보니 전후 맥락을 멋대로 잘라먹지만, 책에는 그 모든 것이 담겨 있다. 그것이 나의 말초신경을 자극하여 마치 뽕을 맞은 양 뇌에서 도파민이 분비된다. 뭐, 뽕을 진짜로 맞아본 적이 없으니 그 기분이 같은지는 알 수 없지만 말이다.

2월 14일이 밸런타인데이이고 3월 14일이 화이트데이라던가. 여기에 5월 14일 로즈데이, 11월 11일 빼빼로데이도 있다. 언젠가 여자가 남자에게 주는 날과 남자가 여자에게 주는 날이 헷갈려서 밸런타인데이에 아내와 딸, 직장 여직원들에게 초콜릿을 하나씩 돌린 적도 있었다. 어느 초콜릿 회사에서 한창 달달한 연인들의 지갑을 열 요량으로 발명한 상술이라는데 대단한 발상이다. 단거 안 좋아하고 무슨 기념일을 기억 못하는 나한테도 먹힐 정도이니 말이다. 그런데 북데이는 없나. 쓸모없는 열량만 있고 다이어트에 도움 안 되는 초콜릿보다 살찔 염려 없는 책이 어떻게 봐도백배 이득 아닌가. 아내에게 물어보니 있단다. 4월 23일이 '세계책의 날'이라고 한다. 도서관이나 학교에서는 학생들을 대상으로 이런저런 행사를 하는 모양이지만, 대중적으로 공인된 이벤트 데이나 한 해의 대목이라기에는 한참 부족한 느낌. 아는 사람만 아는 날이랄까. 적어도 그날 하루 솔로 부대가 책을 주고받는 커플들을 향해 "폭발해버려라!"라고 저주할 정도는 되어야 인정해줄만하다. 어렵다고? 초콜릿 회사에서도 하는데 출판사들이 못 할이유가 뭐가 있겠는가. 게다가 초콜릿은 먹으면 끝이지만 책은 두

고두고 남는데다 개중에는 읽는 사람도 있을 것이고, 그렇게 퍼져
나가면 책 덕후의 시대가 열리는 것도 시간문제일지니. 세상이여,
빨리 나를 쫓아오라.

권성욱_ 저서 『별들의 흑역사』 출간

레이먼드 챈들러와 나

김효정(영화평론가)

정성일 평론가에 따르면, 프랑수아 트뤼포는 영화를 좋아하는 세 단계에 대해서 이렇게 말했다고 한다. 첫번째 단계, 본 영화를 두 번 보는 것. 두번째 단계, 본 영화에 대해서 쓰는 것. 마지막 단계, 영화를 만드는 것. 추후에 이 로맨틱한 '테제'는 정성일 평론가에 의한 (악의 없는) 윤색이었던 것으로 밝혀졌지만 어쨌거나 나는 이 명언 아닌 명언을 꽤 오랫동안 마음속에 담아두고 찬양했다(그러한 면에서 난 정성일 평론가에게 원망보다는 감사를 전하고 싶다). 트뤼포가 이 세 단계를 다 실천하는 것으로 영화를 향한 그의 사랑을 (어쨌거나) 증명했다고 믿으며, 나 역시 내가 지극히 사랑하는 작가, 레이먼드 챈들러에 대해서 같은 생각을 한 적이 있다. 그는 나에게 누아르 문학을 경험하게 한 인물이자, 책과 멀어질 때마다 다시금 책장을 손에 쥐게 한, 서당의 훈장 같은 존재였다. 이 존경과 사랑을 나라면 어떻게 증명할 것인가. 내게 세 단계는 이러했다. 첫번째, 챈들러의 책을 모두 읽는 것. 두번째, 챈들러의 소설을 영화화한 모든 작품과 버전을 보는 것. 마지막, 챈들러에 대한 영구한 기록을 남기는 것. 다음 글은 내가 이 세 단계를 모두 실천한 과정에 대한 기록이다.

사실 책을 좋아해서 읽은 것은 고등학교 때가 마지막이었던 것 같다. 그나마도 정말 좋아서라기보다 수능을 위한, 강요된 애정 같은 것이었다. 언어 영역에 출제되는 모든 한국문학과 외국어 영역에 등장하는 미국문학까지 필요한 것은 닥치는 대로 읽었다. 대학에 들어가서는 수업을 위한 자료를 읽는 것 말고는 일절 책을 읽지 않았다. 십수 년 동안 동반했던 책이 솔직히 지겨웠다. 물론 이러한 배경에는 영화 전공을 선택한 것이 적지 않은 요인으로 작용했을 것이다. 그렇게 활자를 저버리고 이미지와의 사랑에 빠져 있을 무렵 만난 책이 레이먼드 챈들러의 『기나긴 이별』이다. 누아르 영화의 전문가이자 당대의 명필인 영화학자, 제임스 네어모어가 가르치던 '필름누아르' 수업을 들을 때였다. 사실 챈들러는 빌리 와일더의 〈이중 배상〉(1944)이라는 영화를 보면서 알게 된 인물이다. 흥미롭게도 그는 이 작품에서 원작자가 아닌 시나리오 작가로 참여했다. 그가 누아르와 하드보일드 소설의 명장으로 이름을 알리게 되면서 할리우드가 또다른 누아르의 대가인 제임스 M. 케인과 함께 시나리오 작업을 맡긴 것이다. 한 유부녀의 유혹으로 살인을 저지르고 신세를 망치게 되는 보험 외판원의 이야기를 다룬 〈이중 배상〉은 실로 어두운 영화다. 아무리 누아르 영화라고는 하지만 작품 전반을 감싸고 있는 '어두움'의 정도가 나의 비루한 표현의 영역으로는 감당이 안 되는 정도였다. 그가 그리는 세계, 인간의 형질은 한없이 추악하고 구원될 수 없는 것이지만, 그럼에도 그가 쓴 대사들은 너무나도 아름답고 시적이었다. 마치 세상에서 가장 흉악한 이야기를 가장 로맨틱하고 고운 단어로 직조해 만든 것처럼 말이다. 나는 영화를 보자마자 집으로 달려가 그의 대표작들을 주문했다. 그렇게 『기나긴 이별』을 통한 레이먼드 챈들러로의, 책으로의 여정이 시작되었다.

아서 코넌 도일에게 '셜록 홈스'가, 애거사 크리스티에게 '에르퀼 푸아로'가 있다면, 레이먼드 챈들러에겐 '필립 말로'가 있다. 챈들러의 대표작들은 모두 사립 탐정인 필립 말로가 의뢰받는, 혹은 그가 직접 연루되는 사건을 중심으로 한다. 이러한 종류의 탐정소설, 혹은 하드보일드 소설들의 대부분이 그렇지만 이야기의 중심은 살인(혹은 실종) 사건이다. 하나의 사건을 중심으로 다수의 인물이 소개되고 수사가 시작되면서 사건의 배후와 범인에 근접해 가는 것이다. 챈들러의 소설도 이러한 구성에 있어서는 크게 다르지 않다. 다만 특징이 있다면, 챈들러는 캐릭터의 행동을 현미경으로 관찰하듯 섬세하고 미세하게 서술하는 것이 큰 매력이다. 내겐 필립 말로가 담배를 피우는(그는 담배를 정말 많이 피운다) 순간을 그려내는 페이지가 그러했는데, 담배 한 개비를 피우는 과정을 '슬로모션'으로 담아낸 글을 보면 못 피우는 담배라도 배워서 피우고 싶을 지경이 될 것이다. 결론적으로 그는 서사만큼이나 디테일과 비유에 강한 작가다. 너무 복잡한 인물 관계도와 겹에 겹을 더하는 사건은 가끔 피로감이 들 때가 있지만 그의 디테일 서술, 그리고 그 비유만큼은 명확하기 이를 데가 없으면서도 황홀할 정도로 드라마틱하다. 예를 들어 이런 식이다. "집사는 별로 개의치 않는 것 같았다. 그는 키가 크고 마른 은발의 남자로 60세 전후로 보였다. 파란색의 두 눈은 사람의 눈이 표현할 수 있는 가장 막연한 표정을 띠고 있었다."(『빅 슬립』, 북하우스, 2004, 12쪽) 사람의 눈이 표현할 수 있는 가장 막연한 표정의 파란 눈이라니…….과연 '막연'하면서도 그의 표정이 머릿속에서 즉각적으로 그려지는 적확한 서술이 아닐 수 없다.

또한, 출판된 챈들러의 무수한 버전들 중 펭귄 북스의 페이퍼백은 들고 다니기가 좋았다. 개인적으로는 하드커버의 감촉과 무게를 선호하지만 챈들러만큼은 달랐다. '펄프 픽션'의 창궐 시대에 탄생한 작가이니 만큼, 주머니든, 가방 포켓이든 꽂아넣고 다니며 틈날 때마다 읽는 것이(이야기에 늘 반전이 있어서 오래 기다릴 수도 없다) 이상적이었다. 나를 책의 세계, 정확히 말하면 문학의 세계로 다시 끌어들인 『기나긴 이별』에 심취해 있는 동안, 학교 수업이 끝나자마자 향했던 곳은 대학 캠퍼스 근처에 있는 펍이었다. 그날 피우고 싶은 담배를 한 갑 사서(담배 없이 챈들러의 소설을 읽는 것은 인간 능력 밖의 일이다) 볕이 좋은 테라스에 앉아 그날의 스페셜(맥주 종류가 매일 바뀌지만 3달러라는 '특별한' 가격에 마실 수 있다) 혹은 챈들러의 마초적인 문체와 어울리는 IPA를 시키면 모든 세팅이 끝난 것이다. 그렇게 몇 년 동안 이 펍에서 챈들러의 소설들을 만났다. 그렇게 나는 챈들러를 통해 다시금 책과 재회했고, 그를 통해 비슷한 장르의 다른 거장들 책을 접했다. 제임스 M. 케인의『포스트맨은 벨을 두 번 울린다』, 대프니 듀 모리에의『레베카』, 제임스 엘로이의『L.A. 컨피덴셜』등은 영화화되었는데 걸작의 운명이 그렇듯, 이 소설들은 그 자체로도 태생부터 뛰어났던 작품들이다.

그러나 난 이후로 또 한번 책을 떠났다. 그렇게 미친 듯이 소설(과 수업과 관련한 텍스트들)을 읽어대다가 졸업을 했고, 귀국 후에는 구직해야 했다. 책을 읽을 시간은 술자리를 전전하며 사람들을 만나는 시간으로 대체되었다. 이따금 책 선물을 받을 때면 책상 위 어느 구석에 던져놓고 다시는 궁금해하지 않았다. 마치 옛 연인처럼, 그렇게 내 인생에서 책은 과거의 존재가 되어갔다. 그리고 한참의 시간이 흘렀다. 원하던 일을 하게 되었고, 별로 특별하지 않은 한 술자리에서 누군가 내게 챈들러의『안녕 내 사랑 Farewell, My Lovely』(1940)을 읽어본 적이 있는지 물었다. 읽어본 적이 있냐고?『Trouble Is My Business』『호수의 여인』『깊은 잠』등 난 전당대회라도 나간 것처럼 내가 얼마나 그를 사랑하는지 격렬하게 피력했다. 왜 그렇게 울컥했을까. 햇살이 쏟아지던 테라스, 거품이 꺼진 맥주, 그리고 책장을 뒤로 넘기고 싶어 안달이 난

내 손. 펍에서 챈들러를 탐독하던 시간들이 떠올랐다. 그의 소설과 책 읽는 시간이 그리워졌다. 아, 역시 나는 이자를 떠날 수가 없다.

그리고 지금껏 다행히도 책을 떠나본 적이 없다. 챈들러의 한국 번역서들, 해외 사이트에서 주문한 챈들러의 에세이들로 시작해서 그동안 놓쳤던 무라카미 하루키의 신작들과 황석영의 신작, 한강의 작품을 한국어와 영어로 닥치는 대로 읽었다(물론 생업과 관련된 논문과 학술서를 포함하여). 돌이켜보면 난 챈들러의 혼령에게서 헤어나지 못하는지도 모르겠다. 책에서 멀어진다 싶을 때늘, 챈들러는 (국경을 넘어) 발목을 잡는다. 이쯤 되면 〈헬로우 고스트〉(2010)의 차태현 캐릭터만큼이나 귀신의 덕을 보고 있는 것은 아닌지.

트뤼포와 정성일 평론가의 '합작 명언'에 의한다면, 그는 그가 사랑하는 영화들보다 더 뛰어난 영화를 만드는 것으로 영화를 향한 그의 사랑을 완성할 수 있었지만, 난 일억만 번을 다시 태어나도 챈들러보다 더 나은 글을 쓸 수는 없을 것이다. 그럼에도 난 이 고마운 존재에게 느끼는 감사를, 그와 끝나지 않는 로맨스를 영구히 추앙하고 기록으로 남기고 싶었다. 챈들러와 관련해 영화 리뷰도, 책의 장도 썼지만 그 모든 것이 영구히 남을 것 같다는 생각이 들지 않았다. 궁극적으로 내가 택한 나만의 '세 단계'는 타투였다. 챈들러의 첫 책에서 발견한 표지 폰트로 'R. Chandler'라는 타투를 했다. 참으로 비문학적이고 졸렬한 방식의 예찬이라는 생각도 들지만, 그제야 뭔가 적절한 오마주를 실천한 기분이 들었다. 저 너머에서 '깊은 잠'을 자고 있는 챈들러에게 내가 보내는 작은 러브레터는 그렇게 완성이 되었다. Farewell, My Lovely(안녕, 내 사랑)!

김효정_ 저서 『보가트가 사랑할 뻔한 맥주』 출간

전집과 박스 세트를 소유하라.
인생이 달라질 것이다.

오동진(영화평론가)

누구나 그렇겠지만 나 역시 전집과 박스 세트를 꽤 가지고 있다. 그중 반은 스스로 '막대한' 돈을 들여 구입한 것이고 나머지 반은, 고맙고 친절하게도, 출판사에서 직접 보내준 것이기도 하다. 프랭크 허버트의 『듄』 전집은 을지로 세운상가의 철학 전문 독립 서점인 '소요서가'에 특별히 주문을 넣은 후 현장에서 계산하고 거기서부터 파주에 있는 집까지 끙끙대며 메고 온 기억이 난다. 그럼에도 불구하고 읽지는 않았다. 소설 『듄』은 이번 드니 빌뇌브 영화가 아니라 데이비드 린치의 1984년 작 영화가 상영될 때 나왔던 축약본 1, 2권을 본 것이 다이다. (기억이 듬성듬성하지만) 아마 그럴 것이다. 제대로 된 전집은 분명 이번이 처음인 것으로 안다. 아무튼 『듄』 전집, 아직 안 읽었다.

어느 집 서가에 전집이나 박스 세트가 많다는 것은 그 서가의 주인이 책을 애정하는 것은 맞지만 책을 꼭 많이, 그것도 열심히 읽는다는 것을 의미하지는 않는다. 그건 나에게 꼭 들어맞는 얘기이다. 예컨대 교유서가에서 제공한 콜린 매컬로의 스물두 권짜리 『마스터스 오브 로마』는, 교유서가에 미안한 일이지만, 엄두도 내지 못했다. 톨스토이의 『전쟁과 평화』는 대학 때 읽었던 기억을 떠올리며 전집을 새로 들여온 뒤, 언젠가 다시 섭렵하겠다며 마음만 불사르고 있을 뿐이다. 도스토옙스키 전집은 직접 사긴 했지만 가깝게 지내는 누이에게 생일 선물로 보냈다. 대신 『카라마조프가의 형제들』『악령』 등은 단행본이 있어서 그건 종종 꺼내 보곤 한다. 어딘가에 도스토옙스키에 대해 언급할 때마다 손이 닿는 곳에 꽂혀 있는 『악령』을 꺼내서 극중 인물 이름이 스쩨빤 뜨로피모비치 베르호벤스끼인지 스테판 트로피모비치 베르호벤스키가 맞는 철자인지를 확인한다. '끼'와 '키'의 차이는 큰 것이니까. 도스토옙스키는 인생에서 늘 가깝게 두고 살아야 하는 작가이다. 난 그렇게 생각한다.

책 읽기와 영화 보기는 비슷한 구석이 있다. 영화 전문가들도 〈타르콥스키, 기도하는 영혼〉을 보러 가는 걸 선호하지 않는다. 그보다는 오컬트 상업영화 〈파묘〉를 먼저 챙긴다. 넷플릭스에서 다큐멘터리를 뒤지기보다는 할런 코벤 원작과 그가 제작한 미스터리 스릴러를 찾아서 본다. 대체로 에피소드 열 편의 시즌 드라마인 경우가 많은데 그걸 밤새워 '정주행'을 한다. 책 읽기도 똑같다.

『플루타르코스 영웅전』 박스 세트는 서가에 근엄하게 꽂혀 있다. 마음속에서는 그리스·로마 신화와 역사를 한번 정리해야지, 그때쯤 한번 봐야지 하면서도 나처럼 노년으로 가는 나이의 남자들은 기이하게도 지금까지의 인생에서 최고로 바쁘게 지낸다. 출판사 서울셀렉션이 발간한 『김일성 1912~1945』는 대단한 역작임에는 틀림이 없고, 김일성의 항일 투쟁사를 올바르게 기술한 책이겠으나, 이상하게도 선뜻 서평을 쓰려고 독파해내지 못했다. 저자나 출판사나 이 책을 내기까지 얼마나 힘들었을까를 생각하면 미안한 마음을 저버릴 수가 없다.

대신 황금가지가 오래전에 출판한 대실 해밋의 다섯 권짜리 전집, 을유문화사가 낸 로저 이버트의 네 권짜리 평론서 『위대한 영화』는 자주 꺼내 본다. 북하우스의 레이먼드 챈들러 선집은 옆에 끼고 산다. 챈들러의 문장은 현란하다. 한길사가 낸 이병주 전집 중 『행복어사전』 『지리산』 『산하』 등은 서가 뒤쪽으로 서서히 밀리고 있다. 이병주는 대학 때 읽은 느낌과 지금이 완전히 다르다. 그건 내가 점점 이병주 나이가 되어가고 있어서인 것 같고 어쩔 수 없이 이병주의 문학은 '올드패션드'하게 느껴진다. 뜻밖에도 김영사가 냈던 김용의 『신조협려』는 눈에 띄게는 '전시'해놨지만 서가 맨 위쪽에 배치했고 그 옛날 애니북스가 냈던 고우영 화백의 『십팔사략』과 『일지매』 역시 그 옆에 잘 모셔놨다. 『일지매』는 걸작이라고 생각한다. 진심이다.

가장 좋아하는 전집은 헤밍웨이 전집이다. 1967년 인쇄본이고 세로쓰기 2단 편집의 책이다. 돌아가신 아버지의 유품이었다. 정확하게는 내가 중학생 때 아버지가, 얘가 이걸 읽을 수 있을까, 읽어도 될까, 고개를 갸우뚱하면서 사주신 책이다. 『무기여 잘 있거라』와 『누구를 위하여 좋은 울리나』는 기본으로 있고 『태양은 또다시 떠오른다』도 있다. 사람들은 잘 모르지만 『강 건너 숲속으로』는 이 전집 외에는 찾을 수가 없다. 대령인 주인공이(중령이었던가? 아무튼) 시한부 인생을 살아가면서 한 젊은 여자를 만나고 마지막 사랑을 불태운다. 헤밍웨이는 안 그런 척, 아주 로맨틱한 측면이 있는데 평생을 난봉꾼으로 살면서 숱한 여성의 가슴에 대못을 박은 만큼 이런 소설로 속죄하려 했던 모양이다, 라고 중학생 때는 생각을 못 했으나 나이를 먹으니 그 얕은 마음속이 훤히 다 보인다. 아무리 따뜻하고 깊이 있는 소설을 썼다 한들 헤밍웨이의 폭력적 삶(술을 과도하게 퍼마시고 이 여자 저 여자와 애정 행각을 벌였으며 사냥과 투우를 사랑했던 삶)은 가히 용서되지 않는다. 물론 용서하지 않는다 해서 사랑하지 않는다는 말은 아니다. 아버지가 헤밍웨이를 너무 일찍 내 인생에 소개해주셨고, 그것이 나로 하여금 헤밍웨이와 비슷한 인생의 오류를 범하게 한 것이 아닌가 하는 생각이 든다. 헤밍웨이는 너무 일찍 읽을 작가가 아니다, 라고 생각한다. 이것 역시 진심이다.

헤밍웨이 얘기 하나를 더 하자면, 순전히 조용필 때문에 제목을 종종 '킬리만자로의 표범'이라 쓰게 되는 단편소설 「킬리만자로의 눈」은, 언뜻 헨리 킹 감독의 1952년 영화가 더 좋지 않을까 생각하는 사람도 있지만 단언컨대 소설이 더 뛰어나다. 영화는 문학을 절대 이기지 못한다. 그럼에도 이상하게도 소설의 많은 내용은 잊혔음에도 영화 덕분에 더 오래 기억하게 되는 건 사실이다. 영화는 소설로 생명을 얻고 소설은 영화 덕분에 그 수명이 지속된다. 그레고리 펙(해리)이 에바 가드너(신시아)와의 사랑이 순탄치 않았음에도 그녀와 닮은 두번째 여자 수전 헤이워드(헬렌)를 통해 첫사랑을 잊지 못해 했던 얘기 등이 아직도 기억 속 주마등처럼 떠다니고 있는 건 그 때문이다. 「킬리만자로의 눈」을 다시 읽어봐야겠다. 아프리카 킬리만자로산을 언제 갈 수 있을까. 내가 죽으면 내 뼈를 킬리만자로산에 뿌리는 건 어떨까.

어떤 전집을 지니고 사느냐는 그 사람 인생의 무게 혹은 깊이와 상관관계가 있을 것이다. 여자보다 남자가 전집, 박스 세트를 더 선호하는 경향이 있다고 생각한다. 여자는 지식을 나누는 삶을 그래도 실천하는 종(種)이지만 남자는 가능한 한 갖고, 소유하고, 독점하려는 과(科)이기 때문이다. 그나마 정치권력이나 독점해서 남들을 괴롭히는 것보다는 훨씬 낫기는 하다. 헤밍웨이는 어린 시절부터 나의 정신세계를 휘어 감았던 작가이다. 헤밍웨이처럼 쓰고 싶었다……는 건 거짓말이고 그의 여성 편력이 부러웠을 것이다. 그럼에도 그처럼 간결하게 쓰고 싶었다. 그건 진짜다. 거짓말이 아니다. 레이먼드 챈들러의 문장은 의외로 만연체이다. 화려하다. 챈들러의 문장력을 본받고 싶었다. 근데 평생 따라가지 못하며 산다.

아, 한 가지 전집을 빠뜨렸다. 전집까지는 아니다. 1965년생으로 동년배급 작가인 데니스 루헤인의 '사립탐정 켄지 & 제나로 시리즈'의 작품도 내가 좋아하는 전집류의 하나다. 그의 『어둠이여, 내 손을 잡아라』 『신성한 관계』 『비를 바라는 기도』 『가라, 아이야, 가라』 『전쟁 전 한 잔』은 인간 심리를 꿰뚫는 탁월한 미스터리 소설이다. 무엇보다 루헤인의 넓고 깊은 식견에 감탄하곤 한다. 작가가 된다는 건 기본적으로 만물박사여야 한다는 점을 루헤인은 보여준다. '사립탐정 켄지 & 제나로 시리즈' 중 『가라, 아이야, 가라』는 영화로 만들어졌다. 배우인 벤 애플렉이 연출을, 그의 친동생 배우인 케이시 애플렉이 주연 켄지 역을 맡았다. 제나로 역은 미셸 모너핸이 맡았다. 모건 프리먼, 에드 해리스, 에이미 라이언 등 성격파 배우들이 즐비하고, 타이터스 웰리버도 나오는데 이 배우는 시즌 드라마 〈보슈〉 시리즈의 주연이다. 해리 보슈는 본명이 히에로니무스 보슈이고 이 이름은 네덜란드 화가와 같은데, 창녀였던 보슈의 어머니가 그에게 화가처럼 되라고 붙인 것이다.

해리 보슈는 LAPD 살인과 형사다. 그는 온갖 일을 다 겪는다. 해리 보슈는 마이클 코넬리가 창조한 인물이고 이 캐릭터가 나오는 형사 시리즈 책은 열 권이 넘는다. 아니다. 스무 권이 넘던가? 아무튼 이 전집류 형사 시리즈는 해외 나갈 때 비행기 안에서 읽을 요량으로 늘 갖고 다녔다. 요즘 나는 해외를 통 나가지 않는다. 결국 마이클 코넬리는 내게서 멀어졌지만 그가 창조한 또다른 인물 미키 할러는 아직도 링컨 차를 타고 법정을 오가며 기이한 살인 사건을 추적하고 의뢰인을 변호한다. 이 이야기 역시 요즘 읽을 일이 없지만(일단 코넬리가 쓰지를 않는다) 넷플릭스가 시즌 1, 2, 그러니까 총 스무 편의 에피소드를 올려놓고 있다. 세상엔 읽을 것과 볼 것이 너무도 많다. 서평과 영화평으로 먹고사는 사람들에게 안식과 평화를. 그들에게 적절하면서도 정당한 원고료를!

오동진_산문집 출간 예정

나는 왜 그토록 책에 매혹되었을까?
─나의 독서 편력기

장석주(시인)

책을 빼놓고는 내 인생에 대해 아무것도 해명할 수가 없다. 왜 그토록 책에 사로잡혀 살았을까? 나는 문자를 해독한 뒤 쉬지 않고 책을 읽은 사람이다. 책을 쌓아놓고 읽으려는 넘치는 욕망이 나를 집어삼켰다. 그것은 아무리 생각해도 불가사의한 일이다. 독자로 50년을, 편집자로 15년을 살았다. 그리고 50년 동안 저자로 변신하여 책을 쓰며 오늘에 이르렀으니 책이 없는 인생이란 상상조차 할 수 없다. 나는 왜 책을 읽는가? 평생 독서인으로 살았으니 수시로 이런 질문이 내 안에서 솟아나 바깥으로 밀려나오는 것은 당연한 일이다.

나는 한반도 내륙에서 태어나서 부모와 떨어진 채 시골의 외할머니 슬하에서 자랐다. 어린 시절 외할머니의 사랑을 듬뿍 받았지만 그것으로 모성 결핍이 채워지지는 않았다. 그 영향으로 나는 수줍음 넘치는 내향적 성향의 소년으로 성장했다. 또한 먼 곳에 대한 동경이 내면에서 싹텄고 그것은 내 정체성의 주요 성분으로 단단해졌다. 동두천이라는 도시에서 아버지와 동생들과 함께 산다는 어머니를 그리워하며 줄곧 혼자 놀이에 골몰했다. 동두천은 내가 닿을 수 없는 세계의 끝이었다. 내가 혼자 놀이에 골몰한 것은 내면의 외로움 탓이고, 독서인으로 길러진 것도 내면에 불가피하게 형성된 외로움 때문이었을 테다. 책을 읽을 때마다 내 뇌는 도파민 세례를 받으며, 책이 열어주는 신세계와 마주쳤다. 그 행복한 경험이 자꾸 책 읽기를 부추겼을 테지만 책을 손에 쥐고 어딘가에 주저앉는 순간 나를 감싸는 고요와 몰입의 느낌이 좋았던 건지도 모른다. 어쨌든 책 읽기는 나의 놀이이자 은신처이고, 성장촉진제이며, 그 무엇과도 바꿀 수 없는 기쁨이자 도락의 원천이었다.

중학교 시절 방학을 맞으면 도서관에 틀어박혀 한국문학 전집을 독파하고, 방학이 끝나면 내 마음의 키가 한 뼘쯤 자란 것 같은 뿌듯함으로 가슴이 충만했다. 학업에 흥미를 잃은 데다 교련 교사의 폭력에 대한 항의로 실업계 고등학교를 중퇴하면서 나는 인생의 전환기를 맞았다. 곧바로 새벽 학원에 등록해 영어 강독 훈련을 받고 날마다 영어 단어를 50개씩 외웠다. 낮엔 한 시립도서관의 참고열람실에서 이런저런 책을 찾아 읽으며 철학과 문학 수업에 전념했다. 굶주린 사람이 음식을 탐하듯 책을 읽었는데, 특히 니체의 『차라투스트라는 이렇게 말했다』, 알베르 카뮈와 헤르만 헤세의 소설들, 말라르메와 발레리의 시집, 콜린 윌슨의 『아웃사이더』, 신구문화사판 '세계전후문학전집'을 읽어내며 시를 썼다. 1970년대 중반에는 황석영의 『객지』, 송영의 『선생과 황태자』, 조해일의 『아메리카』, 조선작의 『영자의 전성시대』, 이제하의 『초식』, 이청준의 『별을 보여드립니다』, 최인호의 『타인의 방』, 한수산의 『4월의 끝』 같은 창작집들, 민음사판 오늘의 시인 시리즈로 나온 고은, 김수영, 이성부, 정현종, 황동규, 김종삼, 박용래의 시집들, 김현과 김우창의 비평집들, 가스통 바슐라르의 책들을 열독하며 시인의 꿈을 키워나갔다.

24세 때 일간지의 신춘문예 공모에서 시와 문학평론 두 부문에 당선됐다. 무명의 긴 터널을 벗어나며 나는 한 출판사 편집부에 입사했다. 출판사에 출근하고 얼마 되지 않아 첫 일감으로 주어진 게 그리스 작가 니코스 카잔차키스의 『영혼의 자서전』 원고 교정이었다. 그 전에 카잔차키스의 산문집 『어두운 심연에서』를 헌책방에서 구해 읽고 난 뒤였다. 『영혼의 자서전』을 후루룩 읽고는 심장이 찔리는 듯한 깊은 감동에 휩싸였다. 언젠가 카잔차키스의 고향이자 무덤이 있다는 지중해의 크레타섬을 찾아가리라, 마음으로 다짐했다. 이 꿈은 서른세 해만에 이루어진다. 카잔치키스 이후 독서 영역을 광범위하게 넓히면서 블라디미르 나보코프, 리처드 브라우티건, 미시마 유키오, 밀란 쿤데라, 마르그리트 뒤라스 같은 작가들에 심취했다. 내 30대에 대한 기억은 암울하다. 출판사 창업과 그에 따른 번잡한 일들, 복잡하고 지질한 인간관계를 헤쳐 나오느라 책 읽기에 전념하지 못했던 탓이다. 내 독서 경력에서 지워버리고 싶을 만큼 독서 리스트는 빈곤하고 삶은 비루하고 삭막했던 시절이다. 갑작스럽게 출판사를 정리하고 저수지가 보이는 시골로 유배당하듯이 거처를 옮기면서 내 안에서 책 읽기에 대한 불꽃이 다시 타올랐다. 그렇게 시골에 살며 노자와 장자, 주역, 선(禪)과 정신분석, 질 들뢰즈, 양자역학 등을 섭렵하며 기쁨을 누렸다.

과연 책을 읽는다는 것은 무엇인가? 그건 경험과 사유 영역의 확장, 즉 내가 읽은 책이 곧 나의 우주가 되는 사건이다. 무언가를 읽는 일은 "뇌 안에 이미 생리적, 인지적으로 돌이킬 수 없는 변화"(매리언 울프, 『책 읽는 뇌』) 속으로 들어간다는 뜻이다. 책을 읽을 때 뇌의 뉴런들은 책 읽기에 필요한 수준으로 최적화되는데, 이는 책 읽는 뇌로 포맷되어야 한다는 의미다. 누구나 책을 읽을 때 새로운 존재로 거듭난다고 믿는다. 예민한 사람은 그걸 알아채지만 둔한 사람은 깨닫지 못한다는 차이가 있을 뿐이다. 책 읽기는 세계에 전 존재를 쿵, 하고 부딪치는 실로 무서운 사건이다. 내 머리로 들이박은 것은 앎이란 벽인데, 그 찰나 뒤로 나자빠지며 경미한 뇌진탕에 빠진다. 한 권의 책을 전념해서 읽는 일이 하나의 지옥, 하나의 죽음을 통과하는 사건인 까닭이다. 나중에 깨달았지만, 읽을 수 없는 걸 읽는 게 진짜 독서다! 우주가 그렇듯이 알 수 없음이야말로 책이 품은 본질이다. 어렴풋이 앎에 도달하더라도 그게 앎의 실재인지 혹은 "책이라는 거울에 비친 자신의 무의식이 만들어낸 망상"(사사키 아타루, 『잘라라, 기도하는 그 손을』)인지 분별하기는 어렵다. 내가 아는 게 정말 그 책에 쓰여 있는 것일까?

책은 얇은 종이로 만들어진 두께를 가진 사물이고, 그 입체에는 세계와 사건들, 방향과 속도, 세계의 강밀도를 품는다. 책을 읽는 건 그 소우주에서 길을 찾아 헤매는 거고, 그건 미지의 모험이자 또다른 삶의 가능성을 향한 도전일 수밖에 없다. 제지 공장에서 나온 전지(全紙)를 세 번 접으면 16면이 되고, 다섯 번 접으면 64면이 만들어진다. 여러 묶음을 실로 철하면 한 권의 책이 탄생한다. 전지 네다섯 장이 한 권의 책으로 탈바꿈하는 책은 저마다 움직이고 유동하며 확장하는 생명체와 같다. 읽는 사람은 책이 감싼 삼라만상에 전 존재를 부딪치면서 기절한다. 기절은 반(半)죽음이다. 책을 읽기 전과 후 우리는 달라진다. 존재를 구성하는 내면의 질서에 미묘한 변화가 생기는 까닭이다. 만일 아무 변화도 겪지 못했다면 그건 온전한 책 읽기를 하지 못한 증거일 테다.

최근 책 읽기의 환경에 커다란 변화가 일어나고 있다. 문명사가들 중 일부는 "종이[책]의 시대는 끝났다!"고 선언한다. 종이책의 토대 위에 세워진 문명 세계가 송두리째 붕괴할 것 같은 두려움과 위기감이 팽배하고 있다. 사람들은 점점 더 책 읽기를 기피한다. 이런 사회현상은 문명적 환경의 변화에 따른 필연적 사태이다. 책 읽기의 위기는 디지털 세상의 도래와 함께 시작되었다. 이

메일, 카톡, 진동, 댓글, 좋아요, 링크, 태그, 검색, 다운로드, 아이디, 팝업, 배너 들로 꾸려지는 디지털 환경에서 우리는 무수한 외부와 '접속'하고 '연결'하며 산다. 오늘날 인간의 사고와 생활 방식이 디지털 맥시멀리즘(Digital Maximalism)이 펼친 네트워크에 쥐어졌다는 뜻이다. 새벽에 눈을 떠서 잠들 때까지 퍼스널 컴퓨터와 스마트폰에 엮인 채로 사는 무리는 기필코 디지털 군중으로 변한다. 이 군중은 디지털 세상이 만든 정보의 바다에서 익사를 모면하려고 허우적거린다. 그럴수록 자기 안을 돌아보고 보살피기보다는 외부 지향적 사고에 반응하며 살 수밖에 없다.

디지털 세상을 지배하는 것은 속도다. 인류는 이 속도를 업그레이드하고 디지털 문명으로 진입한다. 디지털 세상이 만든 잉여의 속도가 행복을 준다고 하지만, 우리가 받은 것은 고작해야 생활편의와 오락적 즐거움이고, 그 대신 우리는 충만한 삶의 조건인 사고와 감정의 깊이를 내주었다. 종일 디지털 세계의 분주함에 빠져 있는 사이에 숙고의 시간이 휘발되고, 깊이를 만들 기회도 눈앞에서 사라진다. 뇌, 눈, 키보드를 두드리는 손가락이 빚어내는 사이버 월드의 주권을 얻어 디지털 군중에 끼어든 이들은 제 사고와 감정에 깊이가 깃들 기회를 잃은 것조차 모른 채 살아간다.

우리에게서 깊이를 앗아간 속도가 권태의 지루함을 면제해주고, 기다림의 수고가 필요 없게 해주었지만 그게 내 정체성과 지위, 삶의 외피에 덧씌워지면서 가치의 전도가 일어난다. 우리는 속도 갈망과 그 갈망의 충동질로 생긴 그르렁거리는 상태, 즉 형이상학적 조급증에 빠져든다. 디지털 맥시멀리스트로 진화한 인간에게서 디지털 세상은 많은 것을 강탈해간다. 이를테면 느림의 숭고함, 고요한 시간의 평화, 충만한 삶, 활력이 넘치는 건강, 세계와 자아의 조화를 앗아간다. 이것이 우리 안에서 점점 깊어지는 불행감의 원인인 걸 눈치채지 못한 채 살아간다. 행복은 언제나 디지털 광속이 아니라 아날로그 속도로 다가온다. 잔업과 같은 형태의 잉여 노동을 멈추고, 충분한 휴식을 취해야 한다. 인터넷이나 스마트폰 중독에서 벗어나 검색 대신 사색에 집중하라. 퍼스널 컴퓨터의 액정 화면에서 눈을 떼고 자연의 아름다움을 만끽하고, 들숨과 날숨을 가지런히 하면서, 사랑하는 사람들과 함께하는 시간을 갖자. 너무 많은 일에 제 시간과 에너지를 소모하는 대신 고요와 심심함이 주는 여유를 만끽하라.

나는 활자 중독자로 평생을 살았다. 책 읽기란 시각, 청각, 언어 프로세스를 총가동하며 타인의 관점을 선취하며 세계를 해석하고 추체험하는 일이다. 그리고 인생이란 슬픈 터널을 지나서 의식의 고양이라는 신세계로 가는 도정이다. 모든 책이 나를 의미의 존재로 거듭나게 이끌고 충만하게 만들지는 않았지만 항상 가슴이 뛰는 삶을 살기 위해, 삶을 주체적으로 빚기 위해 책을 읽었다. 세상의 책을 다 읽으려는 불가능한 욕망에 사로잡힌 채 오늘에 이른 것에 대해 한 점의 후회도 없다. 나는 누군가처럼 날마다 하늘에서 일용할 양식을 내리듯이 책 한 바구니를 선물로 내려주시길 기도하며 살았다. 나는 책에서 길을 찾지는 않는다. 차라리 책 속에서 길을 잃고 헤매라! 하고, 속삭인다. 내 생각에 기쁨보다 먼저 어떤 쓸모와 앎을 구하는 태도는 가장 천박한 독서법이다. 책 읽기는 앎과 실용 너머에 있는 피안의 기쁨, 자유와 자기해방을 목표로 삼아야 한다. 책 읽기가 무의식에서 벌이는 싸움이며 광기에 사로잡히는 일이라면 그것은 위험한 일일 테다. 뭔가를 읽는 것은 내면에 변화의 충동을 일으키고 자기 혁신의 버튼을 누르는 도발이다. 책 읽기는 읽는 것에 감염되는 일이며 결국 그것에 이끌려 살 수밖에 없다. 책 읽기가 인간과 세계를 바꾸는 혁명의 심지에 불을 붙이는 일이라면 그건 위험한 일이 아닐 수 없다. 책이 계몽 계도라는 근대적 개념을 넘어서서 반(反) 정보, 인간 이해의 핵심 수단, 세계를 바꾸는 동력이라는 건 의심할 여지가 없다. 나는 책 읽기가 생명의 약동이고, 불사에의 욕망과 관련이 있다고 믿는다. 오, 책 읽기란 영원을 위한 덧없고 가망 없는 투자인 것을! 내가 도약의 기쁨을 누린 것, 삶이 칙칙함에 빠지지 않은 것, 그리고 긍지와 삶의 화사함을 누릴 수 있었던 것은 책 읽기에의 몰입이 준 선물이라 여긴다. 다시 책으로 돌아가자. 벗이여, 언제나 보람과 기쁨을 주던 책을 읽고, 몰입의 행복과 함께 삶에 깊이를 만들던 책의 시대로 돌아가자.

장석주_ 저서 『예술가와 사물들』 출간

우아한 판타스틱 북월드

강창래(인문학자)

1. 책이 있어서 살았다

초등학교 3학년쯤이었을 것이다. 국어 시간에 선생이 나에게 요즘 읽는 책이 뭐냐고 물었다.

"『주홍색 연구』를 읽고 있습니다."

순간 반 전체 분위기는 급랭했다. 아랑곳하지 않고 선생이 물었다.

"그런 책이 재미있어?"

"썩 재미있지는 않지만 역사적인 의미가 있는 것이라 읽어두려고요."

선생은 고개를 갸웃하더니 더이상 묻지 않았다. 며칠 뒤 그날은 도덕 시간이었을 것이다. 선생이 물었다.

"가장 행복한 순간은 언제지?"

"서점에서 읽고 싶은 책을 사 들고 집으로 돌아갈 때입니다. 그 속에 펼쳐져 있는 세상으로 떠날 생각에 가슴이 설레거든요."

다시 반 분위기는 싸늘해졌다. 선생은 나를 보며 쓴웃음을 지었다.

그는 내가 얼마 전에 차에 뛰어들어 자살을 시도한 적이 있다는 것을 알고 있었다. 3층 옥상에서 뛰어내린 적이 있다는 것도. 두 번 모두 기적적으로 살았다. 큰 부상을 입지도 않았고. 어머니는 치맛바람이 거세고 대단히 강한 성격이면서 사람들에게 '좋은 평판'을 얻고 싶어했다. 담임선생이 나에게 이런 질문을 하거나 별 간섭이 없었던 것은 그런 영향이었을 것이다.

당시만 해도 대개는 책을 읽을 수 있는 여유가 있는 환경이 아니었고 '독서'가 중요하다거나 책을 읽어야 한다는 캠페인 같은 것도 전혀 없을 때였다. 아직 책값이 비쌌고 그나마 좀 여유로운 집에서는 가구 같은 전집을 장식용으로 사는 정도였다. 책을 즐겨 읽는 친구도 찾을 수 없었다. 아마 선생도 마찬가지였을 것이다.

그후로 나는 왕따가 되었고 나도 굳이 아이들과 친해지려고 애쓰지 않았다. 선생도 내가 뭘 하든 간섭하지 않았다. 가끔 나에게 읽은 책 이야기를 아이들에게 들려주라고 했을 뿐이다. 희한하게도 아이들이 귀 기울여 재미있게 들었고 나도 그 시간을 즐겼다.

가정환경이 나를 책 속으로 밀어 넣었던 것 같다. 어떤 의미에서는 조금 지독한 면이 있었다. 책 같은 건 아예 없었을뿐더러 집은 대단히 비문화적인 환경이었다. 아버지는 자주 볼 수 없었을 뿐 아니라 가끔 집에 있을 때면 어머니에게 심하게 폭력을 휘둘렀다. 아버지는 심하게 바람을 피웠던 것 같다. 나는 어디선가 낳아서 친자로 들인 아이였고, 한 살 터울 형제가 있었는데 가끔 아무 이유 없이 '이러다 죽겠다'라는 생각이 들 정도로 주먹질과 발길질을 당했다. 어머니도 가끔 나를 매질했지만 대개는 외삼촌이라는 작자가 온몸이 시퍼렇게 멍이 들도록 때렸다. 이유는 아버지였을 것이다.

어린아이였던 나에게 필요한 사랑과 보살핌은 어디에도 없었다. 당시에는 적산가옥 이층집에서 살았는데, 다들 아래층 온돌방에서 지냈다. 그러나 나는 혼자 2층의 다다미방에서 기거했다. 겨울이면 뜨거운 물통을 이불 안에 넣어 추위를 달랬는데 그 물이 새어 화상을 입기도 했다. 그때 흉터가 아직도 남아 있다.

끔찍한 가정환경이었지만 나는 아무거나 잘 먹었고, 건강하게 자랐다. 대단히 폭력적인 '가끔 이벤트'를 빼면 자유로운 시간도 많았다. 농산물 중간도매상과 전자제품 판매대리점 그리고 담배 판매도 겸하고 있었기 때문에 집안은 무척 혼잡했고 다들 바빴다. 돈통이 여기저기에 널려 있었고 나는 돈을 마음대로 꺼내 쓸 수 있었다.

번잡하고 바쁘게 움직이는 공간에서 폭력적인 '가끔 이벤트'를 두려워하며 살아가는, 한없이 외롭고 그 누구에게도 마음을 두지 못하는 어린아이였다. 세 살쯤부터 그랬던 것 같다. 나는 아침 식사를 하고 나면 집을 나섰다. 아마 동네 구석구석을 다 다녀보았을 것이다.

마침내 만화방에서 안식처를 찾았다. 만화를 보며 한글을 깨쳤고 만화가 시시해지자 무협지를 읽었다. 집으로 빌려 가 밤새 읽기도 했다. 한번 시작하면 손에서 놓을 수가 없었다. 책 속의 세상은 현실과 달리 사필귀정이었을 뿐만 아니라 외로움과 괴로움이 늘 행복하게 해소되었다. 그렇게 우아한 주인공이 사는 '판타스틱 북월드'가 얼마나 부러웠는지 모른다.

그마저도 더이상 읽을 게 없어진 뒤에는 '동양화 판'에서 조금 놀았다. 그러다가 일곱 살쯤에 서점으로 진출했다. 그곳에서 '동서추리문고'와 '삼중당문고'를 만났다. 이번에는 어마어마한 규모의 판타스틱 북월드가 펼쳐졌다. 그 넓고 깊은 책 세상이 없었다면 과연 내가 살아남을 수 있었을까?

2. '세계문학전집'과 창작과비평의 세계로 망명

초등학교 고학년에 영어와 수학을 공부했다. 영어는 세계문학전집을 읽기 시작했기 때문이다. 당시 나는 문고본을 거의 섭렵한 뒤 세계문학 전집을 독파하고 있었다. 지금은 전설로 남아 있는 정음사 세계문학 전집의 세계에 들어섰던 것이다. 이 전집은 1974년에 100권에 이르렀는데, 나에게 남아 있는 자료만으로 짐작건대 1963년부터 출간되었던 것 같다. 요즘 단행본으로 치면 권당 800쪽 정도 분량이다.

1974년 1월 25일 〈동아일보〉에 실린 정음사 '세계문학전집' 광고.

　가장 당황스러웠던 것은 두 가지였다. 하나는 소설이 한국어로 번역되어 있긴 했지만 무슨 내용인지 파악하기 어려웠고, 다른 하나는 '해설'이었는데, 거기에는 아예 뜻을 알 수 없는 낱말뿐 아니라 한자와 영어가 병기되어 있었다. 한자는 한국문학을 읽을 때 공부했기 때문에 그리 어렵지 않았지만 영어는 따로 공부해야 했다. 일단 세계문학 전집을 덮어두고 당시 유행하던 영어 문법서인 『삼위일체』를 통째로 외웠다. 수학은 서점 주인아저씨 때문이었다. 『삼위일체』를 사러 갔더니 단골인 내 성향을 잘 아는 주인이 하는 김에 『수학의 정석 1』도 공부해두라며 권했던 것이다. 논리적인 사고방식에 관심이 많았던 나는 덥석 받아들였다. 이후 적어도 6개월은 『삼위일체』와 『수학의 정석』의 세계에 깊이 빠졌을 것이다. 초등학교를 졸업한 뒤에는 본격적으로 정음사 세계문학 전집의 세계에 뛰어들었다.

　나는 억압적 폭력과 권위적인 관계에 격렬하게 저항했고 일찍

항복을 받아냈다. 쿵후 도장에 다니면서 테니스를 시작했다. 쿵후는 당시 유행하던 것이었지만 테니스는 호기심의 발로였다. 초등학교 시절에 배드민턴 선수로 잠깐 활약했던 것도 좋은 계기가 되었을 것이다. 오래지 않아 선수 정도 실력을 갖추었고 테니스 코치도 했다. 그러면서 내 용돈은 내가 벌어 썼다.

그러다가 '밥을 잘 사주는' 대학생 누나들을 만났다. 그들은 나에게 문예지인 〈창작과비평〉과 〈문학사상〉을 소개해주었다. 한자와 영어를 공부해둔 뒤라 그 놀랍고 충격적인 내용을 섭렵할 수 있었다. 그때 어렴풋하게 인문학 공부가 필요하다는 것을 느꼈다. 호기심도 많았을뿐더러 아무리 읽어도 이해하기 어려운 텍스트를 만난 것이 큰 자극이 되었을 것이다. 문학 잡지에서 제시하는 어젠다에 관심을 가지면서 중요한 인문학 책을 구해 읽기 시작했다. 아직 한국어로 번역되지 않은 '중요한 책'은 영문으로 읽었다.

3. 연애 시절을 거쳐 새로운 삶의 시작

짐작하겠지만 학창 시절에는 학교 공부나 대학 입시에 대해 한 번도 고민해본 적이 없다. 따로 조금만 훑어보면 웬만큼 성적을 낼 수 있었기 때문이다. 당시 내가 시험을 치르고 진학한 진주고등학교의 커트라인은 평균 점수가 94점이었다. 그러나 대학에는 진학할 필요가 없다고 생각했다.

중학교 3학년 정도 되었을 때 아버지 사업이 망해서 빈털터리가 되었지만, 나에게 미치는 영향은 그리 크지 않았다. 중학교에 입학한 뒤에는 집에서 지내는 시간도 거의 없었을 뿐 아니라 필요한 것들 대부분은 열 살쯤 많은 누나들이 마련해주었기 때문이다. 그러나 고등학교를 졸업할 즈음에는 그 모든 관계가 끝났다. 더없이 혼란스럽고 고독한 세월이 시작되었다.

역시 죽는 것이 좋겠다는 생각에 18일 동안 단식한 적도 있다. 그러다가 삶의 판을 바꾸는 것이 해결책일지 모른다는 생각에 대학 시험을 치렀다. 금전적인 문제는 언제나 시스템 안에서 해결할 수 있었기에 문제가 되지 않았다.

대학에서 1년을 지낸 뒤 육군 보병으로 입대했다. 군대에서의 삶은 파란만장했다. 6개월 정도는 폭력적인 권위에 저항하면서 적응하는 과정을 거쳐야 했다. 보병으로 입대했지만 행정병을 거쳐 연대장 테니스 코치가 되었다. 무료한 시간을 죽이기 위해 온갖 종류의 책을 읽었다. 글자만 박혀 있다면 폐지도 버리기 전에 읽었다. 제대할 때쯤에는 『당구교본』과 『검도교본』, 『볼링교본』까지 읽었는데, 그것이 마지막 남은 인쇄물이었기 때문이다. 덕분에 제대하고 복학하기 전에는 당구장 귀신으로 지내기도 했다.

4. 현상 논문을 통해 작가의 가능성을 확인하다

제대하자마자 사랑하는 사람이 생겼다. 거의 붙어 지냈으니 아기가 생겼다는 것이 이상하지 않다. 그러나 경제적인 대책이 전혀 없는 대학 복학생이 그 아기를 낳아 기를 것이라는 생각에 기대가 부풀었다는 것은 이해하기 어렵다. 지금 생각해보면 미치지 않고 어떻게 그럴 수 있었나 싶다. 어떤 문제든 해결할 수 있다는 자신감을 가지고 있었던 것인지도 모른다.

가족을 위해 돈을 벌어야 했다. 처음에는 온갖 아르바이트나 할부판매원으로 근근이 버텼다. 그러던 어느 날 학교 게시판에서 '현상 논문 모집' 공고를 보았다. 상금은 50만 원이고 주제는 '4·19혁명'이었다. 당시 하숙비가 한 달에 3만 원 정도였고 요즘은 60만 원 정도이니, 요즘 가치로 환산해보면 상금은 1천만 원 정도였던 셈이다. 할부판매원으로 일하면서 논문을 준비했다. 수업과 과제는 모두 대리해주는 친구가 있었고 수업에 들어가지 않았지만 시험 성적은 그럭저럭 괜찮았다.

아마 오랜 독서의 힘이었을 것이다. 지금 돌이켜 생각해보면 청탁받은 원고처럼 현상 논문을 썼다. 도서관에서 필요한 책을 빌려 읽고 중요한 부분은 복사했다. 그렇게 마련한 자료가 라면 박스로 하나 가득이었으니 책은 몇 권이나 읽었는지 셀 수 없을 정도였다. 희한한 일은 바라는 대로 이루어졌다는 것이다. 나는 원고료처럼 현상금을 받았고 발표장에서는 그 내용과 함께 참고 자료에 대해서도 자세히 설명했다.

그때 처음으로 내가 논픽션을 잘 쓴다는 것을 알았다. 그것으로 돈을 벌 수 있다는 것도. 얼마 지나지 않아 '현상 논문 모집'이 한 번 더 있었다. 이번에는 '남북통일'이 주제였다. 돈이 필요하기도 했지만 정말 내가 잘 쓰는 건지 확인하고 싶은 마음도 있었다. 비슷한 과정을 거쳐 써냈고 '원고료'를 받았다. 아무리 새로운 주제라 해도 좋은 책을 충분히 읽으면서 핵심을 파악할 수 있고 중요한 사실들을 나름대로 해석해서 재구성하는 창의력으로 완전히 새로운 논픽션을 쓸 수 있다는 것도 알게 되었다.

5. 판타스틱 북월드

졸업 후에는 '출판편집기획자'가 되었다. 그러면서도 다양한 분야의 '논픽션'을 썼다. 편집자·작가로서 몇 권의 베스트셀러를 만들었고 한국출판평론상 대상을 수상하기도 했다. 그러다가 한겨레노동교육연구소 전임강사가 되었다. 도서관 운동에도 뛰어들었고 대학에서도 강의했다. 책을 만들고 읽고 쓰면서 책에 대해 강의했던 것이다. 모두가 책과 깊은 관련을 맺고 있었다. 그 생활이 지금도 그대로 이어지고 있다.

책의 시대가 끝났다고 말하는 사람도 있지만 나는 그 생각에 동의할 수 없다. 다른 상품과 마찬가지로 책도 소품종대량생산 시대에서 다품종소량생산 시대에 접어들었을 뿐이다. 오늘날 책은 극단적인 다품종소량생산 구조 속에서 제작된다. 그 덕분에 그동안 구할 수 없었던 다양한 분야의 중요한 책이 거의 모두 출간되었고 앞으로도 그럴 것이다. 거의 모든 궁금증을 해결할 수 있는 자료가 축적된 것이다. 나 같은 독서가에게는 이렇게 멋진 판타스틱 북월드가 따로 없다.

고대 이래로 좋은 책이 대중적인 경우는 드물다. 거의 폐기될 정도로 오래된 정보가 대중에게 스며들어 인기를 얻게 되거나 당대의 트렌드와 여러 가지 사회적 요인이 맞아떨어져 베스트셀러가 만들어졌을 뿐이다. 이제는 그나마 비디오가 그 자리를 파고들었다. 그러나 지금도 여전히 좋은 콘텐츠를 위한 최고의 원천은 좋은 책이다. 비디오든 인터넷이든 프로그램이든 실력이 뛰어난 제작자들은 책에서 소재를 구하고 영감을 받고 아이디어를 얻는다. 좋은 책을 찾아서 읽고 그 내용을 퍼뜨리는 사람들이 있고, 그들의 숫자는 결코 줄지 않았다. 오히려 더 많아졌다.

내가 쓴 책 가운데 하나도 드라마로 만들어지고 외국어로 번역되었다. 영화로도 제작될 것 같다. 내가 주인공으로 등장하는 비디오 채널도 제작될 예정이다. 거기에서는 드라마로 만들어진 내 책에 담긴 요리와 우리 삶의 과거와 미래에 대한 '인문학적인 이야기'를 담을 것이다. 맛과 삶을 잇는 작가라는 콘셉트로.

이 모든 출발은 끔찍한 삶을 위로해주면서 죽음 대신 삶을 선택하게 만든 '책'이었다. 이제는 안다. 위로와 즐거움이었던 그 모든 책, 만화에서 문학, 인문학에 이르기까지, 거기에는 알게 모르게 이 세상의 구조와 작동 원리가 담겨 있었던 것이다. 요즘 인기 있는 '챗GPT' 역시 우리가 책을 통해 더 많은 것을 더 정확하게, 잘 이해할 수 있게 도와주는 도구일 뿐이다. 좋은 질문이 좋은 답을 하게 만든다. 좋은 질문은 책 속에 있다.

그런 비밀을 품은 책들은 대중적인 경우가 드물다. 10주년을 맞은 교유서가에는 그런 책이 많다. 내 책도 그런 책이기를 바라며 내 인생을 담았다. 그래서 인연이 되었을 것이다. 대중적이기는 어렵지만 대중에게 다가설 수 있기를 염원한다. 글쓰기는 말 걸기이고 말 걸기는 서로 영향을 주고받으며 살아가고 싶다는 바람을 담는 것이기 때문이다.

강창래_ 저서 『문학의 죽음에 대한 소문과 진실』 출간

빌린 책의 흔적들

이라영(예술사회학 연구자)

1

수첩에서 ㅇ이 제일 처음 들어간 이름이라 전화했다. ㅇ으로 시
작하는 이름이라 외로워 보였다.

1998년. 한 선배에게 소설집 한 권을 빌렸다. 이 소설집의 내
용은 하나도 기억나지 않는다. 기억나는 건 오직 하나. 책의 본문
이 시작되기 전 흰 여백에 적힌 선배의 낙서 같은 글이다. 지금처
럼 모두가 손에 휴대폰을 들고 다니기 전에는 전화번호가 적힌 작
은 수첩이 가방 속에 늘 있었다. 그는 수첩에서 'ㅇ'으로 시작하는
어떤 이름의 사람에게 연락했나보다. 아니, 어쩌면 진짜 연락하진
않았을지도 모른다. 연락하고 싶은 마음을 홀로 책에 끄적거렸을

지도 모른다.

내가 선배에게 빌린 소설집은 무라카미 하루키의 『그때 그 여자는 나를 원했던 걸까?』였다. 웃기게도 나는 책 주인이 끄적인 이상한 글 때문에 이 소설집의 제목을 기억한다. 소설집을 빌렸는데 정작 소설은 제대로 안 읽고 책 주인의 낙서만 읽은 꼴이다. 『상실의 시대』라는 제목으로 무라카미 하루키의 『노르웨이의 숲』이 많이 읽히던 시절이었다. 하루키의 글에 흥미를 느끼지 못했던 나는 그의 단편집에도 빠져들지 못했다. 과연 끝까지 읽기는 했을까. 다 안 읽었을지도 모른다. 아무것도 기억나지 않는다. 그저 이상한 낙서만 기억난다.

내 이름도 'ㅇ'으로 시작하는데, 혹시 내 이름도 외로워 보일까. 한 번도 해보지 못한 생각이다. 하지만 이씨는 물론이고 'ㅇ'이 들어가는 성씨가 얼마나 많은가. 'ㅇ'이 들어가는 이름이 다 외로워 보인다면 전화해줘야 할 친구가 너무 많을 것이다. 말도 안 되는 감상적인 메모지만 이상하게도 나는 이 글귀가 잊히지 않는다.

빌린 책에는 저자의 글 외에 책을 소유한 사람의 흔적이 묻어난다. 나는 『그때 그 여자는 나를 원했던 걸까?』를 내게 빌려준 책 주인의 조용한 속마음을 슬쩍 훔쳐본 듯했다. 평소에는 가벼운 말을 즐기고 장난스러운 사람이지만, 그가 혼자 무슨 생각을 하는지는 실은 아무도 모른다. '외로울까봐' 누군가에게 전화를 걸고 싶어하는 그는 자신이 외로워서 누군가의 전화를 기다릴 수도 있다. 뒤늦게 든 생각이지만 책 주인의 이름도 'ㅇ'으로 시작한다. 책을 돌려줄 때 책 주인에 대한 나의 인상이 그 책을 빌리기 전과 약간 달라져 있었다. 그에 대한 호기심이 조금 더 늘었다. 그렇지만 책 안쪽에 그가 적어놓은 글귀를 보았다는 내색은 전혀 하지 않았다. 비슷한 시기에 내 책을 빌려 읽은 다른 선배가 책을 돌려주며 조심스럽게 물었다.

"혹시…… 힘든 일이 있니?"

뜬금없이 무슨 말인지 몰라 멀뚱멀뚱 쳐다보면서 아무 일도 없는데 왜 그러냐 되물었다. 그냥 돌아서려던 선배는 다시 몸을 돌려 주저하며 내게 말했다.

"사실, 책에 네가 적어놓은 걸 읽었어. 힘들어 보이길래."

아! 나는 깜짝 놀랐다. 곧장 민망해졌다. 이중적이게도, 남의 흔적을 은밀하게 읽으면서 나의 흔적은 감추고 싶었다. 내가 그에게 빌려준 책은 진중권의 『미학 오디세이』였다. 책 내용과는 무관하게 책에 이런저런 속마음을 적어놓았었다. 세미나 동아리에서 『미학 오디세이』를 함께 읽으면서부터였다. 지금도 유명한 이 책은 1990년대 말 베스트셀러였다. 미학책이 이렇게 재기 발랄할 수도 있다니. 이 발랄하고 똑똑한 책을 읽으면서 '나는 뭘 하고 살아야 하나'라는 생각이 들었다. 대학 3학년이던 나는 졸업이 한 해 앞으로 다가왔는데 내가 과연 뭘 하며 살아가야 할지 막막했다. 하고 싶은 일, 해야 할 일, 할 수 있는 일을 생각해보니 이 세 가지가 꼭 일치하지 않았다. 그런 생각들로 점점 내적 갈등이 심해지던 시기였다. 어릴 때는 미술작가로 사는 생각만 했는데 막상 대학에 와보니 생각이 복잡해졌다. 돈이 되는 일을 해야 한다는 현실을 직시하면 할수록 암울해졌다. 졸업 후에는 이런 재미있는 책을 읽으며 살지 못하리라는 현실적 불안이 자라났다. 이런 불안한 마음들이 그 당시 내가 읽던 책 위에 낙서의 형태로 툭툭 떨어졌다.

2

모든 책을 구입해서 내 소유물로 삼을 수는 없기에 빌려 보는 책이 많다. 내 책도 누군가에게 빌려준다. 책은 절대 빌려주지 말라고 아버지는 말씀하시곤 했다. 이상하게도 책은 빌려주면 돌려받기 어렵다는 이유였다. 아주 틀린 말도 아니다. 실제로 빌려줬다가 끝내 못 받은 책이 있다. 고등학교 1학년 때 학원 선생님에게 『테스』를 빌려드렸는데, 그 선생님이 다른 반 학생에게 다시 빌려줬다고 해서 나는 그 아이의 교실에 찾아가서 책을 돌려달라고 부탁했다. 하지만 끝내 돌려받지 못했다. 『폭풍의 언덕』은 누구에게 빌려줬는지 헷갈린다. 내가 10대에 읽은 문학 중에서 가장 좋아하는 작품을 꼽으라면 늘 주저 없이 『폭풍의 언덕』이었다. 그래서 누군가가 읽고 싶다고 했을 때 선뜻 빌려줬지만 결국 책을 잃어버렸다. 손때 묻은 책이 없어져서 아쉽지만 그래도 이 소설의 세계는 내게 스며들었기에 괜찮다.

책은 빌려주면 돌려받기 어려우니 빌려주지 말라고들 하지만 돌려받지 못했다고 딱히 억울해할 일도 아니다. 부끄럽게도 나 역시 어쩌다보니 돌려주지 못한 남의 책들이 내 책장에 있다. 앙드

레 지드의 『좁은 문』은 동기에게 빌렸지만 돌려주지 못했다. 방학 전에 빌려서 방학 때 읽었는데 개학할 때는 서로 잊어버렸다. 나는 또다른 친구에게 『달과 6펜스』를 빌렸고 그는 나에게 『월든』을 빌려 갔다. 서로가 서로의 책을 돌려주지 않았다. 내가 빌린 책들을 보며 그들을 떠올리듯이 혹시 그들도 내 책을 보며 나를 떠올리진 않을까 궁금하다.

어떤 책은 원래 책 주인에게는 이제 별로 의미가 없어져서 내게 떠넘겨졌다. 한 프랑스인의 집에 방문했을 때, 내가 랭보의 시집을 반갑게 꺼내 읽자 "고등학생일 때나 읽던 시집"이라 이제 필요 없으니 가져도 된다고 했다. "없어져도 모르는 책"이라고 했다. 그렇게 한 프랑스인의 책은 지금 내 책장에 꽂혀 있다. 표지 안쪽 여백에는 참고해야 할 시들의 제목과 쪽수가 적혀 있다. "Ophélie: p. 56. Voyelles: p. 114. Le Bateau ivre: pp. 122-123. Aube: pp. 228-229."* 혹시 프랑스의 대학 입학 자격시험에 많이 나오는 시일까. 입시가 끝난 후에는 읽지 않는 시.

내게 있는 남의 책 중에서 가장 강렬하게 흔적이 남은 책은 1989년에 번역 출간된 폴 윌리스의 『교육현장과 계급재생산』이다. 이 낡은 책의 22쪽에 선명한 글씨체로 이런 문장이 적혀 있다.

이런 싸가지 없는 새끼, 그리고 새끼들! 영원히 그것은 변할 수 없다.

---

* 시들의 제목은 차례대로 오필리아, 모음들, 취한 배, 새벽을 뜻한다.

이 글은 지금은 40대인 한 남성의 대학 시절 흔적이다. 책의 원래 주인은 22쪽에서 어떤 부분을 읽으며 이렇게 분개했을까. 또박또박 새겨진 글씨에서 그의 감정이 전해졌다. 노동 계층의 아이들을 대상으로 연구한 『교육현장과 계급재생산』을 읽으며 그는 어떤 생각을 했을까. 어떤 감정이 그를 이렇게 격한 메모를 하도록 만들었을까. 나는 그가 21쪽에 그은 밑줄을 보고 격분한 메모의 의미를 짐작해본다.

육체 노동력에 대한 주관적 의식이 어떻게 형성되고, 육체노동에 종사하겠다는 객관적 결단이 이뤄지는 특수한 환경은 무엇일까? 그것은 다름아닌 노동자계급의 반학교문화이다.

혹시 '노동자계급의 반학교문화'라는 표현을 거북하게 받아들인 게 아닐까. 처음에는 내가 이 책을 빌렸고, 이제 그에게는 필요 없다는 듯 내게 가지라고 해서 가졌다. 그가 적은 격한 메모들은 어쩌면 『교육현장과 계급재생산』의 내용에 대한 반발심일지 모른다는 생각이 들지만, 그가 정확히 무엇에 분개했는지 파악하기는 어렵다. 24쪽에는 이런 메모가 있다.

가식, 껍데기, 포장, 말. Hard Core 목적? 보여주기/말하기의 방법을 사용. 목적? 미래. 주목, 그러나 어설픔의 순수함은 차라리 꺼져버려랏.

　이해하기 어려운 암호 같은 단어들이 나열되어 있다. 이 이상한 메모들이 무슨 말인지 모르겠다. 책장을 넘길수록 암호 같은 낙서가 사라지고 그의 밑줄도 점점 사라졌다. 뒤로 갈수록 그가 책을 읽은 흔적이 보이지 않는다. 그는 이 책을 좋아하지 않았던 것으로 보인다.

　문득 궁금해진다. 15년 전 내게 『제2의 성』을 빌려 읽었던 친구는 내가 책의 본문 앞에 길게 적어놓은 글을 읽었을까. 약 10년의 시차를 두고 두 차례에 걸쳐 적은 글이 있다. 지금 다시 그 글을 보면 내 생각이 다소 변했다는 걸 알 수 있다. 20대, 30대 그리고 40대의 내 생각은 꾸준히 변해왔다. 친구는 내게 아무 말도 하지 않았다. 제발 안 읽었길 바랄 뿐이다.

이라영_ 저서 『타락한 저항』 출간

2부

책을 지키는 사람

강건모(작가, 편집자)

책을 만드는 사람이 되기로 결심한 것은 내 삶에서 가장 의미 있는 선택이었다고 생각한다. 책을 만들며 세상을 배웠고, 인생을 바라보는 관점을 익혔으며, 다양한 사람들과 소통하고 성장하는 경험을 했으니 그만하면 훌륭한 선택이었다 여긴다. 물론 인생은 아름답게만 흘러가지 않았고, 술자리 안줏거리 같은 우여곡절도 없진 않았지만, 여기서 그것을 일일이 거론할 필요는 없을 것이다.

책을 만드는 사람의 분류로 보면 나는 현재 프리랜스 편집자이고, 두 권의 작은 책을 낸 저자이기도 하다. 파주와 서울에서의 정든(?) 사무실을 떠나 이제는 제주의 집 마당에 마련한 '바람 작업실'로 출근해 원고를 본다. 바람이 주인인 공간인데 봄, 여름, 가을

중 날씨가 좋을 때만 가끔 빌려 쓴다. 임대료는 마당의 풀을 매는 것으로 대신하고 있다. 이렇게만 보면 나 자신이 느긋함 속에서 생활하고 있는 것 같지만, 사실 프리랜서로서 나의 삶은 불안정한 쪽에 가깝다. 작년까지는 그럭저럭 괜찮았는데 올해는 작황이 좋지 않다. 하지만 그만큼 책 읽고 글쓰기에 몰입할 시간을 얻었으니 반드시 나쁘다고 할 수도 없겠다.

그간 내 키의 몇 배를 뛰어넘는 분량의 책을 세상에 내보냈다. 가끔 동네 서점이나 헌책방에서 그 책들과 마주치면 오랜만에 만난 친구처럼 반갑게 다가가 안부를 살피게 된다. 몇 쇄를 거듭한 것도 있지만 첫 쇄 그대로 그곳에 도착한 것도 있다. 그 책들을 만지다보면 문득 한 시절이 눈앞에 스치는 것은 당연한 일이다. 고생한 기억은 물론, 그 책을 함께 만든 이들의 얼굴까지 아른거리는 것이다.

책을 만드는 일은 매번 새롭고 두렵다. 그럼에도 그 책과, 저자 혹은 역자와 연애하는 기분이 들 때가 있었다. 모두와 있을 때 종종 뻣뻣하다는 소리를 듣던 내가 원고 앞에서만큼은 조금 더 유연하고 활달해졌다. 한가로이 심사를 주고받는 게 아니라 언어로 쓰인 상상계의 궤도를 도는 행성처럼 서로의 신호를 나누는 것이었다. 그런 방식으로 교류하다보면 책의 가치를 좀더 높일 수 있는 아이디어가 떠올랐고, 완전하지는 않아도 하나씩 그걸 구현해가는 즐거움이 있었다. 이를테면 나는 딴짓을 좋아하는 편집자여서 책과 미디어를 결합해 텍스트를 확장하는 데 재미를 느끼곤 했다.

어떻게든 책이 독자에게 닿도록 애쓰는 것이 편집자의 일이라고 생각했다.

그런가 하면 개학을 코앞에 두고 밀린 숙제 하듯 원고 앞에 붙들려 있을 때도 있었다. 굳이 더 설명할 것도 없이 편집자에게 그런 날은 매우 빈번하다. 분량 많고 오문(誤文)이 수두룩하고 내용조차 난해한 원고는 난공불락의 성에 비유할 수 있다. 어느 해, 공성전에 투입되어 약진과 퇴진을 거듭하던 여름밤이 있었다. 밤늦게까지 회사에 혼자 남아 야근을 하고 있는데 창밖에 폭우가 쏟아지고 있었다. 도무지 진도가 나가지 않는 상황에 화가 났다. 나는 죽은 작가의 이름을 부르며 울먹울먹 혼잣말을 했다. 제발 나를 좀 살려달라고. 오래전에 안식에 들었던 작가는 그 소릴 듣고 깜짝 놀라 찾아와 내 어깨를 다독거렸을지 모른다.

'책몸살'이라는 게 있다. 책을 쓰거나 책을 만드는 동안 몸살처럼 책을 앓는 것을 말한다. 당연히 그 병이 치유되는 길은 어서 책을 출간하는 것뿐이다. 편집자는 책을 낳기 위해 책몸살의 고독을 견디는 존재다. 그래서인지 요즘엔 편집자가 강신무와 닮았다는 생각도 든다. 잠시간 몸에 책의 혼을 실어 저자가 되고, 문장이 구술하는 삶을 곡진하게 살아보는 것이 편집자가 아닐까, 어림해보는 것이다.

책 만드는 사람으로 살아온 지 올해로 열여덟 해가 되었다. 과거의 시간을 구성하고 있는 책들의 목록이 나의 직업적 생애를 규정하고 있음을 생각하면, 뿌듯하다가도 가끔은 쓸쓸한 기분에 잠긴다. 편집자가 되어 처음 몇 년은 책들의 목록에서 저자, 역자, 출간일까지 다 척척 꿸 수 있었다. 하지만 이제는 세세함이 어렴풋하다.

*

처음 만든 책을 꺼내어본다. 몇 번 이사를 하면서도 굳건히 책장 가운데를 지키고 있는, 내 인생의 한쪽에서 뭉근하게 타오르고 있는 촛불 같은 책이다. 이스마일 카다레 장편소설 『부서진 사월』. 이라이트지를 사용한 본문은 벌써 오래전에 누렇게 바랬다. 내가 잊고 있는 사이 시간은 글자를 먹고 있었나보다. 사라질 수 있는 것은 아름답다. 그렇지만 사라짐의 속도가 아주 느리기를 바란다.

누구나 살면서 결코 잊을 수 없는 날이 있을 텐데, 내게는 2006년 10월 26일이 그렇다. 처음이란 얼마나 강렬한 햇빛인지, 나는 이 책을 마주하던 날의 장면을 여태 선명하게 기억하고 있다.

그날 아침 전화기를 내려다보며 손톱을 뜯고 있었던 게 떠오른다. 목이 타서 탕비실도 몇 번은 오간 것 같다. 몇 달간 교정지로만 상상하던 책이 실물이 되어 나에게 오고 있었다. 개정판이라고 쉽게 생각했다가 한 선배에게 된통 혼나고 처음부터 다시 작업한 책이었다. 교정은 또 어떤가. 띄어쓰기 원칙의 복잡함은 그렇다 쳐도, 이제 깨끗하다 싶을 때쯤 또다시 발견되는 오자 앞에서 나는 그저 아연할 수밖에 없었다. 나 자신이 한심하게 느껴졌다. 그러다 더는 미룰 수 없을 때쯤 여러 선배들의 눈을 거쳐 제작을 넘긴 것이었다. 선배들은 평소와 다름없이 책상에 얼굴을 묻고 각자의 원고에 집중하고 있었다. 이 순간 어제와 다른 상태인 건 나뿐인 듯했다.

잠시 후 전화를 받고 창고로 달려 내려갔다. 팰릿 위에 수백 권의 책이 곱고 우람한 자태로 앉아 있었다. 두근반세근반 떨리는 가슴을 진정시킬 수 없었다. 한 권을 빼서 조심스레 펴보았다. 조심히 다루지 않으면 글자들이 바닥으로 쏟아질 것 같았다. 표지의 박을 훑는 눈길에 문득 복잡한 감정이 스쳤다. '어, 나 왜 이러지?' 눈물이 날 것 같았다. 스스로도 잘 이해하기 힘든 감정이었다. 기껏해야 몇백 그램에 불과한 그것이 나를 휘청거리게 했다.

출판사에 입사한 지 한 달쯤 되어 인근 파쇄 공장으로 견학을 간 적이 있다. 그곳은 한 번도 본 적 없는, 책의 수용소였다. 결함이 있다고 판정된 수천 권의 책들이 팰릿 위에서 조용히 차례를 기다리고 있었다. 그중엔 내가 좋아하는 작가의 소설집도, 시집도 있었다. 왜 저들이 여기에 있는지 이해할 수 없어 제작부장님에게 묻자, 편집자의 실수든 제작 과정에서의 오류 때문이든 파본이 된 책이라는 대답이 돌아왔다. 편집자는 책의 삶과 죽음에 관여하는 사람이구나, 라는 생각에 등줄기가 서늘해졌다. 이윽고 기계음과 함께 벨트컨베이어가 작동되며 책들이 절단기 속으로 쏟아져 들어가기 시작했다. 태어났으나 태어나지 않은 것이나 다름없는 그들이 갈가리 찢기고 해체되는 동안 어떤 비명이나 몸짓도 없었다. 만약 책들에게 입이 있고 손이 있었다면 그곳은 당장 울부짖음과 애타는 손짓으로 아비규환이 되었을 것이다. 나를 읽어달라고, 버리지 말아달라고, 제발 살려달라고. 내가 멍하게 그 장면을 보는 동안 누군가는 조용히 눈물을 훔쳤다. 신입 교육 프로그램의 하나로 방문했던 파쇄 공장에서 돌아온 후, 거기서 본 이미지가 머릿속에 계속 맴돌았다. 내가 만든 책이 그런 최후를 맞이하게 하고 싶지 않았다. 책을 만드는 행위가 그토록 엄중한 것임을 깨달았다.

그로부터 몇 달 후 나는 그 엄중한 일을 하고 만 것이었다. 이대로 책을 들고 내 자리로 돌아갈 엄두가 나지 않았다. 서 선배님을 만나고 싶었다. 소속은 다르지만 회사 안에서든 밖에서든 만나면 언제나 격려를 아끼지 않는 분이었다. 책이라는 것에 대해, 책을 만드는 일에 대해 아무것도 몰랐던 내게 편집자 되기의 가르침을 주신 분이기도 했다. 나는 그의 사무실로 가 빼꼼 얼굴을 들이밀었다. 그러곤 발코니로 나온 그가 담배에 불을 붙이기도 전에 서둘러 고백해버렸다.

"선배님."

"응?"

"저 갓난아기를 받은 것 같아요."

나는 아직 감흥에서 빠져나오지 못한 채 말하고 있었다. 그러나 그 순간만큼은 떠오르는 대로 말하고 싶었다. 그가 빙긋 웃었다. 어떤 마음인지 다 안다는 표정이었다.

"출판은 출산이지. 건모야, 그 첫 마음을 잊지 마. 진짜 소중한 거야. 나중엔 그게 잘 생각나지 않을 때가 올 거야. 나처럼."

지금 생각해도 그는 참 다정한 선배였다. 그때 나는 이런 생각을 했던 것 같다. 편집자는 책을 지키는 사람이라고. 책에 생명을 부여하고 길러내서, 그것이 오래 살아남을 수 있게 끝까지 책임지고 헌신하는 존재라고.

너무 순수해서 돌아갈 수 없는, 오래전 그날의 이야기다.

*

최근 어느 책에서 모닥불에 관한 흥미로운 구절을 발견했다. 선사시대 사람들은 사냥을 마친 후 곧바로 가족들에게 가지 않았다고 한다. 사냥 도구를 내려놓고 한곳에 모닥불을 피운 다음 그 앞에 한참을 앉아 있었다는 것이다. 사냥하는 과정에서 자신의 몸에 묻은 피 냄새, 아직 남아 있는 긴장감과 공격성을 식히기 위함이었다. 그렇게 본래의 온화한 마음을 회복한 다음에야 집에 돌아갔다고, 이른바 '불멍'의 기원을 저자는 그렇게 설명하고 있었다. 사실인지 아닌지 알 수 없지만, 매력적인 상상이다.

그런데 정말 그렇다. 타닥타닥 타오르는 모닥불 앞에서 긴장이 이완되고, 모든 걱정이 사라지는 듯한 경험은 누구라도 낯설지 않을 것이다. 불은 불안한 인간을 불러모은다. 모닥불 주위로 오는 사람은 불을 쥐려고 오는 것이 아니라, 추위를 피하고 안전감을 얻고 싶어서 온다. 그들이 하나둘 모이면 모닥불 주위가 둥그레지고, 사람의 마음 역시 둥그레지게 마련이다. 둥근 것은 뭉구는 것, 높고 낮음이 없는 것, 날카로움 뒤에 오면서 누구도 찌르지 않는 것, 포개지는 것, 아름다운 것, 연결된 것, 고요한 것, 눈물방울을 닮은 것.

글을 쓰거나 책을 읽을 때, 나는 선사시대의 그 사냥꾼들처럼 홀로 모닥불 앞에 앉아 있다. 불꽃의 일렁거림과 온기를 독대하는 순간이 나로 하여금 마음 옆에 서게 하고, 책 옆에 앉게 한다. 그래서 나에게 책은 모닥불이다. 그 생각과 함께 내 일상도 조금 바뀌었다. 예컨대 나는 이제 책을 지키는 것만이 아니라, 내 안에 모닥불을 피우고 그것이 꺼지지 않게 주의하며, 사람들과 그 불씨를 나눠 갖는 일에 더 마음을 쓴다. 글쓰기와 책은 그것에 필요한 훌륭한 도구이자 방법이다.

지난겨울, 번역가 조한욱 선생님의 소개로 알게 된 고 선생님을 만났다. 선생님은 재활치료중인 남편을 돌보기 위해 작년부터 장기 휴직계를 내고 간호에만 매진하고 있다. 자주 뵙지는 못하여도 늘 따뜻한 마음을 나눠주시는 분이라 서울에 올라온 김에 연락드렸는데, 마침 가까운 병원에 계시다 하여 찾아간 것이었다.

선생님은 말씀하셨다. 사고 후 남편을 더욱 사랑하게 됐다고. 한 사람이 태어나 경험한 모든 걸 처음부터 다시 배워나가는 상황을 옆에서 지켜보는 것, 어느 날의 작은 변화 하나에 웃고 우는 일이 선생님의 하루라고 했다. 그렇다 한들 어느 날 갑자기 달라진 일상을 원망하는 마음이 왜 없겠는가. 가족 환자를 돌볼 때 보호자는 돌봄 행위 자체에 삶이 매몰되기 쉽다. 그렇듯 사랑에는 위험이 따른다.

그러나 선생님은 내가 생각하는 것보다 훨씬 더 용기 있는 분이었다. 자신의 마음을 살피고 독려하기 위한 방법으로 꾸준히 책을 읽고 있다고 했다. 내 책도 벌써 읽었다며, 내 안에서 다정함이라는 모닥불이 꺼지지 않게 하는 일이 중요하다는 표현이 인상에 남았다고 웃음으로 밑줄을 그으셨다. 그분의 표정에서 뭉근하게 타오르는 모닥불이 보였다.

프랑스 작가 마르그리트 뒤라스는 어느 글에서 "읽기는 쓰기다"라고 썼다. 그 말을 내 식으로 이해하자면, 읽는다는 것은 모닥불의 불씨를 나누는 행위인 셈이다. 우리는 책을 읽음으로써 삶의 영감을 얻고 위안을 얻는다. 어떤 글을 읽고 밑줄을 그었다면, 감동했다면, 한 번도 만나보지 못한 타인의 고통과 슬픔을 상상하게 됐다면, 모닥불의 불씨가 당신에게 번진 것이다. 세상에 책이 존재하는 한 우리는 서로를 읽을 수 있다. 그렇다면 이렇게 말할 수도 있을 것이다. 우리 모두가 책이고, 당신은 책을 지키는 사람이라고.

강건모_ 저서 『무탈한 하루』 『처음부터 없었던 것처럼』 출간

책과 함께, 보통의 날들

주순진(프리랜서 기획자)

실시간으로 추억 쌓는 말놀이

"무엇에 대해 설명하는지 잘 들어보세요. 이건 먹는 건데요, 매워요."

귀를 쫑긋 세우고 집중하는 아이들의 모습은 언제 자기들이 우당탕 강의실을 들어왔냐는 듯이 사뭇 진지하다. 내 말이 끝나기가 무섭게 여기저기에서 외친다.

"라면!"

"불닭!"

"불닭볶음면이요!"

세계를 강타중이라는 K-라면의 인기가 2024년 구로구 가족센터 강의실에서도 고스란히 느껴진다. 요즘 여덟 살 아이들에게 매운 음식의 대명사는 그 이름도 유명한 불닭볶음면인가보다. 곧바로 다음 설명이 이어진다.

"이것은 두 글자고요, 학교 급식 시간에 자주 나와요."

이제야 생각이 좁혀졌는지 한 아이가 정답을 외친다.

"김치요!"

위의 놀이에서 내가 특정 사물 카드를 갖고 있지 않았더라면 라면, 불닭볶음면, 떡볶이 등 모두 정답이 될 수 있을 것이다. 1년 넘게 진행하고 있는 말놀이 재능 기부 수업에서 가장 열기가 뜨거운 시간은 사물 놀이 카드로 즐기는 스피드 게임, 스무고개 시간이다. 말놀이에 정답은 있고도 없고, 없고도 있다. 말놀이 수업은 일반적인 수업들과 다르게 부모나 조부모 등 양육자가 함께 참여한다. 수업이 아닌 놀이에 가깝다. 친구와 내가 5년 넘게 실제로 아이들과 같이 즐기던 말놀이를 모아 2020년 꼬마싱긋에서 펴낸 책이 『말놀이—말하면서 놀자 이렇게』다. 말놀이의 특성상 아이들과 실제로 어떻게 노는지를 직접 보여주고 싶은 마음에 재능 기부 수업을 시작했고, 구로구 가족센터와 어린이 서점, 도서관 등 다양한 곳에서 눈이 맑은 아이들을 직접 만나는 중이다.

놀이를 시작하기 전에, 말놀이를 즐기려면 우선 다른 사람의 말을 잘 들을 줄 알아야 한다고 강조한다. 어디 말놀이뿐일까. 그러면 여섯 살부터 초등학생까지 제법 진지하고 근엄한 얼굴을 하고서 한바탕 놀아볼 준비를 한다. 끝말잇기를 할 때 단어가 금방 떠오르지 않아서 할머니가 주저주저하시면 아이들이 옆에서 소곤소곤 단어를 알려드리기도 하는데 그 모습이 정말 사랑스럽다. 말놀이를 하면서 어른들은 뇌세포를 깨우고, 아이들은 어른들과 함께 추억을 쌓는다. 어휘력이나 문해력 발달 그런 건 나중 문제다. 근력 운동을 하면 애쓰지 않아도 근육이 발달하듯이 말놀이를 하면 응당 어휘력이 발달한다. 가족 사이에 대화 시간이 늘어나는 것 역시 말놀이로 얻을 수 있는 102가지 즐거움 중의 하나다.

한 시간도 넘게 차에서 한 글자 말하기 놀이를 즐기던 꼬꼬마 아들은 어느새 훌쩍 자라 중학생이 되었다. 흩어져 사라질 뻔한 우리들의 말과 시간들을 책 한 권에 오롯이 담을 수 있었던 건 지나고 보니 너무나 큰 선물이었다. 세상에 없던 책을 엮어내는 기쁨이 아직 손끝에 남아 있다. 부디 책을 만나는 독자들에게도 그런 마음이 전해지기를 바란다. 더불어 책 속의 글자들이 날개를 달고 멀리 날아가기를, 그리고 곳곳에서 뿌리내리기를 바란다. 그렇게 책은 누군가에게는 열매, 누군가에게는 인생을 좀더 풍요롭게 바꾸는 귀한 씨앗이 되기도 할 것이다.

책 속의 책 속의 책

생활협동조합(생협) 활동가 인연으로 만난 분들은 보통의 시선으로 보면 평범한 범위에 속하지 않는다. 아이 키울 때도 물티슈를 전혀 쓰지 않고 손수건을 들고 다니던 C 언니, 채식 식단을 즐기면서 시각장애인 가이드 러너로 활동하고, 또 '다크 책 모임'이라고 부르는, 우리 사회의 어두운 면을 다룬 책들을 찾아서 읽는 Y 님, 그 외에도 면 생리대를 쓰거나 1년 동안 옷을 사지 않는 실험을 한 분도 있다. 그런 생협 지인들을 보면서 늘 배운다. 지난달에는 Y 님이 잡지 한 권을 선물로 주셨다. 알고 보니 Y 님이 정기 구독하는 잡지인데, 이벤트로 지인들과 함께 읽어보라고 여러 권 보내주셨다고 했다.

잡지 이름은 〈작은 것이 아름답다〉. 줄여서 '작아'라고 부르는, 1996년에 처음 나온 '생태환경문화잡지'다. 오랜만에 만난 〈작아〉는 여전했다. 눈길을 끄는 글과 사진은 말할 것도 없고 환경을 생각한 종이 질감도 여전했다. 꾸준히 나오고 있는 잡지들을 보면 그렇게 대견할 수가 없다. 잡지 쪽 상황이 좋지 않을 텐데도 묵묵히 제자리를 지켜주고 있으니 그저 고맙다.

이번 호 〈작아〉의 주제는 '기준치를 묻다'이다. 잡지를 보면서 새롭게 안 사실들이 정말 많다. 역사상 가장 초고속으로 만들어낸 코로나19 백신 투여 용량 기준은 성인 남성에 맞춰졌다. 일부 다른 백신은 나이나 성별에 따라 용량이 달라지기도 하지만, 코로나19 백신은 나이와 체중에 따른 차이가 없었다.

따로 진행했어야 마땅한 여성 임상 실험이 이런저런 문제로 이루어지지 않았고, 남성 용량의 백신을 맞은 여성들은(남성들도 마찬가지였지만) 나를 포함해 여러 부작용에 시달렸다. 아니, 지금도 우리가 모를 뿐, 알게 모르게 백신 후유증을 겪고 있을지도 모른다. 후쿠시마 원전 사고 이후 일본 정부는 주민들의 피폭선량 기준을 예전 1밀리시버트에서 20밀리시버트로 늘렸다. 가습기 살균제, 방사능 오염수 방류, 미세 먼지, 4대강 사업 이후 우리나라 강물의 각종 수질 기준……. '기준'을 파고드니 잡지 한 권으로는 턱없이 부족하다 싶을 만큼 다양한 사회문제들이 쏟아져나왔다. 모르고 사는 게 약일까? 나는 목덜미 잡을지언정 팩트를 바로 알고 현실을 직시하며, 진실을 널리 알리면서 사는 쪽을 택하고 싶다. 제대로 아는 것에서부터 세상을 지킬 희망이 싹튼다고 믿는다.

〈작은 것이 아름답다〉 280호를 보다보니 교유서가에서 『은어는 안녕하신가?』를 펴낸 이상엽 작가의 글과 사진도 여럿 실려 있었다. 『은어는 안녕하신가?』는 '기후 위기 시대, 우리 땅 24절기'라는 부제가 붙은 책이다. 지구의 미래를 걱정하는 이 잡지에 이상엽 작가의 글과 사진은 퍽 어울렸다. 다른 책을 보다가 이렇게 우연히 교유당의 책을 만날 때면 그렇게 반가울 수가 없다. 책을 보다가 거기에서 소개하거나 추천한 책을 검색해보고 그 책을 장바구니에 담는 선순환은 진리다. 책 속의 책 속의 책 속의 책……. 원래 그렇게 책은 다른 책들을 데리고 오는 법이다. 나도 이상엽 작가의 책을 장바구니에 살포시 담았다.

나는 사랑한다. 더이상 꽂을 곳이 없어 책 위에 책을 눕혀 놓은 사람들, 배 깔고 누워 낄낄거리거나 때로 훌쩍이며 종이를 넘기는 사람들, 무언가에 대해 알고 싶어 책을 찾아보려는 사람들, 알고 있는 것을 나누고 싶어 책을 엮는 사람들, 같이 생각해보고 싶은 주제가 있어 글을 쓰는 사람들, 책을 근사하게 만들어내는 사람들, 몸을 앞으로 기울여 귀 기울일 줄 아는 사람들, 그렇게 책과 함께 '서로 사귀어 놀' 준비가 된 사람들…… 나는 그런 사람들과 어울리며 살아가는 보통의 날들을 사랑한다. 앞으로도 실시간으로 쭉 그럴 것이다.

주순진_ 저서 『말놀이』 출간

단팥빵

현택훈(시인)

내 글쓰기 인생의 전후는 『날마다, B』(싱긋, 2023)를 기준으로 나뉜다. 이 책을 계기로 시에 대한 생각을 정리할 수 있었기 때문이다. 그전에는 시를 쓸 때 영감이 오면 쓰고, 그러지 않으면 세월을 허송하며 유유자적했다. 직관에 기대어 시를 썼다. 내 시의 개성이야 내가 의도하지 않아도 시간이 흐르면서 자연스레 형성되는 거라 여겼다. 하지만 그게 아니었다. 나는 어쩌면 이 책으로 시의 고해성사를 한 셈이다.

책을 내기로 하고 받은 계약서에 서명하는 일은 아주 오랜 시간이 걸리는 일이다. 휘리릭 쓰면 그만이지만, 그 서명을 하기까지 못난 저자를 믿어주는 출판사가 있다. 작가를 꿈꾸다가 어느새 아주 가끔 인세를 받는 작가가 되어 책을 낸다는 것은 내가 생각해도 무척 갸륵하다. 비문을 쓸 때도 있어서 창피할 때도 있지만, 뭐 어때, 나는 나의 리그에서 풀타임을 소화할 것이다.

날마다 시리즈 중에 '날마다, B'로 참여하면서 싱긋과 인연을 맺었다. 시리즈 중에 낀다면 '날마다, 음악'이나 '날마다, 영화'는 어떨까, 생각했으나 신정민 대표는 "안타깝게도 독자들은 누군가의 취향에 대해서는 관심 없습니다"라고 말했다. 냉정한 말이지만 사실 나 역시 그렇다. 나의 취향이 중요하고 우선인 게 사실이다. 그래서 나는 솔직해지기로 했다.

내 첫 시집의 제목이 될 뻔한 것 중에는 '푸른 실패의 목록'이 있다. 하지만 출판사에서 반대했다. 누가 실패한 사람의 이야기를 듣겠는가, 하기에 버렸으나 그게 나의 삶이었다. 하지만 이 산문집 원고를 쓰면서 얼마 지나지 않아 위기에 봉착했다. 작정하고 B급으로 살아온 인생 이야기를 늘어놓는데, 쓰는 동안 낙담의 나락으로 계속 가라앉는 게 아닌가. 글을 쓰면서 이런 기분은 처음이었다. 치유까지는 아니더라도 글을 쓰면 무언가 뿌듯함이 있었는데, 쓰면 쓸수록 우울해졌다. 아뇨.

내가 살아온 인생이 내가 봐도 안쓰러웠다. 이렇게 내세울 거 없는 이야기를 책으로 내도 되나, 하는 근본적인 물음이 뒤늦게 엄습해온 것. 그러한 성찰은 나의 시로 자연스럽게 연결되었다. 내 시의 지향점이 바로 B급 삶과 상통했다. 사람들에게서 점점 멀어지고 있는 '우표'를 편애해야 한다는 '우표 편애론'을 나는 주장해왔는데, 시가 존재하는 까닭이 바로 'B급'을 위한 노래인 것을 나는 '날마다, B' 원고를 쓰며 깨달았다. 그러니 이 책 『날마다, B』는 내 글쓰기 삶의 전환점이 되는 중요한 사건이다.

내가 이 책을 쓰게 된 것에 가장 큰 공을 세운 사람이라면 강건모 작가와 김신숙 시인이다. 강건모 작가를 만나 차를 마실 때면 내 살아온 얘기를 하게 됐는데 내 이야기가 흥미롭다는 것이다. 대부분 실패담인데 독자들이 그러한 실패담에 공감할 것 같다며.

"이러한 얘기를 묶어서 책으로 내는 게 어떨까요?"

강건모 작가는 편집자 출신의 에세이스트이다. 출판에 대해 빠삭하니 그런 제안에는 이유가 있을 거라 여겼다. 그래서 솔깃했다.

"누가 이런 실패담을 읽을까요?"

나는 좀 빼는 척하며 반문했다.

"실패하는 사람이 어디 한둘인가요. 비슷한 처지인 사람들이 읽고 공감할 겁니다."

"그러면 한번 모아볼까나."

그렇게 『날마다, B』가 시작되었다. 그 길이 나에게 어떠한 기념비가 될지도 모른 채. 되돌아보면 무척 고마운 일이다. 그리고 이런 실패담을 마치 에피소드 레퍼토리처럼 말할 수 있게 분위기를 만들어준 사람이 나랑 함께 사는 김신숙 시인이다. 못난 남편의 이야기를 김신숙 시인은 귀 기울여 들으며 맞장구를 쳐주었다. 김신숙 시인은 남 얘기를 잘 듣는다. 오죽하면 어머니 얘기를 듣고 구술 동시집인 『열두 살 해녀』(한그루, 2020)를 다 냈겠는가.

나의 삶이 영화 소재로 쓰이기도 했는데, 그것도 아내 덕분이었다. 아내가 영화 공부를 하러 영상 기관에 갔다가 만난 영화감독에게 무능력한 무명 시인에 대한 이야기를 들려주었고, 감독은 그 얘기를 듣고 보름 만에 시나리오를 완성했다. 그렇게 영화 〈시인의 사랑〉(김양희, 2017)이 탄생했다. 아내가 아니었다면 나는 어느 바닷가 민박집 월세방에서 피파 게임이나 하고 있을 것이다.

"여보는 그렇게 계속 파스텔의 시를 써."

아내가 내게 한 말이다. 내 시의 색깔을 만들어주었다.

"낡은 감귤 창고는 길 잃은 강아지 같아."

내가 혼잣말처럼 말하면 그 말로 시를 쓰라며 나를 응원해준다. 아내와 나는 서로의 첫번째 독자이자 첫번째 청자가 되어준다.

나는 운전을 할 줄 모른다. 운전면허증 없는 남자는 맞선도 보기 싫다는 여자도 있었지만, 아내는 나를 차에 태우고 여기저기를 다녔다. 내 시의 자장을 넓혀주었다.

연애 초기에 내가 우산을 들고나온 모습이 아내는 신선했다고 말했다. 날씨를 확인하고 다니는 모습에 믿음이 갔다고. 차가 없는 나는 우산이 필수품인데, 차를 말처럼 부리고 다니는 아내는 나의 모습이 시인 같았다나 뭐라나.

"여보, 내가 시 썼는데 어떤가 봐줘."

시 초고를 아내에게 보여줄 때는 상사에게 결재받는 기분이다. 이것도 시라고 썼느냐, 감이 많이 떨어졌네, 넋두리야 뭐야 등의 말을 들을 수 있지만 나의 김신숙 과장님은 내게 따뜻하게 업무

평가를 한다.

"나라면 이렇게 안 써."

강건모 작가는 내게 먼저 목차를 만들어볼 것을 조언했으나 나는 그럴 필요가 없었다. 술술 써졌다. 이 책에 나오는 이야기들은 모두 사실 그대로이기 때문에 창작의 고통은 느낄 수 없었다. 글쟁이는 책을 내면서 앞으로 걸어가는 것 같다.

나는 책보다 잡지가 먼저였다. 초등학생 때는 〈어깨동무〉〈보물섬〉 등, 고등학생 때는 〈핫뮤직〉〈키노〉 등이 나를 사로잡았다. 잡채를 좋아해서 그런가, 잡지가 좋았다. 음악이나 영화 관련 글로 나는 문장을 익혔다. 팝 칼럼니스트 성문영을 좋아했다. 음악이 있는 글을 쓰고 싶었다.

스무 살 무렵 무라카미 하루키의 소설 『바람의 노래를 들어라』(열림원, 1996)를 읽고, 음악을 대놓고 써도 문학이 된다는 걸 알게 되었다. 그리고 가장 음악적인 글인 시가 내게로 왔다.

출판사 세계사의 시인선을 좋아했다. 문학과지성사나 창비 시선도 좋지만, 세계사 시집은 어딘지 모르게 막내 외삼촌 같았다. 골방에서 음악을 들으며 철학책을 읽다가 개똥철학 낙서를 하는 그런 막내 외삼촌. 왠지 삐딱해 보이고, 외로워 보였으나 정이 더 갔다. 그중에서도 강연호의 시집 『비단길』(세계사, 1994)은 내게 탈무드 같았다. 나는 랍비가 되어 '비단길'을 읽고 걸었다. "잘못든 길이 지도를 만들었"으므로 그 길이 낯설어서 너무 좋았다.

시가 음악을 대신하기에 충분했다. 음악을 하지 못해 시를 쓴다고 말할 정도로 나는 음악이 시의 가장 중요한 요소라 여겼다. 하지만 『날마다, B』를 내면서 시는 소외당하거나 약한 사람의 편에서 그들을 위해 부르는 노래라는 걸 확인했다. 그러니 B의 마음은 따뜻한 마음이다.

　따지고 보면 책은 B의 이야기다. 세상에 대한 따뜻한 마음 없이 어떻게 글을 쓰겠는가. 따뜻한 책이다. 그래서 교유당의 신정민 대표는 책을 빵이라고 하나보다. 따뜻한 빵이 오늘도 출판사에서 맛있게 구워진다. 그러면 나는 단팥빵 같은 달고 든든한 책을 내기 위해 오늘도 적당히 부풀어오를 것이다.

현택훈_ 저서 『날마다, B』 출간

책을 만들던 모든 순간이 골든에이지

김경민(북디자이너)

　방황하는 청춘이었던 어린 날의 나는 어디론가 계속 돌아다녔다. 목적지가 명확히 있는 것은 아니었다. 그곳이 때때로 책 속이나 영화 속처럼 환상의 공간이기도 했지만 그에 못지 않게 현실 세상도 많이 돌아다녔는데 그중 하나가 음악 공연이었다. '팝스타'라 불리는 전 세계적으로 유명한 가수들의 공연도 많이 보고 싶었지만 주머니가 넉넉지 않았던 나는 한국 안에서 이른바 '루키'(rookie, 서울 H대를 근거지로 주로 활동하던 신인 밴드나 가수를 주로 칭하며 이하 이와 같은 성격의 가수를 루키라고 하겠음)라고 불렸던 신인 인디 밴드의 합동 공연을 자주 갔다. 이런 공연은 주로 H대 일대의 작은 공연장에서 알음알음으로 진행됐고 이를 '클럽데이'라고 불렀다. 이날만큼은 서로 연계된 공연장이라면 어디든 자유로이 갈 수 있었다. 결성된 지 얼마 안 된 루키들에게는 관객 앞에 설 기회를 주고, 공연에 익숙지 않은 사람들에게는 공연의 재미를 준다는 점에서 서로 윈윈(win-win)인 셈이었다. 그렇기에 공연을 하는 루키도, 이를 보는 관객들도 설렘과 흥분을 간직한 사람이 많았다.

이외에도 한 방송사에서 하는 공연 형식의 프로그램도 있었다. 공연장은 맨 앞자리부터 맨 뒷자리까지 약 서너 줄 정도밖에 안 되는 작은 곳으로 그곳에 온 사람들의 표정 하나하나가 잘 보일 정도였다. 가까웠던 물리적 거리만큼이나 관객과 가수와의 호흡이 느껴지고 가까운 교감도 가능한 곳이었다. 게다가 방송이라 무료였기에 나같이 공연에 목마른 이들에게 인기가 없을 수가 없었다. 방송에 나갈 공연을 녹화하기 위해서 방청을 받았는데 이 방청의 일정표가 홈페이지에 뜨면 교실에 있던 친구들이 일제히 컴퓨터 앞에 몰려 앉아 신청을 하기도 했다. 당시 많은 인기만큼 실제로 방청을 하기란 쉬운 일이 아니었는데, 하루는 운좋게 제일 좋아하는 밴드의 공연에 그야말로 '당첨'이 되었다. 게다가 이 방송(공연)의 묘미는 본 공연에 앞서 루키의 공연을 먼저 본다는 점도 있었는데 비록 실제 방송에는 나오지 않지만 클럽데이처럼 루키에게는 기회를, 관객에게는 즐거움을 주는 이 또한 윈윈의 공연이었다. 이들이 스스로의 이름을 어떻게 규정했는지 지켜보는 것도 공연을 보는 큰 재미였는데 내가 방청한 날에도 아주 특이한 이름을 가진 루키가 공연을 했다.

다른 공연에서 본 어떤 루키는 '응답(대답)이 없다'라고 했고, 또다른 이는 '구름에 편지를 쓴다'라고 했다. 응답을 안 하는 건지 못 하는 건지 알 수 없던 그들은 허공을 바라보는 듯 노래했지만 분명한 목소리로 노래했고, 구름에 편지를 썼던 이들은 정전된 공연장의 어둠 속에서도 구름을 향해 편지 같은 노래를 불렀다. 그렇게 많은 이를 보아왔지만 이제까지 내가 본 이름 중에서 가장 특이한 이름을 가진 밴드는 바로 그날, 방청을 통해 본 루키였다.

공연 시작 시간이 되자 무대 위로 두 사람이 올라와 노래를 불렀다. 노래가 끝난 후 그들은 서로 눈길을 주고받으며 떨리는 목소리로 이야기를 시작했다. "사실 오늘이 밴드를 결성하고 두번째로 서는 무대입니다. 저희는 '좋아서 하는 밴드'이고요. 정말 좋아서 하니 이름이 그렇습니다"라면서.

이름부터 멋지다고 생각했다. 좋아서 하는 밴드. 그냥 좋아서 하는 것이지 다른 거창한 이유는 없다. 그저 좋아해서, 라는 군더더기 없는 표현. 그들은 그렇게 작은 공연장에서 세 곡 정도를 부르고 선배 가수의 오는 길을 열어주었다. 그날의 공연 이후로 시간이 많이 흘렀다. 나는 더이상 공연장을 갈 시간도 여유도 없는 사람이 되었지만 이따금 한 번씩 그때의 루키들과 '좋아서 하는 밴드'를 생각했다. 무언가를 하면서 그렇게 진솔하면서도 무거운 이름을 계속 이고 지고 갈 수 있을까 싶었지만, 긴 시간이 지난 지금도 나의 얕은 걱정이 무색할 정도로 아주 멋진 밴드로 성장해 있었다. 그것도 아주 멋지고, 성실하며 꾸준하게.

그후로도 공연장이 아닌 곳에서 누군가의 '처음'의 현장에 있는 일이 종종 있었는데 몇몇은 내가 마치 그 시절의 '루키'처럼 설레는 마음을 안고 사람들 앞에 서서 이야기를 나누는 일도 있었다. 모두 책을 만들다 쓰게 된 후로 벌어진 일이었다. 그들 앞에 선 나도, 자리를 채워준 사람들도 처음으로 경험하는 행사였다. 상황도 장소도 달랐지만 그럼에도 공통된 질문이 하나씩은 있었다.

"그럼 어떻게 해야 해요? 무엇부터 해야 북디자이너가 될 수 있죠?"

"책을 만들려면 어떻게 해야 해요?"

표현은 조금씩 다를 수 있으나 결국은 무언가가 되고 싶어 길을 찾는, 특히 책을 만들어보고 싶은 사람들의 질문이 많았다. 그러니 질문에 대한 답은 거의 같았다.

"그냥 하세요. 해보세요. 생각보다 나한테 잘 맞을 수도, 안 맞을 수도 있어요. 그러니까 일단 해봐야 알 수 있어요."

질문에 대한 답이 같다고 해도 실천하는 방법이 같지는 않을 것이다. 사람마다 생각하는 방법이 다르기에 이런 질문을 받아도 실천의 방법까지 섣불리 말할 수 없었다. 내가 할 수 있는 것이라곤 질문자들이 잘되길, 꿈을 이루길, 지치지 않길, 때로는 길을 잃고 고통스럽더라도 끝끝내 행복을 찾아내길 바라는 일밖에. 그런 마음을 담아 "힘내세요"라는 짧은 말을 할 수밖에 없었다. 그것이 내가 그들을 응원하는 방법이었다.

책을 만들던 모든 순간이 좋았다고 자신 있게 말하기는 어려울 것이다. 모르겠기에 맨날 울었고, 울다가 일했다. 그러다 운좋게 지금까지도 계속 책을 만들고 있다. 망친 날도 많았고 성공한 날도 가끔 있었다. 이제는 책 만드는 일과 나를 분리하기 어려울 만큼 일에 익숙해졌지만 모르는 일이 많은 건 여전하다. 그래도 별수 없다. 그냥 하는 수밖에. 모르는 일도 있지만 그래도 즐겁고 그래서 오히려 행복할 때도 있으니까. 나를 채워주고 구성하고 증명하는 일이 되었으니까. '킵 고잉'이다.

'응답 없음'이라는 이름을 가진 어떤 밴드의 노래에는 '오래돼 흩어진 기억의 조각'을 아름다웠던 인생의 '골든 에이지(Golden age)'로 표현하는 가사가 있다. 때로는 눈물짓고 때로는 웃으며 책을 만들던 그 모든 순간이 골든에이지, 나의 황금기였다. 그리고 황금기는 계속될 것이다. 그 정체는 아직도 알 수 없지만 즐거움은 멈추지 않으므로.

김경민_ 저서 『날마다, 북디자인』 출간

책을 읽는 사람들

조한욱(명예교수)

독자로, 번역자로 또는 저자로 한평생을 책과 관련한 삶을 살아왔던 사람으로서 책과 관련된 일화는 넘치도록 많다. 세상사에 언제나 좋기만 한 것도, 언제나 나쁘기만 한 것도 없듯이 책과 연관해서도 뿌듯한 감동은 물론, 아쉬움이나 화까지 생기는 기억도 많다. 지금도 잊히지 않는 아쉬웠던 순간 중 하나는, 고등학교 1학년 자습 시간에 불문학 단편선을 자랑스럽게 읽고 있었는데 그 시간을 감독하던 선생님께 "놀지 말고 공부해라"라는 말을 들었을 때였다. 책을 읽는 것이 공부가 아니라니? 그렇지만 궁극적으로 책은 나의 개인적인 극심한 곤경을 타개할 돌파구를 마련해준 매개체였으니 고맙기만 한 존재이다. 빚보증으로 경제적 곤궁이 극심하던 시절에 번역했던 책들이 언론에 대서특필되어 결국은 그 난

관을 넘어서는 데 도움이 되었으니 말이다.

그런 고마움이 커질수록, 책을 손에서 놓는 사람이 많아지는 현상은 아쉬움을 넘어 아픔까지 가져다준다. 단순히 개인적인 차원의 아쉬움을 넘어, 사람들의 독해력이 저하될수록 국력이 전체적으로 손상되리라는 애국심 깃든 우려에서 비롯된 아픔이다. 그렇지만 그런 우려 속에서도 혼자서 흐뭇한 웃음을 지을 수 있도록 해준 인연이 있다. 그 관계는 책으로 만들어져 이어지고 있으니, 좋음과 나쁨을 또다시 상쇄하는 길흉의 절묘한 조화에 감탄할 수밖에 없다고나 할까.

본디 성정이 과격하지는 않지만 좋아하고 싫어하는 것의 구분이 뚜렷한데, 호오의 기준은 내 나름대로 설정한 선악을 가르는 경계선이다. 그래서 누군가 악의 편에 서 있다고 판단되면 나는 별다른 조치를 취하지 않고 그저 그 사람이 보기 싫어진다. 보기 싫어하면 저절로 안 보게 되고 그렇게 어느 정도 시간이 지나면 관계가 정리된다. 나이가 들어가며 사람이 보수화되는 것을 내가 당연하게 여기지 못하니 그렇게 저절로 정리된 관계가 상당히 많다. 그러니 원래 고향이 아닌 청주에 정착하여 살면서 이래저래 소원해진 인간관계도 많다. 그렇다고 내 삶의 방식을 바꿀 마음도 없으니 더욱더 고립된 삶을 사는 것이 불가피하다.

그러던 내게 아주 오래전에 연락이 왔다. '지역 작가를 만나다'라는 독서 모임이었는데, 청주의 독자들이 그 지역에 거주하는 작가들의 책을 읽고 이야기를 나눈다는 취지를 갖고 있었다. 그들은

『내 곁의 세계사』가 출간된 뒤 그 책을 청주의 수암골에 있는 어느 미술가의 공방에서 함께 읽기로 했다고 전했다. 〈제빵왕 김탁구〉인가 하는 드라마로 수암골이라는 동네가 인기를 끌던 시절이었는데, 그곳에 있는 공방에서 내 책으로 토론을 한다고? 물론 응낙을 하고 차를 몰고 찾아갔다. 비가 추적추적 내리던 어느 늦가을에, 서로를 모르니 수차례 엇갈리다가 사람들을 간신히 만났다. 화려한 수암골의 바로 뒤편에 가로등도 없는 좁은 길을 지나 찾아갔던 공방은 그 미술가의 자취방이었다.

분위기가 따뜻한 모임이었다. 이야기를 나누다가 빅토르 하라나 비올레타 파라 같은 저항 가수가 이야기의 주인공이 될 때면 노래도 찾아 들었다. 조금 시장기가 느껴지면 호박전을 부쳐 먹으며 할 이야기를 나눈 뒤 청주대학교 뒤의 좁은 골목에 있는 허름한 순대국밥 집에서 뒤풀이를 했다. 차를 가져간 나는 술을 못 마셨는데 사람들은 소주를 맛있게 마셨다. 그리고 강사료라고 하면서 청주 가덕동에서 만든 막걸리 여섯 통을 내게 주었다. 자기들끼리 마시는 것이 얼마나 샘이 났는지 집으로 돌아오자마자 그 여섯 통을 다 마시고 대취했다.

인연은 이어졌다. 얼마 지나지 않아 그 모임에서 망년회에 그해에 참여했던 작가들을 초대한다고 했다. 작가 중에서 나만 참석했다. 술을 곁들인 식사로 1차를 한 뒤 나는 호기를 부렸다. 근처의 LP판을 2만 장 이상 소장하고 있는 카페로 모두를 초대하여 와인을 마시며 음악도 감상하면서 시간을 보냈다. 그뒤 상당히 멀리 떨어진 내 집까지 사람들이 나를 데려다주었다. 물론 술을 마시지 않은 회원의 차로. 아마도 내가 상당히 취한 것으로 보여 안전을 책임지려는 배려였겠지.

그리고 한참 뒤, 이 모임에서 다시 연락이 왔다. 잠바티스타 비코의 『새로운 학문』이 출간된 뒤였다. 그 어려운 책을 읽겠다고 10여 명이 청주 수동성당 근처의 허름한 중국집에 모였다. 한두 시간 내에 비코를 이해한다는 것은 어불성설이지만 모두가 시간 가는 줄 모르고 그 분위기에 취해갔다. 본디 이 모임은 문학 동아리의 성격이 커서 보통 시인이나 소설가를 모시는 게 상례였다. 그런데 철학이나 사상과 관련된 번역서의 번역자를 초청 대상으로 선정했다는 사실에 나는 특히 감동했다.

어쨌든 이후에는 모임과 상관없이 이미 친해진 회원들 여럿과 틈틈이 만났다. 정리된 많은 관계가 이 사람들로 새롭게 채워졌다. 청주에서 나의 이웃으로 살며 나의 견해를 존중해주는 이 사람들은 내가 추천하는 책을 읽는다. 지역에 대한 사랑은 이 사람들이 책을 구입하는 방식에서도 나타난다. 이들은 지역의 서점에 주문하여 책을 구매함으로써 지역의 문화사업도 지원하고 있는 것이다. 지역의 작은 도서관 관장으로 있는 한 회원의 주선으로 특강을 한 적도 있었다. 특강을 들으러 온 청중 대다수가 초·중등학교 학생이어서 성인 대상의 강의를 생각했던 나는 너무도 당황했었다. 그러나 우려와는 달리 열렬하게 반응하고 적절한 질문까지 던져, 그들은 내가 겪었던 가장 어리지만 가장 수준 높은 청중이 되었다.

'지역 작가를 만나다'에서는 『잃어버린 밤에 대하여』가 '교유 서가 어제의책' 총서의 첫번째 책으로 출간된 뒤 나를 한 번 더 초청했다. 물론 이 책도 번역서인데 말이다. 그리고 보니 나는 복을 많이 타고난 사람인 것 같다. 『금지된 지식』『잃어버린 밤에 대하여』『바이마르 문화』『고양이 대학살』『베난단티』같은 많은 책들이 오랜 세월이 지난 뒤에 다시 빛을 볼 수 있었으니 말이다. 본디 『밤의 문화사』라는 제목으로 출간되었던 『잃어버린 밤에 대하여』를 위한 모임은 독서 모임으로 꽤 유명한 청주의 카페에서 열렸다. 문래동의 한 아틀리에 옥상에서 북토크를 했던 경험을 되살려준 그날도 잊지 못할 밤이 되었다.

그런데 이들과의 만남은 그날이 끝이 아니었다. 이 독서 모임은 벌써 100회를 맞이했는데, 그것을 기념하기 위한 100회 기념 모임에 나를 초청하여 『고양이 대학살』을 주제로 이야기를 해달라는 것이었다. 그것이 지금 이 글을 쓰는 시점에서 아직 일주일도 지나지 않은 2023년 12월 23일 토요일이었다. 100회라 해봐야 단지 또 한 번의 모임에 불과하지 않을까 생각했던 나는 감동을 받았고 지금도 그것을 느끼고 있다. 우리나라에서 처음 출간되고 거의 30년이 되어가는 책을 읽는 모임에 참석해달라고 독려하여 많은 사람을 모았고, 플래카드까지 만들어 벽에 걸어 붙이고, 행사 분위기를 잡아가며 꽤 요란하게 진행했으면서도 책에 대한 진지한 이야기를 빠뜨리지 않았으니 말이다. 그러면서도 이 모임의 장점이 함께 즐기는 시간을 갖는 것으로 마무리한다는 데 있다는 사실도 부인할 수 없다.

이들은 200회 모임에도 나와달라며 공치사와 비슷한 말로 내게 덕담을 건넸다. 공치사면 어떤가? 그 말은 나에게 계속 치열하게 살며 책과 관련된 일을 해달라는 건강한 주문이 아니겠는가? 그들은 지금도 책을 읽는다. 그들과의 인연을 놓치지 않기 위해 나는 열심히 읽고 쓰고 번역해야 한다.

조한욱_ 저서 『조한욱 교수의 소소한 세계사』, 번역서 『베난단티』『바이마르 문화』『잃어버린 밤에 대하여』『미술레의 민중』『비코 자서전』 출간

따끔거림, 또는 우리가
서로에게 전해야 할 진실에 관하여

홍정인(번역가)

 십여 년 전에 봄마다 고려대와 이화여대에서 장소를 번갈아가며 번역을 주제로 대담이 네 차례 열렸다. 매번 많은 생각거리를 던져준 자리여서 이 대담 프로젝트가 네 차례에 그친 것이 나는 지금도 못내 아쉽다. 마음속에 깊이 남는 경험이 으레 그렇듯 그 날들을 돌아볼 때면 몇 가지 선명한 감각이 함께 떠오른다. 5월답게 화창했던 날씨, 아름다운 교정의 푸른 나무들, 부질없는 손부채질을 하게 만들었던 어느 해의 때 이른 더위, 낯선 곳을 두리번대다 발견한 반가운 얼굴, 자동으로 터져나온 나의 경쾌한 인사, 고려대의 정겹고 예스러운 강의실과 이화여대의 차갑도록 단정하고 현대적인 무대와 좌석……. 하지만 내게 지금까지 가장 깊게 남아 있는 감각은 어떤 따끔거림이다. 이화여대에서 두번째로 열린 대담에서 '모든 번역은 오역이고, 원작의 표절'이라는 주장이 제기되었을 때 나는 곰곰 생각에 빠졌고 이내 마음이 따끔거렸다. 사실 넓게 보면 그 주장은 언제나 중간 지대에 놓이는 번역의 운명, 그러니까 완전무결한 원작 그 자체와 원작과 공통점이 조금도 없는 전혀 다른 어느 텍스트 사이 어디쯤 위치하기 마련인 번역의 근본적 성격—문학비평가 매슈 레이놀즈는 이것을 번역의 '사이성(between-ness)'이라고 일컫는다*—에 관한 것이라고도 볼 수 있었고, 그렇다면 이것은 그 자체로 딱히 새로운 이야기는 아니었다. 다만 그 주장을 들은 이후 나는 줄곧 한 가지 질문을 품게 되었고 그 질문은 지금까지도 나의 마음을 따끔거리게 만든다. 그것은 모든 번역이 필연적으로 오역이라면 모든 읽기도 필연적으로 오독이 아닐까, 하는 의문이었다.

우리가 모든 번역을 오역이라고 말하는 아마도 가장 단순하고 명확한 이유는, 번역은 두 개의 언어와 관계되는 일이고 서로 다른 언어에 속한 표현들은 그 어떤 것들도 결코 완벽하게 같을 수 없다는 데에 있을 것이다. 가령 영어에 속한 어느 특정한 단어가 소환하는 모든 의미와 뉘앙스, 그것이 담지하는 역사성을 온전히 품은 단어는 한국어에서 결코 찾을 수 없다. 거기에는 언제나 어긋남이 있다. 하지만 우리가 이 문제를 엄밀하게 다룬다면 이러한 어긋남은 하나의 언어 안에서도 발생한다. 이를테면 한국어의 어

---

* 번역의 '사이성'에 관한 자세한 논의는 매슈 레이놀즈의 『번역』(교유서가, 2017) 4장 97~98쪽 참조.

느 특정한 단어가 소환하는 모든 의미와 뉘앙스, 그리고 그 안에 담긴 역사성은 그 누구에게도 같지 않기 때문이다. 다시 한번 여기에는 언제나 어긋남이 있다. '원본'은 그 누구에게도 같게 읽히지 않는다. 심지어 저자 자신이 읽는대도 그는 그 글을 쓸 당시의 경험을 그대로 재현할 수 없다. 그 글에서 결코 같은 경험을 얻을 수 없다. 아니, 애초에 저자를 떠난 작품은 우리가 흔히 말하듯 저자의 경험과 별개의 존재가 된다. 읽기에는 정답이, 그러니까 그대로 재현되어야 할 단 하나의 경험이 존재하지 않는다. '읽는다'는 행위는 저자 경험의 재현을 의미하지 않는다. 이야기는 저자가 처음 쓴 그대로 존재하지 않는다. 이야기는 그것을 읽는 독자와 더불어 어긋남 속에서 새로운 의미가 펼쳐지는 가운데 생명력을 갖는다. 그리고 이 생각을 좀더 확장한다면 우리가 흔히 가장 치열한 읽기의 한 방법이라고 말하는 번역도 그러한 어긋남 속에서 새로운 의미를 펼치며 이야기에 생명력을 더할 것이다.

그러나 원본을 그저 읽어내려갈 때는 무결한 독자였다가 번역을 시도하는 동시에 내가 갑자기 재투성이가 되는 일은 벌어지지 않는다고 해도, 그러니까 어긋남은 애초에 읽기 자체에 내재한 것이라 해도 내 마음은 여전히 따끔거린다. 그 이유는—어쩌면 사태는 그러할지라도—어긋남을 인정한다는 이 선언이 나를 비롯한 많은 이들이 글을 쓰고, 그 글을 다른 언어로 옮기고, 원작이나 역본을 읽으며 기울이는 노력을, 서로에게 진실을 전하고 그 진실을 이어받으려는 분투를 무력화하는 것만 같은 기분이 들기 때문이다.

우리에게는 진실에 대한 감각이 있다. 이 감각은 아주 사소한 일에서도 작동한다. 얼마 전 인터넷에서 원피스 색깔 논쟁이 벌어졌다. 가로로 장식 천이 여러 겹 덧대어진 원피스의 사진을 보고 사람들은 각기 자신에게 보이는 원피스의 색이 무엇인지 말했다. 어떤 사람들은 파란색-검은색이라고 했고 어떤 사람들은 흰색-금색이라고 했다. 누군가에게 그 원피스가 파란색-검은색으로 보인다는 것은 하나의 진실이다. 그리하여 그는 진실을 말한다. 그리고 그는 다른 사람에게는 그 원피스가 다른 색으로 보이기도 한다는 진실을 전달받는다. 이 원피스의 색이 '원래 무엇인지'에 대한 '정답'은 없다. 하지만 각기의 진실들을 접하고 난 사람들은, 우리 눈에 보이는 색이 각기 다를 수 있다는 또다른 차원의 진실을 확인한다. 그리고 그 진실을 서로에게 전하고 싶어한다. 내가 이 일이 사소하다고 말한 이유는 얼굴도 모르는 누군가가 소유한 그 원피스가 파란색인지 흰색인지 누구나 전혀 궁금할 바 없을 것이기 때문이다. 그럼에도 사람들이 이 일을 두고 그토록 열띤 논쟁을 벌인 이유는 이것이 진실에 대한 감각을 건드리기 때문이라고 나는 생각한다.

우리에게는 진실에 대한 감각이 있고, 이 감각은 당연히 우리가 글을 읽을 때도 그것을 다른 언어로 떠올려볼 때도 변함없이 작동한다. 우리가 글을 한 번 읽고 두 번 읽고, 관련 자료를 찾는 노력을 기울이는 것도 진실에 대한 감각이 작동하기 때문이다. 어긋남도 이 감각 때문에 생겨나는 것이 아닐까. 어긋남은 마주침 속에서 벌어지는 일인데 애초에 우리를 그 마주침으로 밀어넣는 것은 진실에 대한 감각이니 말이다. 나중에 한 발짝 떨어져 결국에는 어긋났다는 것을 목격한대도—숱하게 그러할 것이다—이 어긋남의 목격은 그 자체로 우리가 전해야 할 하나의 진실이 된다. 내 마음이 따끔거리는 이유는 모든 번역이 오역이라거나 모든 읽기가 오독이라는 말이 이 모든 사태를 '틀렸다'라는 단순한 말로 규정해버리고 그리하여 매 순간 우리의 현실을 이끌어가는 진실에 대한 감각을 무력화하기 때문이다.

어느 번역이 통째로 '오역'이다, 하고 말하는 데에는 아마도 '번역본은 원작을 대체하는 또다른 원본이어야 한다'는 아이디어가 깔려 있을 것이다. 이 개념에는 19세기 말로 거슬러올라가는 역사적 맥락이 있다. 1886년 스위스 베른에서 각국 대표가 모여 저작권에 관한 세계 최초의 다자간 협약을 맺었다. 앞서 1884년과 1885년에 열린 사전 회의에서 프랑스를 비롯해 소설을 주로 수출하는 국가들은 원본과 역본의 동화(同化)를 주장했고, 스웨덴을 비롯한 주요 수입국들은 번역의 자유를 주장했다. 프랑스 대표는 원작에 충실한 역본이 외국에 소개될 수 있도록 원저자가 출판권을 통제할 수 있어야 한다는 입장을 취했다. 원저자의 인가를 받은 하나의 역본만이 출간되도록 저자에게 출판권을 부여해야 한다는 것이었다. 스웨덴 대표는 역본을 지나치게 통제한다면 대중의 선택권이 제한될 것이라고 주장했다. 각기 저자나 대중의 권리를 앞세우는 듯 보이지만, 익히 짐작할 수 있듯이 이 논쟁에는 무엇보다 각국의 이익과 관련한 셈법도 주요하게 작용했다.

1886년 베른 협약에서는 프랑스의 견해가 우세했고, 이후 베른 협약의 가입국에서는 저작권이 만료되지 않은 책의 판권을 획득한 출판사만이 번역판을 출간할 수 있다. 이 번역판이 절판되거나 저자 사후 50년이 지나지 않았는데 누군가가 무단으로 다른 번역판을 출간한다면 그것은 해적판이 된다. 스웨덴은 1904년에야 베른 동맹에 합류했고 그전까지 해적 국가로 비난받았다.* 한국은 베른 동맹에 1996년에 합류했고, 이후 한국에서도 저작권이 만료된 작품은 수종의 번역판이 나오지만 저작권이 만료되지 않은 작품은 기존 번역판이 절판되지 않는 한 하나의 번역판만이 출간된다. 하지만 자신의 번역판이 여러 다른 한국어 번역판과 나란히 놓이든, 유일한 한국어 번역판이 되든 번역가에게 주어지는 과제는 크게 다르지 않을 것 같다. 어느 경우든 그것은, 우리가 매사에 그렇듯이, 진실에 대한 감각을 좇아가는 일이 될 테니까 말이다.

---

* 베른 협약과 원작 및 번역 작품의 관계에 관해서는 『옥스퍼드 책의 역사』(근간), 교유서가, 13장 521~525쪽 참조.

홍정인_ 번역서 『여성이 말한다』 『복스 포풀리』 『메멘토 모리』 '마스터스 오브 로마' 시리즈(공역) 출간

편집자와 번역자

정영목(번역가, 교수)

번역을 해오면서 내가 가장 긴밀한 관계를 유지해온 사람들이 누구냐고 묻는다면 바로 편집자들이라고 답할 것이다. 두 번 생각하지 않고 답할 것이다. 물론 긴밀하다는 게 꼭 좋다거나 친하다는 뜻은 아니다. 편집자와 번역자는 무엇보다 일로 만나는 사람들이며, 그 일을 잘해서 좋은 결과물을 내려고 협력하는 사람들이다. 다만 그 관계가 다른 어떤 일로 만난 관계 못지않게 긴밀하다는 뜻이다.

방금 나는 '관계보다'라고 쓰고 싶었지만 자제했다. 상대의 손에 목숨을 맡기는 협력 관계보다야 못하지 않겠느냐는 반론이 떠올라서인데, 사실 그 경우는 '긴밀하다'는 말이 아닌 다른 표현이 더 어울릴 것 같기도 하다. 어쨌든 편집자와 번역자의 관계는 서로 목숨을 맡길 만큼 무조건으로 신뢰하는 관계는 아니다. 어떤 면에서는 그런 관계여서는 안 된다고 말할 수도 있을 것 같다. 종류가 다른 관계이기 때문이다. 이 관계에는 어느 정도 의심이 필요하고, 긴장이 필요하다. 그게 좋은 결과를 내는 데 필수적이다. 번역자로서 나는 나에게 온 역자 교정지가 페이지마다 빨간 꽃이 만발했다면 마음이 편치 않겠지만, 만일 몇 페이지가 이어지도록 빨간 꽃이 몇 송이 보이지 않는다면 기분이 좋은 게 아니라 몹시 불안할 것이다. 적어도 나에게는 나를 전폭적으로 신뢰하는 편집자가 아니라 적당히 의심해주는 편집자가 필요하다.

물론 이 '적당히'가 어렵다. 이런 경우 대개 그렇듯이, 그 적당한 선은 실제로 함께 일을 하면서 맞춰나가야 한다. 한 번에 딱 맞춰지는 경우는 아마 첫눈에 반하는 경우만큼이나 드물 것이다. 서로 몇 번 교정지를 통한 대화가 이루어지고 나야 적당한 선이 정해지는데, 물론 정해지기도 전에 조용히 관계가 끝날 수도 있다. 그렇게 수줍게 간접적으로 대화하지 말고 아예 서로 요구하는 바를 내놓고 협의를 하면 되지 않겠느냐고 말할지 모르지만, 그건 정말 글이라는 걸 모르는 사람이 하는 말이라고 답할 수밖에 없다. 글은 그렇게 해서 되는 일이 아니니까 이렇게 하는 것이다. 이런 관계에서 요구하는 바가 입 밖으로 나온다는 건 대개 둘의 관계가 '적당한' 긴장을 넘어 갈등으로 치닫고 있다는 뜻이다.

이렇게 남녀가 썸을 타듯이 교정지를 매개로 한 간접적 대화를 통해 어렵게 그 적당한 선이란 게 맞춰진다 해도 그걸로 어떤 불변의 기준선이 만들어지는 것은 아니고 매번 미세 조정이 이루어진다. 그래도 그때부터는 적당한 의심과 적당한 신뢰 속에서 목숨은 못 맡기더라도 번역한 글과 편집한 글은 주고받을 수 있는 관계가 출발한다. 이건 정말 긴밀한 관계다. 나만 그런지 몰라도, 어디에 완성된 형태로 내놓기 전의 글을 읽어주고 수정할 부분을 알려달라고 하는 건 아무에게나 편하게 요구할 수 있는 일은 아니기 때문이다. 반대로 남의 글을 읽고 수정하는 것 또한 함부로 할 수 있는 일은 아니기 때문이다. 선생이 학생의 글을 읽을 때도 조심스럽게 다가가기 마련인데.

번역이 얼마나 대단하다고 그렇게 경건한 척하느냐고 말할지도 모르겠다. 맞다, 나도 동의한다. 번역은 대단치 않다. 사실 누구나 하고 있는 것이다. 그러나 동시에 글이라는 면에서는 대단하다. 번역이기 때문에 대단하다가 아니라, 번역이 글이 되었기 때문에 대단한 것이다. 사실 번역자가 편집자에게 갖는 근원적 의심 가운데 한 가지는, 이것은 번역 원고니까 자유롭게 고쳐도 된다, 라는 생각을 갖고 있지 않느냐 하는 것이다. 이런 의심에는 아픈 과거가 있다. 우리 출판의 역사에서 번역된 원고를 글이 아니라 재료로 취급하여, '윤문'이라는 명분으로 매우 자유롭게 가공하던 시절이 있었기 때문이다(매절 원고료 지급의 관행도 이와 관련이 있지 않을까?).

물론 지금은 과거의 그때가 아니다. 과거에는 없던 '역자 교정'이라는 단계는 현재 편집자와 번역자의 대화 밀도를 보여주는 중

요한 증거다(역자 교정이 생긴 지는 꽤 오래되었지만 나는 그 이전
도 기억할 만큼 연식이 오래된 사람이라). 그럼에도 이 대화는 어떤
표현을 두고 번역자는 자신의 의도를 편집자가 읽어내주기를 바
라고, 편집자는 번역자가 그런 의도가 전달되게끔 표현해주기를
바라는 빨간 점들로 점철되기 마련이다. 여전히 둘이 만나는 어떤
적당한 선이 필요한 것이다.

　말이 나온 김에 편집자에 대한 번역자의 일반적인 의심 또 한
가지를 들자면, 편집자의 수정이 편집자 개인의 언어 취향에 따
라 이루어지는 게 아닌가 하는 것이다. 어떤 표현이 어색해 보이
는 것이 우리말의 자연스러움에서 벗어났기 때문일까, 아니면 편
집자 개인의 언어 습관과 달라서일까? 아마 편집자도 할 말이 있
을 것이다. 번역의 이 표현이 저자의 언어 취향인가, 아니면 번역
자의 언어 취향인가? 편집자와 번역자의 언어 취향이 부딪힌다면
마지막 결과물에는 누구의 취향이 담기게 되는 것일까? 긴장이
느껴지지 않는가.

　반대로 번역자에 대한 편집자의 뿌리 깊은 의심의 한 가지로는
오역을 들 수 있을 것이고, 아마 이 의심 앞에서 언제나 무죄를 주
장할 수 있는 번역자는 드물 것이다(물론 나 자신은 그런 번역자에
속할 엄두도 내지 못한다). 교정을 몇 번을 봐도 오탈자가 나온다
는 점에서 업계 내의 동병상련 비슷한 것이 생겨날 수도 있지만,
이거야말로 파탄을 초래하는 자기연민과 비슷할 것이다. 따라서
이 의심은 기본적으로 번역자의 존중을 받아야 할 건강한 의심이

다. 재미있는 것은 편집의 고수가 되면 글을 읽어내는 내공의 깊이 덕분에 굳이 원본과 비교해보지 않아도 오역을 찾아낸다는 것이다. 내가 그런 분들의 도움을 적잖이 받았다는 것은 말할 필요도 없을 것이다.

편집자의 또 한 가지 의심은 번역자가 우리말에 서툴다, 또는 원문에 매몰되어 우리말 구사가 어색하다는 것이다. 따라서 번역 원고를 '자연스러운 우리말'로 다듬어주는 게, 조금 더 폭을 넓혀보자면, 독자가 쉽게 이해할 수 있는 '가독성' 높은 글로 다듬어주는 게 편집자의 주요한 임무라는 생각이 자리를 잡게 된다. 이것은 비단 편집자만이 아니라 많은 번역자도 공유하는 생각인데(어떤 게 자연스럽고 가독성이 높은 것인가 하는 문제에서는 의견이 다르다 해도), 나 자신은 생각이 좀 다르다. 물론 나도 편집자는 독자의 요구를 고려할 수밖에 없다는 데 동의하고, 자연스러움과 가독성도 적당한(나에게는) 선까지는 동의하지만, 기본적으로 번역된 글에서 외국어와 외국 문화 냄새가 나지 않으면 오히려 문제가 있는 게 아닌가, 라고 생각하는 쪽이다.

번역을 시작하던 초기에도 그런 생각은 비슷하여, 나는 이 의심에서 영영 자유로울 수 없는 쪽에 속한다고, 따라서 번역판에서 소수파이자 아웃사이더에 속한다고 생각했다. 그럼에도 개전의 정은 전혀 없어, 나의 그런 사고방식은 더욱 굳어졌을 뿐 아니라, 지금까지도 그런 방향으로 이런저런 실험도 계속해보는 중이다. 그렇기 때문에 나는 번역판에서 오래 살아남지 못할 거라고 생각했고(진심으로) 그래서 지금까지도 그곳에서 한 자리를 차지하고 있는 게 신기할 따름이다.

나는 이게 오로지 내가 만난 편집자들 덕분이라고 생각한다(이 또한 진심으로). 그들은 물론 독자의 요구를 알고 있고, 자기 기준이 있었지만, 나의 번역을 어느 선까지는 이해하고 존중해주었다. 나는 그들의 식견과 판단력을 믿고, 그들이 받아주면 다행이고 안 받아들이면 재고하겠다는 마음으로 실험적인 표현을 던져보곤 했다. 그들이 모든 독자의 대변자라고 여기고 오직 내 편집자만 설득하면 된다는 마음으로 번역을 했다. 그리고 결국 그 편집자들 덕에 이럭저럭 살아남았다. 생각해보니 아닌 게 아니라 그들에게 목숨을 맡겼던 것이지 않나!

얼마 전 출판사를 운영하는 두 친구한테서 따로 똑같은 이야기를 들었다. 믿을 만한 편집자를 구하는 게 너무 힘들다는 것이었다. 한 명은 과학, 또 한 명은 인문을 염두에 두고 한 이야기였다. 한 친구는 심지어 60, 70대가 편집을 해야 할 판이라고 씁쓸하게 농담했다. 책이나 출판의 미래는 여러 기준으로 살펴볼 수 있겠지만, 그 시기의 재능들이 얼마나 들어오느냐도 중요한 기준이 된다고 생각한다. 이 시기의 지적 재능들은 어디로 가고 있을까? 책을 만드는 일은 왜 이들을 끌어오지 못할까? 번역계에 들어올 재능들은 앞으로 과연 나처럼 편집자들과 긴밀한 관계를 맺는 행운을 누릴 수 있을까?

정영목_ 번역서 『맛』『삶의 기술』 출간

세상에 남긴 단 한 권의 책

이홍(출판 기획자)

전시륜을 처음 만난 건 2000년 여름이었다. 그러나 그는 이미 고인(故人)이었고 내가 만난 건 그가 남긴 투박한 원고 뭉치였다. 가는 볼펜으로 쓴 첫 장의 제목은 '어느 무명 철학자의 행복론'이었다. 전시륜, 처음 들어보는 이름이었다. 그리고 철학자인 그의 행적을 추적할 수 있는 자료는 어디에도 없었다. 실망스러웠다. 아무리 보잘것없는 출판사라 해도 이렇게 누군지도 모르는 아무개의 원고를 가져와 책을 만들어야 하나, 생각하니 자괴감이 들었다. 그런 고민도 아랑곳하지 않고, 특유의 콧수염과 꽁지머리를 자랑하던 사장님은 "저자가 남긴 유작(遺作)이니 무슨 일이 있어도 가을까지는 책이 나와야 한다"라는 엄포를 쏘아대기 시작했다.

그 무렵 나는 결혼을 앞두고 있었다. 고향 친구 무리 중 서른이 훌쩍 넘도록 혼자인 건 나뿐이었다. 미래가 불투명한 가난뱅이 편집자에게 시집오겠다는 어여쁜 마음이 시들기 전에, 책 만드는 사람이면 똑똑하고 지적일 거라는 환상이 깨지기 전에 빨리 식을 올려 총각을 면해야 한다는 초조함과 두려움으로 가득한 시간이었다. 무명 철학자 전시륜의 원고를 읽기 시작한 건 죽이 되든 밥이 되든 이 작업을 빨리 끝내고 사장님의 축복 속에 결혼식장으로 가자는 월급쟁이의 얄팍한 생존 논리 그 이상도 이하도 아니었다. 그러나 얼마 지나지 않아 알게 되었다. 전시륜이란 사람이 정말 멋진 괴짜인 것을. 또한 지금도 주저 없이 인정할 수 있다. 그의 글이 30년 넘은 내 출판 인생에서 최고의 작품인 것을.

그는 잘 다니던 회사의 제도가 맘에 안 든다고 회사 행사에 연설자로 나서서 깽판을 치다 잘린 사람이었다. 학생회장 선거에 나가 외국인 학생들에게 미국 학생들과 연애할 수 있게 해준다는 공약을 내걸기도 했다. 그는 지방신문에 신부를 구한다는 광고를 내고 결혼을 한 사람이었다. 그는 수요일에 죽기를 원했다. 월요일에 죽으면 염라대왕이 첫날부터 재수 없다고, 금요일에 죽으면 다가오는 주말을 망친다고 투덜댈 것이 두렵기 때문이라고 했다. 파란만장한 인생 역정 속에서도 유쾌한 정신을 잃지 않고 세상을 보고 대하는 새로운 모습을 보여준 그의 글은 두고두고 씹어 삼켜도 부족할 지경이었다. 급기야 고인이 되어 만날 수 없는 그가 그리워 나는 눈물까지 찔끔거렸다는……. 그렇게 그는 세상에 단 한 권의 책을 남기고 영면했다. 그가 오래 살아 서너 권의 책을 썼다면 더 괴짜 같은 이야기와 촌철살인의 행복론을 펼쳤을지 모르겠다. 그러나 그렇게 한 권의 책만을 남기고 홀연히 떠났기에, 그를 생각하는 마음이 더 애달프고 간절한지도 모르겠다.

전시륭의 유쾌한 행복론을 만든 지 어느덧 20여 년이 지났다. 강산이 두어 번 바뀐 탓인지 책을 만들고 읽는 시장 환경은 점점 유쾌하지 않다. 그런데도 책을 쓰겠다는 사람은 줄지 않았고 덕분에 많은 글쓰기 교실은 문전성시를 이룬다고 한다. 책 만드는 일에 몸담은 처지에서는 고마운 일이다. 어떤 주제, 어떤 형식의 글이든 일단 원고라는 게 있어야 책이 만들어지고, 책을 만들어야 출판이라는 산업이 작동한다. 지식과 정보가 늘어나고 사고의 확장과 교류가 사회적 힘으로 작동하는 시대에 꼭 그것이 책이라는 상품이 되지 않는다고 해도, 문자를 빌려 체계적인 글을 만드는 건 아무리 생각해도 기특한 일이 아닐 수 없다.

그래도 난 이렇게 묻는다. 글을 쓰고 책을 내고 싶다는 사람들에게 묻는다. 한 번이 아니라 적어도 두세 번 정도는 묻는다. 그가 싫어하는 눈치가 아니라면 또 묻고 묻는다. "당신이 세상에 책을 남기려고 하는 이유는 무엇인가요?" 이름이라면 주민등록증이면 충분하고 재산이라면 통장에 찍힌 숫자면 된다. 도대체 무슨 이유로 글을 써 책을 남기려고 하는지요?

언젠가 모 정치인을 만났던 기억이 떠오른다. 그가 무명소졸의 편집자를 찾은 이유는 간단했다. 책을 내고 싶은데 도움이 필요하다는 것이었다. 몇 년 전에도 책을 냈지만 출판사와 편집자가 변변치 않아 오히려 체면을 구겼다며 근엄한 뒷담화를 늘어놓는 것도 잊지 않았다. 그의 장황한 이야기를 다 듣고 난 이렇게 물었다.

"의원님, 이미 세상에 한 권의 책을 내셨는데 왜 다시 이름을 붙이려는 거지요?"

그리고 정치인이 이 세상에 책을 남기려 한다면 히틀러의 『나의 투쟁』 정도는 돼야 한다는 쓸데없는 지론까지 더해주었다. 그는 이름을 남기고 싶을 뿐이었다. 아니, 책을 빌려 이름을 빛내고 싶었겠지. 남기든 빛내든 그게 가능하다면 그에게 책은 그냥 도구일 뿐이었다. 그래서 거절하고 헤어졌냐고? 무슨 말씀, 난 그의 이름을 단 책을 다시 세상에 내보냈고 그는 이후에도 다른 출판사에서 두 권의 책에 자신의 이름을 붙였다. 아마 그 출판사의 편집자에게도 내가 만든 책이 얼마나 변변치 않았으며 그래서 체면을 구겼다는 이야기를 잊지 않았으리라 생각한다.

그에게서 무명 철학자였던 전시륜을 기대한 건 아니다. 사실 세상에 자기 이름으로 남기는 책 한 권의 가치가 얼마나 소중한 것인가를 아는 것은 저자가 '무명'이기에 가능할지 모른다. 그래서 난 소문 요란한 저자보다 무명의 저자를 좋아한다. 책은 이름을 남기거나 빛내기 위한 도구가 아니다. 글을 쓰고 책으로 엮으려 한다면 이름이 아닌 이야기를 담아야 한다. 책이 잘 팔려 베스트셀러 저자가 되면 명성을 얻고 팔자를 고칠 수 있음을 기대한다면, 그건 어디까지나 결과에 따른 보상이어야 한다. 그런 욕심에 기대어 상업적으로 기획된 책들이 성공하고 빛난다고 해서 원래 책이 그런 것은 아니다.

　인쇄술의 발달은 이전까지 특정인의 소유물이었던 책을 대중화했다. 책의 대량 보급은 읽기 욕구를 자극해 교육의 혁신을 가져왔고, 체계적인 교육은 다시 글을 쓸 수 있는 작가를 대량으로 배출시켰다. 이 작가들이 엄청난 분량의 '명작'을 쏟아냈음은 물론이다. 물론 BC 106~43에 살았던 키케로가 "세상이 타락했다. 어린것들은 더이상 부모 말을 듣지 않고, 잡것들이 너나없이 책을 내려고 한다"라고 일갈한 것을 두고 어느 시대나 책은 넘치게 공급되었다는 반론이 제기되기도 한다. 오죽하면 18세기 사람들은 읽을 줄 몰라서 그것으로 밥벌이를 할 수 없었고, 20세기 이후에는 누구나 읽을 줄 알아서 그것으로 밥벌이를 할 수 없다는 푸념까지 들리겠는가. 그러나 긴 텍스트에서 씨줄과 날줄의 의미를 찾아내고, 밤을 새워 읽은 서사에서 또다른 판타지를 창조하는 그런 시간들이 한 인간과 그가 속한 사회, 그 사회가 이룩한 문명의 발전에 어떤 영향을 끼쳤는지에 대한 진지한 이해 역시 중요하다. 편리한 습득과 기능적인 글쓰기 그리고 효율성에 따른 대량 소비적인 책 읽기에 길들면 그것을 공급하는 시스템이 의도하는 구조에 종속되고 만다. 책을 탐하여 과하게 쓰고 소비하고 버리는 게 일상이 되었다면 그것을 책의 아름다운 진보라 말할 수는 없겠다.

　전시륜을 만난 건 편집자로서 최고의 행운이었다. 하지만 그가 남긴 숙제 때문에 오늘도 나는 같은 질문을 반복하고 있다. 자신의 이름을 걸고 세상에 남기는 단 한 권의 책, 그것이 주는 가치는 무엇일까? 사실 그는 그때도 무명이었고 지금도 무명이다. 무슨 사건이 벌어진 것도 아니다. 다만 그 누구도 관심 가지지 않는 화두 하나를 붙잡고 내가 나를 괴롭히고 있을 뿐이다. 훗날이야 알 수 없지만 그 질문을 끝끝내 털지 못할 것 같다.

"당신이 세상에 한 권의 책을 남기려고 하는 이유는 무엇인가요?"

이홍_산문집 출간 예정

책이 만든 어떤 운명의 표정

권성우(교수, 문학평론가)

도쿄 신주쿠역에서 주오선(中央線) 쾌속 열차를 타고 서쪽으로 20여 분 가면 고쿠분지(国分寺)역이 나온다. 이 역 남쪽 출입구에서 10여 분 걸으면 도쿄경제대학이 있다. 역 북쪽 출입구에서 조금 걸어가 시영버스를 타고 25분 정도 가면 무사시노미술대학 정문 앞이다. 바로 이곳 건너편이 도쿄경제대학 기숙사(게스트하우스)다. 나는 2015년 2월 중순부터 6개월 동안 이곳에서 홀로 지냈다.

2014년 가을 당시 향년 74세 어머니가 림프암으로 세상을 뜨신 후에 커다란 상실감과 슬픔에 휩싸여 있던 시절, 일 년여 전에 예정돼 있던 일본행은 마치 하나의 구원처럼 다가왔다. 어떻게든 한국을 떠나 있고 싶었다. 아무도 나를 알아보지 않는 낯선 도시 곳곳을 산책하며 인생과 공부를 다시 설계하고 싶었다. 오래전 비평가 김현이 「아르파공의 절망과 탄식」(『김현예술기행』, 1976)에서 적은 "모르는 사람들 틈에 있고 싶다. 매일 나무 우거진 공원길을 산보하고 싶다. 오후 7시면 카페에 나가 모르는 사람들 틈에 끼여 맥주를 마신다."는 문장은 그즈음 내 간절한 소망이기도 했다. 이제 '엄마'가 존재하지 않는 세상에서 어떻게 살아가야 할 것인가, 하는 고민이 늘 마음 한편에 똬리를 틀던 시절이었다.

동료 연구자들이 방문학자로 도쿄에 체류하는 경우 흔히 가곤 하는 도쿄 도심의 도쿄대학이나 와세다대학이 아니라, 나는 왜 고쿠분지의 도쿄경제대학으로 가게 되었을까? 도쿄경제대학 기숙사는 고쿠분지의 캠퍼스에서 대중교통으로 30분 거리에 있는 고다이라(小平)에 있다. 이곳은 도쿄 도심에서 꽤 멀기에 세계적인 메가시티 도쿄의 문화와 역사를 온전히 체험하고 원활한 학문적 교류를 수행하기에는 최적의 장소가 아니었다. 하지만 나는 기꺼이 그곳에 가고자 했으며, 그곳 생활을 최대한 즐기려고 노력했다.

시간이 날 때마다 게스트하우스 근처 무사시노미술대학 캠퍼스와 다마가와조스이(玉川上水) 산책로를 거닐곤 했다. 서울에 있는 친구나 가족들이 생각날 때면, 소설가 무라카미 하루키가 작가가 되기 전인 청춘 시절 재즈 카페 '피터캣'(peter-cat)을 열기도 했던 고쿠분지역 근처 이자카야에서 시메사바를 안주로 혼술을 하며 이국의 애수와 사람들에 대한 그리움을 달래기도 했다. 일주

일에 2~3일은 도쿄 시내로 가서 여러 대학 캠퍼스와 미술관, 박물관, 거리와 골목을 답사했다. 어떤 시기는 게스트하우스에서 두문불출하며, 해방 직후에 월북한 작가 허준(許俊, 1910~?)의 대표작을 엮은 『잔등─허준 중단편선』(문학과지성사, 2015)의 해설과 500개에 가까운 주석을 작성하며 보냈다. 허준의 소설에는 일본어가 한국어 발음으로 표기된 대목이 많다. 이를 하나하나 검색하고 찾아서 주석을 다는 작업을 허준이 일본 유학을 위해 거주하던 지역*과 가까운 공간에서 수행한다는 사실이 어떤 필연적인 운명처럼 다가왔다.

생각해보면 내가 고쿠분지시의 도쿄경제대학 방문학자로 올 수밖에 없었던 유일한 이유는 당시 그 대학에 근무하던 재일 디아스포라 논객 고(故) 서경식(徐京植, 1951~2023)이라는 존재 때문이었다. 『나의 서양미술 순례』 『소년의 눈물』 『청춘의 사신』 등 그의 초기 저서들을 한 권, 한 권 읽어내려가면서 뭔가 독서의 새로운 지평이 열리는 듯한 느낌을 받았다. '아 이렇게 글을 쓰는 사람이 있구나' 하는 생각을 했더랬다. 그의 책과 글쓰기(칼럼)는 당시 어떤 늪에 빠진 듯한 우울과 무력감에 시달리던 내게 소중한 자극과 동력으로 작용했다. 서경식의 책과의 만남은 이전과는 다른 뭔가 새로운 글을 쓰고 싶다는 열망을 불러일으켰다. 서경식은 2019년 도

---

* 허준의 자전적 소설 「습작실에서」에는 "무장야 벌판으로 뻗어져나간 긴 길섶에 붙어서 오독하니 밑을 붙이고 있는 단칸짜리 내 집 한 채쯤이야"라는 표현이 등장한다. '무장야'(武蔵野, むさしの)는 현재 도쿄의 서부 지역 일대에 해당한다.

쿄에서 있었던 한 좌담 자리에서 "청년 시절에는 김석범 같은 작가가 되고 싶었다."고 발언한 적이 있거니와, 나 역시 어느 순간에는 서경식의 에세이 같은 글을 쓰고 싶다는 생각을 가슴에 품기도 했다.

도쿄경제대학에 방문학자로 있던 시절 내게 가장 커다란 지적 자극과 깊은 슬픔을 전해준 시간은 서경식 교수가 주도한 재일조선인문학 세미나였다. 한 달에 한 번씩 주제를 정해 전개된 세미나에는 한인 유학생, 인근의 조선대학 재학생과 졸업생, 재일조선인 신진학자 등이 참여했다. 주로 이양지(李良枝, 1955~1992)의 소설, 고마쓰가와(小松川) 사건 등 재일조선인문학과 연관된 몇 가지 쟁점에 대해 함께 토론하고 공부하는 시간이었다. 이 세미나에서 만난 재일조선인 학생들과 대화를 나누며, 나는 미처 제대로 알지 못했던 그들의 인생에 드리워진 치명적 불우, 실존적 고뇌, 단단한 의지를 곁눈질하게 되었다. 일본에서 한 사람의 재일 한인(조선인)으로 평생 살아간다는 것은 숙명적으로 차별과 우울을 마주하는 시간이기도 하다는 사실을 절감한 만남이었다.

그들은 인생을 걸고 자신을 둘러싼 차별, 모순과 싸우고 있었다. 그들은 일본 사회에서 민족적 자의식과 현실적인 진로 사이에서 끊임없이 고민하며 늘 분열된 경계인으로 살아갈 수밖에 없는 상황에 놓여 있었다. 당시 이들의 치열하면서도 처절한 실존의 고뇌가 내 마음에 깊이 각인되었던 것 같다. 바로 이런 체험이 일본에서 보낸 한 학기 직후 한국어로 번역된 김석범 대하소설 『화산도』에 그토록 몰입하게 만든 요인이 아닐까.

서경식을 온전히 알고 싶다는 열망으로 시작된 도쿄경제대학 방문학자 시절, 지금도 눈에 선한 잊을 수 없는 시간은 그의 나가노 신슈 산장에서 3박 4일간 함께 보낸 체험이었다. 서경식, 그의 파트너 후나하시 유코(船橋裕子), 나, 이렇게 셋은 함께 마을을 산책하고 인근 미술관을 둘러보며 시간을 보냈다. 자연스레 저녁마다 재일 한인문학이나 일본 사회와 한국 사회에 대해 자유로운 방담을 나누는 즐거운 술자리가 있었다. 그 3박 4일의 시간 중간중간에 미리 준비해 간 약 30개의 질문을 던지고 서경식이 답변하는 장시간의 대담 인터뷰를 진행했다.

그후에도 도쿄경제대 서경식 교수 연구실에서 네 차례의 대담이 있었다. 2015년 8월 17일 대화에서 내가 그에게 던진 질문 중의 하나는 "재일조선인 예술가 중에서 당신이 개인적으로 가장 높이 평가하는 분은 누구이며 그 이유는 무엇입니까."였다. 서경식은 이에 대한 답변으로 흔쾌히 소설가 김석범(金石範, 1925~)을 꼽았다. 그 이유로 김석범 작가가 일본어로 일본 사회에서 문필 활동을 수행하면서도 일본인 다수자의 논리에 빠지지 않고 드물게 독립적이며 자율적인 재일조선인의 정체성을 유지하고 있다는 점을 들었다. 아울러 서경식은 김석범 작가의 대작 『화산도』가 한국에서 완역되지 않았다는 사실을 언급하며, 『화산도』가 과연 일본에서 얼마나 제대로 이해되고 있는지 모르겠다며 의문을 표했다.

서경식의 이 발언이 내 마음에 깊이 각인되었지 싶다. 이 대화 이후 두 달 만인 2015년 10월 16일, 드디어 『화산도』 12권 전권 (김환기·김학동 역, 보고사)이 한국어로 완역 출간됐다. 일본어판 출간(1997) 후 18년 만이었다. 일본의 철학자 우카이 사토시(鵜飼 哲) 히토쓰바시대학 명예교수는 『화산도』 전권의 한국어판 번역 에 관해 "우리 시대 동아시아 최대의 문화사업이 아닐까요"라고 언급한 바 있다.

『화산도』가 나오자마자 주문해 설레는 마음으로 1권을 읽었 다. 그 한 권만으로도 과연 사상과 사유의 드문 깊이, 인간의 섬세 한 심리에 대한 치밀한 묘사, 엄청난 몰입력과 문학적 매력, 역사 에 대한 치열한 응시를 담보한 대작이라는 사실을 역력히 느낄 수 있었다. 내친김에 12권 모두를 완독하고 싶은 열망이 가득했지만, 수업 등 여러 급한 일이 밀려 있는 학기 중이었기에 『화산도』 읽 기를 중단할 수밖에 없는 상황이었다.

결국 겨울방학을 기다려, 약 보름간 두문불출한 채 2016년 1월 중순 『화산도』를 완독했다. 그야말로 먹먹한 감동과 우뚝한 경지, 완독이라는 충만감이 느껴지는 잊을 수 없는 독서 체험이었다. 그 직후 완독의 커다란 여운을 간직하며 『화산도』에 대한 비평 「망 명, 혹은 밀항(密航)의 상상력」(『자음과모음』 2016년 봄호)을 썼 다. 어느 날 광화문에서 있었던 저녁 모임에서, 『화산도』 번역자인 동국대 김환기 교수의 주선으로 일본에서 그 평문을 직접 읽은 김 석범 작가와 국제전화로 통화하는 기회가 생겼다. 운명과도 같은 문학적 인연이 시작되는 순간이었다. 도쿄에 갈 때마다 김석범 작가와 만나 『화산도』에 대한 질문을 던지고 대화를 나누며 작가의 육성을 기록하고 정리했다.

돌이켜보니 2015년 도쿄경제대학 방문학자 시절이야말로 그 이후 『화산도』와의 뜨거운 만남을 가능케 한 원체험이지 싶다. 그 이후 지금에 이르는 10년 가까운 세월은 무엇보다 『화산도』를 이해하고 탐구하기 위한 도정이었다. 한마디로 나는 『화산도』에 푹 빠져 지냈다. 내가 사랑하는 작품에 대한 자발적인 공부야말로 어떤 놀이 이상의 행복한 체험이 아닌가. 앞으로 남은 인생 동안 계속 『화산도』에 대해 공부하고 『화산도』에 대한 글을 매만지고 싶다. 이야말로 한 권의 책(작품)이 만든 운명이 아니겠는가.

청춘 시절 내 인생의 행보와 미래를 결정지은 책이 김윤식의 『문학과 미술 사이』, 김현의 『김현예술기행』, 최인훈의 장편소설 『회색인』이었다면(이 세 사람 모두 고인이다), 2000년 이후 새로운 열정과 지적 자극, 깊은 공감, 공부의 신선한 지평을 열어준 책으로는 서경식의 『소년의 눈물』과 김석범의 대하소설 『화산도』를 들 수 있겠다. 내게 책과 글의 매력에 관한 새로운 경지를 보여준 고 서경식 교수의 영원한 안식과 올해 백수(白壽, 99세)에 이른 김석범 작가의 건강을 기원하며 이 글을 맺고 싶다.

권성우_ 산문집 출간 예정

우리 누가 먼저 내나 내기합시다

박지혜(멀리깊이 출판사 대표)

멀리깊이를 창업한 이후 아무리 바빠도 꾸준히 참석하려고 노력하는 모임이 있다. '월간사회학'이라는 이름의 사회학 도서 읽기 모임이다. 시작은 사회학 고전을 읽는 모임이었는데, 햇수가 늘면서 차차 사회학 분야의 신간과 문제작을 두루 읽는 모임으로 발전했다. 최근 (좀처럼 별다른 일이 일어나지 않는) 이 모임에 소소하게 문제가 발생했는데 3/4분기 선정 도서 중 한 권이 절판된 일이었다. 해당 도서가 절판된 관계로 고령화와 건강 불평등에 관한 도서를 다시금 선정해야 하는 상황이 되었고, 해당 주제와 관련해 어떤 도서를 선정하면 좋을지 짧게 논의가 이어졌다.

나는 그게 슬펐다. 독자나 편집자 신분이었을 때는 학술적으로 이만한 가치가 있는 도서를 절판해버리다니 한국의 출판사들

참 자존심 없고 무식하다, 함부로 생각했을지 모를 일이다. 그러나 지금의 나는 어떤 식으로도 '출판'이라는 이름을 달고 하루하루 버티고 있는 업계를 향해 손가락질은 할 수 없는 존재가 되었다. 지난 한 해에만 종잇값이 몇 번이나 올랐는지 이젠 기억조차 가물하고(세번째 인상했던 시점에 느꼈던 공포감만큼은 내 신경과 거죽에 새겨져 있다) 현금이 더 들어올 때까지만 차라리 주문이 안 들어와줬으면 하고 바라는 재쇄 예정 도서들도 몇 권이나 안고 있다. 한때 중쇄율 높은 회사를 일궈나가고 있다는 것이 내 유일한 자부심일 때가 있었는데(부끄럽지만 나는 『중쇄 찍는 법』의 저자이다) 이제는 파주의 깊숙한 창고까지 들어가 재생 불가능한 도서를 추려내서 폐기 처분 하는 것으로 창고비 몇 푼을 아껴보려 안달하는 가련한 '출판사 놈'이 되어 있다.

이제껏 출판은 세계의 리트머스이자 나침반이었다. 오늘의 속성을 보고하고 눈에 보이지 않는 저 너머 고지를 향해 헤엄쳐 가게 하는 찬란한 북극성 같은 존재였다. 그 많은 위대한 출판인들이 만들었던 시대의 각성제를 하나하나 떠올려보자. 고작 나 따위도 알고 있는 그 많은 제목들, 그 많은 문학가들과 사상가들의 저서를 우리는 어떻게 읽어올 수 있었나. 절판된 바 없기 때문이다. 최근 계약을 앞둔 에세이 원고를 읽으며 머리가 쭈뼛 섰던 적이 있다. 막 고등학교를 졸업하고 계약직 심부름꾼으로 일하던 저자가 대학생인 친구를 오랜만에 만난 대목이었다. 한참을 재잘재잘 얘기 나누던 친구가 헤어지기 직전 망설이기를 반복하다 주변을 살피며 재빨리 저자의 가방 속에 원고 뭉치를 찔러 넣었다. '집에 가서 아무도 없을 때 너 혼자만 읽어봐.' 어린 저자의 침을 꿀깍 삼키게 했던 원고 뭉치의 제목은 『죽음을 넘어 시대의 어둠을 넘어』였다. 그 엄혹한 시대에도 『죽음을 넘어 시대의 어둠을 넘어』는 절판되지 않았다. 그러니 종잇값이 없고, 인쇄할 돈이 없어서 검색하는 도서마다 절판 문구가 뜨는 오늘은 출판에 있어 아마 그 어느 때보다 어둡고 두려운 시기인 것이 맞을 것이다.

이런 와중에 꾸준히 독자가 읽어야만 하는 절판 도서를 되살리고 있는 출판사들에는 감사한 마음을 갖고 있다. 문 닫은 출판사들 출간 목록 정갈하게 정리해놓고 어디 자기계발서로 포장해 매출 당겨낼 만한 책은 없나, 사람 죽길 기다리는 까마귀같이 희번득거리던 때의 내 출판 리스트와는 비교할 수 없이 우아한 도서들이 새로운 표지로 독자들을 찾아가고 있다. 최근 복간된 교유서가의 『기억·서사』의 구매 리뷰 중에는 이런 문장이 있다. "구판이 중고 시장에 터무니없는 가격으로 올라와 있는 것들을 보고 씁쓸했는데 재출간 대환영합니다." 맞다. 복간은 책을 사랑하는 독자들을 터무니없는 시장 횡포에서 구원하는 일이다. 안 그래도 가벼운 주머니 사정 때문에 사고 싶은 책도 못 사 읽게 만드는 곤궁한 비참으로부터 탈출시키는 일이다. 그러니 재쇄를 포기할 수밖에 없었던 스크럼 저편의 동료를 대신해 더 멋진 만듦새로 절판 도서를 복간하는 일은 출판의 분명한 사명 중 하나다.

당장 나 하나 먹고 죽으려고 해도 씨알 하나가 아쉬운 멀리깊이에게도 꿈의 절판 도서가 한 종 있다. 바로 피에르 부르디외의 『세계의 비참』이다. 강조하지만 나는 관련 전공자도 아니고 부르디외의 이름 철자도 못 외우는 문외한이지만, 『세계의 비참』이 얼마나 아름다운 책인지는 안다. 부르디외를 포함한 22명의 사회학자들이 3년간 공동으로 연구한 끝에 완성한 이 저작은 무산계급이 직면한 그야말로 '세계의 비참'을 집요하고 면밀하게 옮겨낸다. 흡사 목소리 소설이라 불리는 스베틀라나 알렉시예비치의 『전쟁은 여자의 얼굴을 하지 않았다』처럼, 『세계의 비참』 역시 풍요와 안정으로부터 배제된 무산계급의 목소리를 인터뷰라는 방법론을 통해 생생하게 안내한다(마리옹 코티야르가 주연한 영화 〈내일을 위한 시간〉은 『세계의 비참』 2권 인터뷰 '대표자의 혼란'을 기반으로 만들어졌다. 노조 대표 아미르는 미숙한 동료 노동자를 해고해버리자는 또다른 노동자들의 요구를 받고 당혹스러워한다. 왜 언제나 갈등과 상처는 약자들의 것인가?). 부르디외는 '독자에게'라는 서문(10쪽)을 통해 이같이 밝힌다.

"통탄해서도 안 되고, 비웃어도 안 되며, 혐오해서도 안 된다. 오직 이해하는 것만이 필요하다." 이는 스피노자의 말이다. …… 자신의 목소리를 들려준 사람들, 그들을 이해하는 방법, 즉 그들을 있는 그대로의 모습으로 받아들이는 방법을 도대체 어떻게 제시할 수 있단 말인가? 방법이 있다면 단 하나, 그들을 이 세상에서 꼭 필요한 사람들로서 이해하기 위해 필요한 자료들을 제공하고, 그들이 현재의 모습으로 될 수밖에 없었던 원인과 이유를 그들에게 결부시켜 보는 것, 그것뿐이다.

　1993년 출간 즉시 프랑스 출판사상 드물게 상업적 성공을 거둔 이 책은 '사회학의 바이블'로도 불린다고 한다. '바이블'이라는 평가는 내용적 완성도에만 기인하는 것은 아닌 듯 보인다. 세 권 시리즈를 합하면 무려 1,500페이지에 달하는 방대한 분량 때문이다.『세계의 비참』한국어판을 처음 출간한 동문선의 출판사 서평에는 이와 같은 헌사가 등장한다. "책의 내용과 방대함 때문에 번역자가 선뜻 나서지 않아 한국어판 출판에 어려움이 많았던 책입니다. 옮긴이의 각고(刻苦), 두고두고 잊혀지지 않을 것입니다." '각고'라는 한자어가 그야말로 적절하게 사용된 예시와도 같은 문장이다. 소설가를 꿈꾸던 대학 시절, 동문선이 펴낸 피에르 상소의『산다는 것의 의미』를 읽었던 기억이 여전히 선명한데('문학연구자료실'이라 이름 붙은 학과 도서실의 종이 썩는 냄새까지도 또렷하다) 찾아보니 이 책의 번역자 역시 김주경 선생이시다.『세계의 비참』이 더는 독자들을 만나지 못하고 있는 것은, 그 각고의 노력에 대한 모멸 같아서 서글픈 마음까지 든다.

　어그로를 끌기 위해 자극적인 제목을 달기는 했으나, 내가 이 글의 주제를 절판으로 결정한 것은, 그리고『세계의 비참』이 절판 상태라는 것을 읽는 여러분께 고하는 것은, 단 두 가지 분명한 이유에서다. 하나는 각고의 노력을 기울여 이제껏 그 많은 어려운 책들을 출간해주신 업계의 선배들께 감사와 존경을 표하기 위해서다. 또다른 하나는, 나 역시 그 뒤에서 내게 주어진 몫을 제대로 감당해내는 출판인이 되겠노라 다짐하기 위해서다.

  절멸이라는 단어가 심심치 않게 들리는 업계에서, 읽지 않는 독자들과 도깨비 씨름하듯 분투하며 책을 펴내고 계시는 출판인들께, 멀리깊이도 무언가 한 권, 자극과 희망이 되는 책을 선물하는 곳이 되었으면 좋겠다. 그렇게 꾸역꾸역 의미를 쫓아 멀리 깊이 나아가다보면, 언젠가 『세계의 비참』을 내는 날이 올 수도 있겠지. 부디 그런 날이 오기를, 아니 부디 오지 않기를.

박지혜_ 저서 『날마다, 출판』 출간

여기 없는 사람

오경철(애서가)

그의 부음을 받았을 때 나는 파리 2구 어느 건물 꼭대기 층의
셋집 손님방 침대에 누워 이불을 덮어쓰고 있었다. 전날, 밤늦게
샤를 드골 공항에 내린 나는 밖으로 나오자마자 무기력해 보이는
젊은 베트남계 운전자의 택시를 타고 파리 시내로 들어왔다.

동생을 만나러 온 길이었다. 현대문학을 공부하고 박사학위를
취득한 동생은 귀국을 준비하며 몇몇 대학에 선생 자리를 알아보
고 있었다.

한국에서 나는 며칠간 서재에 틀어박혀 책을 정리했다. 벽들을
가득 메운 서가에 겹겹이 꽂아둔 책들을 뭉텅뭉텅 꺼내 바닥에 늘
어놓고 내다버릴 책들을 골라 날마다 현관 앞에 쌓아두었다. 책을
다 정리하고 나면 사나흘 여행을 다녀오려 했다. 서산, 군산, 목포,

해남, 여수, 사천, 통영, 부산. 어째서인지 항도들의 이름부터 떠올랐다. 발길을 끊은 지 오래된 유년 시절의 인천도. 하여간 어디로든.

서재에서 나는 널브러진 책들 사이에 자주 주저앉았다. 좀처럼 수습되지 않는 책들을 보면 한숨이 나왔다. 이따위 것들 다 무슨 소용인가. 생각이 흘러가는 길은 낯익었다.

영국 출판사 파이돈의 로고가 인쇄된 모딜리아니의 화집이 눈에 띄었다. '컬러 라이브러리 시리즈'의 한 권으로 앞표지 귀퉁이에 자리한 그림은 영국 시인 아이리스 트리의 누드였다. 언젠가 타이베이에 갔을 때 대학가의 한 헌책방에서 사 들고 온 책으로, 크기가 비슷한 도록들과 나란히 꽂아놓은 뒤로는 좀처럼 펼쳐본 적이 없었다. 손을 씻고 와서 화집을 천천히 넘겨보다가 나는 파리를 떠올렸다. 정확하게는 파리에 있다고 하는 오래된 공동묘지의 이름을.

페르 라셰즈. 오래전에 어떤 저널리스트가 쓴 「파리의 5월, 광주의 5월」이라는 글을 읽고 세상에 그런 곳이 있다는 것을 처음 알았다. 모딜리아니와 그의 연인 에뷔테른이 그곳에 묻혀 있었다.

무엇인가에 홀린 듯 모아놓은 돈을 털었다. 바닷가 대신 파리에 가려고. 동생의 귀국은 좋은 구실이었다. 중동을 경유하는 에어프랑스 항공편을 예약했다. 동생은 기뻐하며 공항으로 마중을 나오겠다고 했지만, 나는 도착 시간이 심야이니 집 주소만 보내달라고 했다.

다음 날 책 무더기 옆에 앉아 있다가 조르주 페렉의 책 몇 권을 발견했다. 그중 『생각하기/분류하기』를 집어들었다. 책을 펼쳐 차례를 보니 「책을 정리하는 기술과 방법에 대한 간략 노트」라는 글이 실려 있었다. 허겁지겁 그 자리에서 다 읽었다. 하지만 아쉽게도 해결하기 어려운 나의 책 정리에는 별 도움이 되지 않았다. 그러거나 이 길지 않은 글의 결말은 퍽 아름답다고 생각했다.

> 보르헤스의 「바벨의 도서관」에서 다른 모든 책의 열쇠가 될 책을 찾는 사서들처럼, 우리는 완성된 것에 대한 환상과 파악할 수 없는 것을 마주했을 때 생기는 현기증 사이를 부단히 오간다. 완성된 것이 있다고 생각하면서, 우리는 단번에 지식에 이를 수 있게 해줄 유일한 질서가 존재한다고 믿고 싶어한다. 파악할 수 없는 것을 고려해, 질서와 무질서가 우연성을 가리키는 두 개의 동의어라고 생각하고 싶어한다.
> 이 두 가지는 책과 체계의 마멸을 은폐하는 데 쓰이는 미끼요, 눈속임일 수도 있을 것이다.
> 어쨌든 우리의 장서가 이 둘 사이에서 때때로 잊지 않기 위해 표시해둔 곳으로서, 고양이의 쉼터로, 잡동사니 창고로 쓰이는 것도 나쁘지 않은 일이다.[*]

파리로 떠나는 날, 백팩에 모딜리아니 화집과 페렉의 책들을 되

---

[*] 조르주 페렉, 「책을 정리하는 기술과 방법에 대한 간략 노트」, 『생각하기/분류하기』(조르주 페렉 선집 5), 이충훈 옮김, 문학동네, 2015, p. 37.

는대로 챙겨 넣었다.

여객기 안에서 나는 내내 비몽사몽이었다. 모딜리아니의 그림들과 페렉의 글 사이로 잠의 마수가 뻗어나왔다. 혼몽중에도, 끝내 정리를 마치지 못하고 떠나온 서재의 모습이 떠오를 때면 슬픔에 가까운 무력감에 빠졌다.

동생의 집에 도착해 대충 짐을 부리자마자 씻었다. 욕실 천장에 달린 여닫이 유리창 안에 밤하늘이 자그맣게 담겨 있었다. 와인 한 잔을 앞에 두고 동생과 근황을 이야기하다가 나는 이내 손님방의 침대로 기어들었다.

이른 아침 이불 속에서 몸을 웅크리고 있을 때였다.

─부장님이 좀 전에 세상을 떠났어요.

휴대폰 화면 아래로 몇 마디 말이 더 이어졌다. 마치 꿈속에서 또다른 꿈을 꾸고 있는 듯했다. 눈이 떠지지 않았다. 세상을 떠났다는 사람의 얼굴을 떠올리려 애쓰다가 나는 다시 나락 같은 잠 속으로 빠져들었다.

눈을 몇 번 감았다 뜨자 동생이 보였다. 두 눈에 수심이 가득했다.

"몇 시야?"

"세 시가 넘었어. 무슨 잠을 그렇게 자?"

휴대폰을 들여다보았다. 모바일 부고장과 여러 개의 메시지.

─돌아가시기 일주일 전쯤 통화했어요. 농담도 몇 마디 주고받았고요. 심장 수술을 받게 됐다고 하더라고요. 얼른 나아서 원고

를 쓰겠다고 했어요. 잘 쓰겠다고. 왠지 기분이 이상해서 중간에 녹음을 했어요. 그게 마지막이었어요. 이렇게 가실 줄은 생각도 못 했어요.

담배. 그를 떠올리면 지금은 피우지 않는 담배 생각이 난다. 사옥 옆 화단 끄트머리에 심긴 작은 벚나무는 봄마다 흐드러지게 분홍 꽃을 피웠다. 몇 번의 봄, 그와 나는 담배를 들고 벚나무 옆에 마주 혹은 나란히 서서 시간을 보내곤 했다. 선한 눈매. 천진한 웃음소리. 그는 진지한 편집자였고 집요한 독서가였다. 그와 내가 함께했던 순간들은 대부분 책을 향한 그의 열정어린 언어들로 채워졌다. 나는 그 말들의 절반도 알아듣지 못할 때가 많았지만, 그리고 나 같은 동료가 대부분이어서 그는 자주 외로웠겠지만, 나는 일터에 그와 같은 사람이 있어서 좋기만 했다. 불행히도 그는 도무지 책밖에 모르는 사람이어서 알게 모르게 괴로운 일을 적잖이 겪었다. 회사를 그만두고 오랜 시간이 지난 뒤에 나는 그가 결국 사직하고 두문불출한다는 소식을 들었다. 어딘가 아프다는 말도. 모두 흘려듣고 만 이야기였다. 짐작건대 그는 눈앞의 현실에 무너지지 않으려 안간힘을 썼을 테지만 아주 많이 힘겹고 쓸쓸했을 것이다. 그럼에도 자신이 책을 만들고 읽는 사람으로 살아갈 수밖에 없다는 것을 잘 알았기에 일상의 불안과 모멸마저도 어떻게든 감내했을 것이다. 그리고 더 자주, 더 깊이 책 속으로 숨어들었으리라. 그리하는 것 말고는 별다른 대안이 없었을 테니.

싸 들고 온 페렉의 책들을 펼쳐 간기 면을 보니 그의 이름 세 글자가 눈에 들어왔다. 그 이름을 손끝으로 쓸어보았다. 그제야 그의 죽음이 꿈 바깥의 일처럼 느껴지기 시작했다.

이미 대부분의 짐을 부친 터인지 동생 방의 서가는 휑하니 비어 있었다. 남아 있는 몇 권의 책 중 하나는 『식물성의 저항』이었다. 저자의 유일한 산문집. 소파에 몸을 늘어뜨리고 아이패드를 들여다보던 동생이 내 손에 들린 책을 힐끗 보았다.

"아, 그거 누구 좀 주려고."

"이인성, 좋지."

나는 동생의 낡은 책상 앞에 비스듬히 앉아 『식물성의 저항』에 실린 「죽음 앞에서 낙타 다리 씹기」를 읽어내려갔다. 김현의 마지막 나날을 관찰하며 써내려간 글. 행간에 그의 죽음에 대한 실감이 포개어졌다. 젊은 날 시를 썼던 그는 아마도 생전에 이 글을 여러 번 읽었을 것이다.

다음 날 아침, 동생이 만들어준 버섯파스타를 먹고 혼자 집을 나섰다. 가까운 상티에역에서 3호선을 타고 페르 라셰즈역으로 향했다. 몇 정거장 지났을 때 비쩍 마른 앳된 청년이 객차에 올라 고개를 돌려가며 뭐라 뭐라 소리쳤다. 전혀 알아들을 수 없는 말들이었다. 코트를 걸친 온화한 얼굴의 중년 여성이 호주머니에서 담뱃갑을 꺼내더니 청년에게 몇 개비 건넸다. 그는 여러 차례 고맙다고 말한 뒤 다음 역에서 재빨리 내렸다. (그날 저녁 그가 도대체 뭐라고 떠든 건지 짐작이 가느냐고 묻자 동생이 장난스럽게 남자 목소리를 흉내 내며 말했다. "나 에이즈 걸렸어. 언제 죽을지 몰라. 사는 게 너무 힘들어. 돈도 없고 집도 없어. 그래서 말인데, 누구 담배 좀 주면 안 될까?")

페르 라셰즈역 입구에 서서 나는 메시지를 보냈다.

—미안해요. 저는 지금 파리에 와 있어요. 부장님은 그런 사람이 아니었는데, 제가 잘못 생각한 것 같아요.

묘지 안내판 사진을 찍고 경내를 걷기 시작했다. 회색 하늘이 곧 내려앉을 것처럼 보였다. 단체 관광을 온 듯한 어린 학생 무리가 이따금 재잘대며 몰려다녔을 뿐 인적은 드물었다. 간혹 묘지 앞에 놓여 있는 생화들을 눈에서 지우면 페르 라셰즈는 온통 무채색이었다.

낯익은 이름이 새겨진 묘지들을 지날 때마다 얼마간 그 앞에 머물렀다. 콜레트, 쇼팽, 발자크, 비제, 들라크루아, 아폴리네르, 프루스트, 오스카 와일드, 에디트 피아프, 짐 모리슨……. 하지만 정작 모딜리아니와 에뷔테른의 안식처는 찾지 못했다. 하늘이 점점 더 낮아졌다. 연인으로 보이는 백인 청년 둘이 근처에서 서성댔다. 아무래도 그들과 나는 목적지가 같은 듯싶었다. 얼마 뒤 묘지를 먼저 발견한 것은 그들이었다. 나는 가만히 그들 뒤에 다가가 섰다. 얼굴이 발개진 여자가 몸을 숙이고 손에 쥔 붉은 장미 한 송이를 길게 누운 묘비 위에 툭 떨어뜨렸다. 시든 꽃들과 색연필이 발치에 가득했다. 그들이 자리를 뜬 뒤에도 나는 한참을 더 우두커니 서 있었다. 공동묘지를 빠져나올 때 나는 여러 번 뒤를 돌아보았다. 언젠가 그가 페르 라셰즈 이야기를 했던가?

밤에 동생과 나는 들뜬 관광객들처럼 센강에 가서 유람선을 타고 저만치서 노랗게 불 밝힌 에펠탑을 넋 놓고 구경했다. 두 손을 주머니에 넣고, 저무는 가을의 수선스러운 샹젤리제를 늦도록 걸었다. 동생은 내가 파리에 와서 신이 난다고 했다. 내일은 점심에 카르티에라탱에 가서 끝내주는 쌀국수를 먹자고. 저녁에는 해리스 뉴욕 바에 가서 헤밍웨이가 즐겼다는 블러디 메리를 마셔보고. 동생이 팔짱을 끼었다.

주머니 속에서 휴대폰이 진동했다.

—오늘 발인이었어요. 편히 잘 가셨을 거예요. 너무 슬퍼하지 말아요.

나는 걸음을 멈추고 동생에게 물었다.

"그런데 조르주 페렉은 어떤 사람이야?"

동생은 소리 내 웃었다.

"여기 없는 사람."

페렉은 파리에서 태어나 파리에서 죽었다. 바로 이곳.

"그럼 페렉은 어디 있어?"

동생이 아무렇지 않게 말했다.

"페르 라셰즈."

덧붙임.

책이라는 말이 품고 있는 다양성과 구체성에 대해 생각할 때면 그 자체로 일반명사 '책'의 동의어처럼 느껴지는 몇몇 이름들이 떠오르곤 하는데, 이제는 이 세상에 없는 편집자 고원효(1970~2023)도 그 가운데 한 사람이다. 그의 마지막 직장이었던 문학동네에서 나는 몇 년간 그와 교제했다. 그렇게 많은 책을 그토록 깊이 읽는 편집자를 나는 만나본 적이 없다. 그는 책에 관해 이야기하기를 좋아했다. 내게도 책에 대한 많은 이야기를 들려주었는데 그럴 때 그는 더없이 행복해 보였다. 그는 삶의 마지막 몇 해를 은둔했다. 스스로 세상으로부터 잊혀갔다. 그의 죽음 이후에야 그 사실이 생각나서 나는 어느 날 저녁 많이 울었다. (고백하건대 나는 그가 살아 있을 때 그의 편이 되어주지 못함으로써 그에게 죄를 지었다. 그리고 이제 속죄할 길이 영영 없다. 그것이 내가 받아 마땅한 벌인 듯하다.)

그는 생전에 많은 책을 만들었다. 생의 후반기에는 조르주 페렉 선집, 레몽 루셀 선집, 레몽 크노 선집, 안토니오 타부키 선집, 클라우디오 마그리스 선집, 체사레 파베세 선집 등을 기획하고 편집했다. 나는 그 책들이 그가 세상에 두고 간 귀한 선물 같다. 말의 정확한 의미에서 '책의 사람'이었던 고원효 형의 안식을 빈다.

오경철_저서 『편집 후기』 출간

사전 먹는 사람에서 머리 없는 사람으로
─편집자의 사전예찬*

故 고원효(문학동네 출판사 전 인문편집팀 부장)

옛날 옛적 사람들은 사전을 먹기도 했다는 전설 같은 이야기가 전해진다. 내 눈으로 직접 그런 부류를 목격한 적은 없지만, 아버지의 증언에 따르면 그렇다. 그분께선 오래전 나이 어린 아들에게 이렇게 말씀하셨다. "너, 영어 공부 열심히 해라. 예전에 내가 학교 다닐 때는 『콘사이스 사전』을 하루에 한 장씩 통째로 다 암기하고 그걸 뜯어서 자근자근 씹어 삼키는 친구도 있었다. 영어는 아주 잘했다." 나는 아주 당황했다. 이게 무슨 소린가. 무슨 허기가 졌기에 사전을 먹어? 그것도 하루에 한 장씩? 어떻게 사전을 모조리 외우고 그걸 꼴딱 삼키기까지 한단 말인가. 이 무슨 해괴한 짓인가.

---

* 고원효, 〈기획회의〉(366호), 한국출판마케팅연구소, 2014, pp. 51-55.

헌데 이 이야기는 그분한테만 들은 게 아니다. 어쩌다가 나이 든 어른이 그와 비슷한 충고를 슬쩍 건네고 가는 일도 없지 않았으니까. 사전의 종이는 얇고 보들보들해서 입안에 오랫동안 넣고 우물우물 침이 가득 고이게 하면 너끈히 목구멍 아래로 넘길 수 있다. 정말 그 시절에는 사전 먹는 사람이 있었고, 오늘날 여전히 사전의 종이가 얇고 가벼운 것은 보릿고개의 초근목피보다 한결 먹기 좋았던 그 시절 '사전의 맛'을 두고두고 되새기게 하려는 고도의 전략인지도 모른다. 이런 엉뚱한 이야기를 꺼낸 것은 내가 아는 한, 사전을 둘러싼 전설 가운데 허기진 인간염소 버전이 가장 대중적이고 보편적이기 때문이다.

다스릴 수 없는 허기, 밑 빠진 무한의 열정

한때 우리에게 사전은 일용할 양식처럼 매일매일 섭취해야 하는 무엇이었다. 그래서 오랫동안 몸담았던 무리에서 벗어나는 졸업식이 되면 보검을 하사받듯 두툼한 사전이 선물로 주어졌다. 더 나은 사람이 되라는 의미보다 굶어죽지 말고 제 앞길을 잘 헤쳐가라는 절박한 다짐이 먼저였을 것이다. 그때는 몰랐지만 인간염소의 믿을 수 없는 전설과 보검으로서의 사전은 신통하게도 우리의 미래를 더 나은 곳으로 더 멀리 밀어줬다. 분명히 한동안 이어지던 이 관행은 사전을 중시하는 당시의 풍조와 그것이 지닌 사회 지배 이념의 실상을 유추할 수 있게 해준다.

우리는 빼앗긴 자들에서 빼앗는 자들로 성장했다. 우리의 언어,

우리가 쓰는 말은 대단히 위세가 있고 영향력이 있는 도구가 되었다. 한류 열풍 운운할 때마다 우리의 밑바닥에서는 자긍심이 꿈틀거리고 이제는 저발전의 오명에서 벗어났다는 안도감이 스멀스멀 피어오른다. 이제는 살 만한 세상이 되었다. 우리가 발 딛고 있는 현실은 평화롭다. 북조선에서 무인항공기를 띄워 우리들의 일상을 염탐한다 해도 무서울 게 없다. 우리는 잘 살게 되었으니까. 이 모든 것이 어쩌면 열심히 사전을 씹어 삼켰던 우리의 선배들 덕분인지도 모르겠다.

다스릴 수 없는 허기, 밑 빠진 무한의 열정, 이것이야말로 오늘의 사전을 싹 틔운 힘이었다. 우리가 아는 현대적 양식의 사전을 만든 나라들이 대부분 제국주의 국가들이었다는 것은 우연이 아니다. 물론 우리처럼 식민 지배로 아픔을 겪다가 독립한 국가에서 제 나라말사전을 갖는다는 것에는 엄연히 다른 의미가 있을 테지만, 그럼에도 언제부터인가 '국어'라는 말과 '사전'이라는 물건에 좀 미심쩍은 눈길을 던지게 됐음을 고백하지 않을 수 없다. 아무 근거 없이 괜히 얄궂은 심통을 부리려는 게 아니다. 사전에 품는 맹목적인 숭배를 좀 수상쩍게 바라보기 시작한 것은 아마도 동냥치처럼 이곳저곳 기웃거리다가 출판사에 들어와 남의 글을 만지는 일로 밥벌이를 하며 매번 불평불만을 입에 달고 살게 된 뒤부터일 것이다. 믿기 어렵겠지만, 어릴 적에 우리를 둘러싼 우리말의 세계가 참 아름답다는 생각을 했었다. 우리말 소리와 그것을 옮기는 문자 형상에 끌려 이 직종에 발을 들여놓게 됐다 해도 과언이 아니다. 이 어여쁜 글자로 쓰인 책을 더 접하고 싶다는 바람은 우리말을 잘 가려 쓰고 그 마당을 넓히는 사람들을 만나고 싶다는 욕망으로 이어졌다. 하지만 출판사에서 일하며 한글 중심의 문자 생활이 채 100년도 안 된다는 사실을 깨닫게 됐고, 그로 말미암아 한적(漢籍)에 담긴 옛사람의 생각은 고립에 빠지고 말았다는 역설 또한 뒤늦게야 알게 됐다. 역사적으로도 사상적으로도 우리는 섬이다.

지난 시절 전 세계 나라 중 85%가 식민지배의 수렁에 빠졌었다고 한다. 한때의 일로만 그치면 좋았을 텐데 식민지배의 흔적은 아직도 그 땅의 문화 곳곳에 남아 있다. 날마다 뉴스에서 이웃 나라들의 호전성을 비난하는 보도가 나오지만, 가장 무서운 것은 말에 새겨진 폭력의 흔적이다. 상처가 자라나 본디 살결을 덮어버렸다. 한번 잃어버린 언어의 살결은 되돌리기가 어렵다. 상처에 지워져 보이지 않게 된 말의 결, 그 결말은 상처와 상처로 둘러싸인 몸뚱이인 것이다. 자해의 흔적처럼 부끄럽기도 하고, 타자가 강제한 문신처럼 징그럽기도 한 몸. 그렇다고 상처로 이루어진 이 몸의 살을 쏙 도려내야 할까. 생살을 도려내는 난폭한 행위가 아니고선 그럴 순 없는 일이다.

불행한 만남도 만남이다. 게다가 상처 없이 자라나는 깨끗한 몸이란, 기막힌 거짓이자 자기 속임수다. 찢기고 다치면서 자라는 게 사람이다. 우리말도 이 땅의 사람들처럼 그렇게 찢기고 다치면서 자라났다. 그러니 다시 이렇게 말해보자. 바다가 섬을 둘러싼

게 아니라 섬이 불쑥 솟아 바다를 에둘러보는 거라고, 이렇게.

사전학자들이여, 우리에게 기회를 달라

우리에게는 너른 바다가 있다. 뜬구름 잡듯이 말해서 미안하다. 애당초 말하고 싶었던 것은 편집실의 풍경이었지만 손끝이 무뎠다. 20대 후반 출판사에서 일을 시작했을 때 편집실 중앙에 큼지막한 국어대사전이 (보면대처럼 생긴 테이블 위에) 등대처럼 놓여 있었다. 인문학 출판사답게 저마다 책상에 코를 박고 몰두하면 순식간에 고요가 들어찼다. 전화벨에 잠깐씩 고요가 깨지기도 했지만, 사장의 외마디 고함과 직원들의 볼멘소리가 엇갈리는 야단법석이 잦아들면 온종일 살얼음 같은 고요가 흐르는 곳이었다.

처음에는 교정을 어떻게 보는지도 몰랐다. 교정지에 무엇을 어떻게 그려놔야 하는지, 내가 모르는 것이 무엇인지, 무엇을 확인하고 어디까지 찾아야 하는지 모르는 것투성이였다. 아무도 가르쳐주지 않았다. 스스로 찾아서 매듭을 풀지 않으면 영 알 수 없는 것 천지였다. 그때 자리에서 일어나 사전을 좀 보려 하면 왜 그렇게 갑자기 사무실이 조용해졌는지, 몇 발짝만 떼면 닿는 책상에서 사전까지가 왜 그리 멀게 느껴졌는지, 이제 와 돌이켜봐도 어찌된 영문인지 도무지 모르겠다.

몇몇 출판사를 들락날락하는 사이에 등대는 폐물로 철거돼버렸다. 섬은 신경망을 뻗어 다도해의 다른 섬과 엮였다. 종이사전의 등대 불빛은 필시 소멸하고 말리라. 2010년부터 브리태니커

백과사전도 종이책 출판을 하지 않는다. 국가주도로 처음 『표준국어대사전』을 펴냈던 한국도 그 무렵 〈우리말샘〉이라는 인터넷 기반 개방형 지식대사전 편찬에 뛰어들지 않았는가. 모두 물 흐르듯 자연스럽다. 다만 이 흐름이 거세고 빠르다는 것만 뚜렷이 깨닫는다면 더 좋지 싶다.

프랑스학술원은 대략 20년마다 새 사전을 펴낸다고 한다. 그러나 20년 주기로는 말의 변화를 감당하기 어렵다고 진단한다. 과거 편집자의 직관에 기댄 사전 편찬 방식에서 섬과 섬의 신경망을 잇는 다중의 집단지성 활용으로 방향 전환을 할 수밖에 없는 시대인 것이다. 국가기관이 독점하지 말고 모두가 함께 쉽게 쓸 수 있도록 대문을 활짝 열, 참신한 방법을 찾아야 한다. 과학철학자 미셸 세르는 디지털의 새 인류를, 잘린 머리를 들고 몽마르트르언덕을 오르던 드니 성인에 비유한다. 종이 먹던 사람은 종이에 먹혀 사라지고 이제 머리가 없다. 이 무두인(無頭人) 두뇌는 손바닥에 들려 있다. 신경망이 얼기설기 이어진 채로.

사람들은 사전을 탓한다. 그럴 수밖에 없다. 사전이 우리의 자연어보다 앞서지 않기 때문에 우리에게 중요한 것은 우리의 삶이기에, 사람이기에 지금 우리의 민중은 새 두뇌를 가지려 안간힘을 쓴다. 네 살배기 아이가 쉽게 스마트폰을 조작하는 것을 보면서 달라도 한참 다르다고 생각한다. 하지만 함께 만들고 두루 나눠 쓰는 말뭉치라면 더 넓고 튼튼한 누리를 만들 수 있을 것이다. 사전학자들이여, 우리에게 기회를 달라. 우리가 스스로 우리의 머리를 들고 샘물로 다가가게 하라고.

"같이 하는 일. 지금을 생각하는 것. 이 땅에 없는 생각을 있게 하는 것. 버려진 생각을 한 번 더 들춰보는 것. 간직해야 할 생각에 힘을 보태는 것. 서로 다른 두 생각이 부딪치게 하는 것. 또렷한 생각이 뿌리내리게 하는 것. 언어의 생로병사를 겪는 것. 판잣집처럼 다닥다닥 붙어 구중궁궐이 된 우리말의 골목을 끝없이 헤매고 다니는 것."

고원효, 「출판기획에 대한 생각들」, 『한국의 출판기획자』, 한국출판마케팅연구소, 2014, p. 464.

고원효_ 산문집 출간 예정이었으나 2023년 11월 유명을 달리했다.

3부

읽기 위해 살다

장은수(출판평론가)

"그날은 나에게 커다란 변화가 일어난 날이었다. 어떤 인생이든 마찬가지일 테다. 인생에서 어느 선택된 그 하루가 빠졌다면, 당신 삶의 경로가 얼마나 달라졌을지 상상해보라. 철과 금, 가시와 꽃으로 된, 현재의 그 긴 쇠사슬이 당신에게 절대 묶이지 않았을 수도 있다. 어느 잊지 못할 중요한 날에 그 첫 고리가 형성되지 않았더라면 말이다."(『위대한 유산』 중에서)

디킨스의 말처럼, 누구에게나 한 번쯤 운명의 고리가 걸리는 날이 있다. 인생 경로에 커다란 변화가 일어나고, 이후의 삶이 모두 거기에 붙박여 옴짝달싹하지 못하는 순간이다. 영원한 사랑을 마주친 날일 수도 있고, 평생의 친구를 얻었던 날일 수도 있고, 친인과 영영 이별한 날일 수도 있다. 내게는 아마도 그날이 처음 책을 읽었던 날인 듯싶다.

지금껏 출판 관련 일만 하면서 살아왔지만, 나는 열 살 때까지 교과서 말고는 책을 읽어보지 못했다. 서울 달동네 가난한 집에서 자랐기에, 집에 따로 읽을 책이 없었기 때문이다. 동네 친구들도 비슷했다. 모두 먹고살기에 급급해서 문학이나 음악이나 미술 등을 즐길 여유가 없었다. 저녁 무렵 온 동네 아이들이 통장 집에 모여 앉아 함께 보던 텔레비전이 다른 세상을 꿈꾸게 하는 우리의 유일한 교양이 되었다.

그러다 운명의 고리가 걸리던 그날이 왔다. 초등학교 5학년 때였다. 새로 배치된 반 바로 옆에 학교 도서관이 있었다. 교실 두 개를 터서 만든 자그마한 곳이었다. 솔직히 있는지도 몰랐다. 아무도 이용법을 알려주지 않은 데다, 하루 종일 자물쇠로 잠겨 있었기 때문이다. 다행히, 고학년이 되면서 나는 이 두렵고 신비한 장소에 대한 접근권을 얻었다. 학생회 도서부장이 된 덕분에 열쇠를 받아서 학교 도서관을 청소하고 관리하는 일을 맡아서였다.

자물쇠를 열고 처음 도서관에 발을 들였던 날을 지금도 잊지 못한다. 사방 벽 가득히 나무로 된 책꽂이가 빼곡히 놓여 있고, 서가마다 잘 분류된 책들이 들어차 있었다. 위쪽에 난 좁다란 직사각형 모양의 작은 창으로 햇빛이 쏟아져 들어왔다. 반짝이는 희뿌연 먼지들이 눈앞을 가득 채우면서 도서관 전체에 기이한 아우라를 불어넣었다. 그때까지 이토록 많은 책이 있는 곳을 한 번도 만난 적이 없었다. 그런데 이상하게도, 거기서 나는 오래된 고향에 온 듯한 친숙한 느낌이 들었고, 나를 다른 세계로 실어갈 운명의 배 앞에 선 듯한 기분에 사로잡혔다. 심장이 한 차례 두근, 했다. 나는 빗자루와 쓰레받기, 걸레를 내려놓은 채 끌린 듯이 서가를 향해 걸었다. 계몽사 소년 소녀 세계 문학 전집, 딱따구리 그레이트북스, 우리나라 옛이야기 등이 거기에 가득했다.

일찍이 프랑스 작가 마르그리트 유르스나르는 로마 황제 하드리아누스의 입을 빌려 말했다. "우리의 진짜 출생지는 우리가 처음으로 자신에게 지적 시선을 던지는 곳이다. 나의 첫번째 고국은 내 책들이다." 나는 이 말에 전적으로 공감한다. 도서관 환상에 홀렸던 그 순간이 내 인생에서 운명의 고리가 당겨진 날이고, 내가 진정으로 다시 태어난 날이다.

그날 이후, 나는 틈날 때마다 도서관에 들러서 닥치는 대로 책을 빼내 읽기 시작했다. 도서관 담당이었기에 조금 늦게까지 책을 읽어도 특별히 뭐라 한 선생님이 없었다. 읽던 책을 집으로 가져가서 읽고, 몰래 반납한 날도 하루 이틀이 아니었다. 이토록 아름답고, 신기하며, 재미있고, 흥미로운 세계가 있다니⋯⋯ 친구들하고 노는 것보다 책 읽는 게 더 좋아졌고, 깨끗하고 호젓한 도서관이 어수선하고 산만한 동네보다 더 좋아졌다. 졸업 때까지 두 해동안 나는 도서관에 있는 책을 대부분 읽은 것 같다.

도서관을 만난 다음부터 나의 인생 경로는 완전히 달라졌다. 막연했던 앞날의 그림이 갑자기 선명해졌다. 책 읽는 게 좋아지면서, 글 쓰는 데도 익숙해졌다. 공책 한구석에 유치한 시를 적어보거나, 모험 이야기를 끼적이는 날들이 늘어났다. 그러면서 서서히 읽고 쓰는 삶이 인생 밑그림에 확연히 자리 잡기 시작했다. 중학교 국어 시간엔 시나 수필을 발표해 여러 차례 칭찬받기도 했다. 꿈속 세계가 자주 문학에 속하기 시작했다.

중학교부터는 헌책방에 자주 드나들었다. 책 읽기에 빠져들수록 내 책을 갖고 싶다는 마음이 불타올랐다. 아르헨티나 작가 알베르토 망겔은 "빌려 온 책은 어쩐지 그만 가졌으면 하는데도 눈치 없이 앉아 있는 손님 같다"라고 고백한 적이 있다. 중고등학교 때 내 맘도 그와 비슷했던 듯하다. 사실, 수집벽은 독서가의 본능이다. 개미가 설탕 조각을 모으듯, 읽는 사람은 자기 곁에 책을 쌓아둔다. 나 역시 내가 애지중지 읽은 책으로, 그중에서도 다시 읽고 싶은 책만 모아 나만의 도서관을 꾸미고 싶다는 열망이 불타올랐다.

이 무렵, 가족이 단칸방 신세를 벗어나 좁으나마 내 방이 생긴 일도 책 수집벽을 부추겼다. 그러나 하루 용돈 50원으론 아무리 아끼고 모아도 감히 새 책은 엄두도 낼 수 없었다. 참고서 사러 드나들던 학교 앞 서점의 구석에 앉아 망연히 책을 읽거나 고르다가 몇 차례나 물러설 수밖에 없었다. 셈이 많이 모자라서였다. 이때 구원처럼 다가온 게 헌책방이었다.

운 좋게도, 당시 살던 서울 약수동, 금호동에는 헌책방이 아주 많았다. 주인들 인심도 넉넉했다. 서가 사이에 앉아 한두 시간 정도 책을 고르고 읽어도 뭐라 하지 않았다. 게다가 책값도 아주 쌌다. 앉아서는 단행본 책들을 주로 읽었으나, 빈털터리 학생이 살수 있는 책은 삼중당 문고, 서문 문고, 명지대 문고, 박영 문고 등 문고본이 많았다. 산더미처럼 많은데다, 가격도 150원 넘는 책이 드물었다. 100원짜리 민음사 세계시인선을 접한 곳도 헌책방이었고, 〈현대문학〉〈문학사상〉 등 문예지 과월호를 사 모으면서 문학에 입문한 곳도 헌책방이었다. 헌책방은 한 권 두 권 책이 모이고 늘어나 방이 서재로 변하는 기쁨을 알려주었다.

책 모으기는 본래 황제나 귀족이나 사제 같은 권력자의 통치 기술에 속했다. 엄청난 양의 진흙 문서를 모아들인 아시리아 제국, 알렉산드리아 도서관을 지어 온 세상 문서를 수집하려 했던 이집트 제국, 로마를 설계할 때 제국 전역에서 필사하고 약탈한 책으로 황제 도서관을 마련했던 로마제국 등만 보아도 이를 잘 알수 있다.

물론, 세네카, 갈레노스, 키케로, 플리니우스 같은 전문가나 학자도 부지런히 책을 모아들였다. 우리와 마찬가지로 이들 역시 읽지 못하고 쌓아둔 책을 보고 불편한 마음을 표시했다. 그러나 이들은 현대인처럼 책으로 가득한 곳에 앉아서 읽고 쓰고 사색하는 공간을 별도로 두진 않았다. 창고 같은 데 책을 보관하다 필요할 때 공공장소로 가져와 펼쳐 읽곤 했을 뿐이다. 중세 수도사들은 자기 방에 약간의 책을 보관했고, 대학교수나 학생들도 소규모 개인 장서를 마련하려 애썼다. 덕분에 출판업이 발달하기 시작했으나, 르네상스 때까지 개인 서재는 아직 일반적이지 않았다.

서양에서 현재와 같은 의미의 서재를 처음 마련한 사람은 페트라르카로 알려져 있다. 그는 집 안에 방 한 칸을 비워 책상을 놓고 서가를 둘러 간직하고 싶은 책들을 수집해 쌓아두는 행동, 즉 '책에 대한 사랑'을 발명했다. 서재에 들어앉아 페트라르카는 온갖 책을 읽고 비교하고 참조하면서 글 쓰고 사색하곤 했다. 이로부터 신의 말씀(성서)이 아니라 인간의 목소리(그리스·로마의 고전)에서 진리의 길을 찾고, 인생의 답을 구하는 태도도 생겨났다. 내 생각에, 이것이 인문 정신의 핵심이다.

　인간이 세상의 척도가 될 수 있다고 믿는 것이요, 더 나아가 "인간 정신보다 경탄스러운 것은 세상에 없"고, "정신의 크기에 견줄 만한 것은 이 세상에 존재하지 않는다"라고 생각하는 일이다. 책에는 그 인간 정신의 정수가 집약되어 있다. 책 없는 인문 정신은 존재할 수 없다. 책의 우주 속에서 인간다움을 배우고 익혀 영혼이 뿌리째 거듭나는 일, 이것이 르네상스다. 그 길을 걸으려는 자에겐 책들의 둥지가 필수였다. 서재를 마련해 책으로 영혼을 둘러싸지 않고는 이 어둡고 혼란한 세상에서 인생길을 제대로 걷는 건 불가능했다(적어도 그렇다고 믿었다).

　그러고 보면 인생의 갈림길에 처할 때마다 언제나 읽기가 나를 이끌었다. 법학이나 경영학을 권했던 학교 선생이나 부모의 권유를 뿌리치고 국문과에 진학할 때도 나는 읽었다. "비 한 방울 내리잖는 그때에도/ 오히려 꽃은 빨갛게 피지 않는가".(이육사, 「꽃」 중에서) 나는 언젠가 쓰는 사람이 되고 싶었고, 그 길에 어떤 시련이 있을지 몰라도 다른 미래는 와닿지 않았다. "너는 썩어 시가 될 테지만// 또 네 몸은 울리고 네가 밟은 땅은 갈라진다".(이성복, 「너는 네가 무엇을 흔드는지 모르고」 중에서) 말의 호흡을 움직이는 세계의 숨결과 함께 인생을 가져가고 싶었고, 마침내 시가 되어 딱딱하게 굳어버린 세계에 균열을 일으키고 싶었다. 대학이 회색의 언어로 학문을 하는 곳이라는 자의식이 전혀 없었다.

대학 시절, 나에겐 창작에 그다지 큰 재능이 없음을 발견했을 때도 나는 읽었다. 그런 빛나는 재능은 이수명, 김중식, 김탁환 등과 같은 선후배들 몫이었다. 어떻게 해야 할지 모르고 헤매는 동안 나는 수업을 거른 채 도서관에 틀어박혀 을유세계문학전집을 첫째 권부터 차례대로 읽어갔다. 아직 삶의 비극성, 즉 문학이 인간의 근원적 결함이 가져오는 피할 수 없는 곤경에 대한 끝없는 성찰이라는 걸 충분히 이해하지 못했으나, 그리스·로마의 고전에서 셰익스피어 희곡을 거쳐 실존주의 소설에 이르기까지 다양한 작품을 파고들었다. 읽는 사람에게 책은 언제나 그 앞길을 예언해 보여준다. 단테가 말했듯, "인생길 반 고비에 올바른 길을 잃고 어두운 숲에 처해 있을" 때, 책 속에서 홀연히 목소리가 들려오는 것이다. "너의 별을 따라가라." 그래서 그 별이 가리키는 대로 읽는 일을 밥벌이 삼아서 책 만드는 편집자가 되기로 했다.

새로운 삶을 살려는 이들한테 우선해 마련해야 할 것은 언제나 자기의 도서관, 즉 서재다. 서른여덟 살, 두번째 인생을 살기로 결심한 몽테뉴처럼 말이다. 밥벌이 수단이었던 법관직을 팔아치운

후, 몽테뉴는 책들의 우주에서 헤엄치면서 누구의 방해도 받지 않고 온갖 삶을 연습해보기로 했다. 그는 작은 원형 탑을 개조해 온갖 책을 모아들인 후, 기둥과 천장 곳곳에 '나는 무엇을 아는가?' 같은 격언을 새겼다.

세상이 자기 뜻과 어울릴 땐 나아가 세상을 바꾸는 일을 하고, 세상이 자기 뜻과 어긋날 땐 물러나 책 읽고 글 쓰면서 자기를 돌보는 것, 이것이 읽는 자들의 삶이다. 오래전 도연명은 노래하지 않았던가. "동쪽 울타리 아래에서 국화를 따다가/ 저 멀리 남산을 바라보네./ 산 기운은 해 질 녘에 더 아름답고/ 날던 새들은 서로 모여 둥지로 돌아온다./ 이 속에 참뜻이 있어서/ 풀이하려 하나 어느새 할 말을 잊었구나."(도연명, 「음주 그 다섯 번째」 중에서)

이러한 능동적 고독은 모든 새로운 삶의 출발점이다. 산책하며 명상하고, 읽으면서 사색하며, 쓰면서 고뇌하는 시간 없이 아무도 인생을 고쳐 쓰지 못한다. 현실에 매몰돼 정신없이 쫓기다가 서둘러 다음 일로 나아가다보면, 똑같은 삶을 반복하게 마련이다. 수많은 문학작품이 세상이 내리는 시련을 어떻게 대하느냐에 따라 삶의 가치가 달라진다는 걸 보여준다. 스무 해 넘게 일하던 직장을 떠난 후, 나는 동생이 일하는 시골 마을 도서관에 몸을 담았다. 읽기가 또다시 나를 이끌 것을 믿고, 몸을 감추기 위해서였다. 그때 내 머릿속엔 몽테뉴의 서재가 있었다.

다른 삶을 실행하기로 했을 때, 몽테뉴는 책의 우주 속에 파묻혔다. '치타델레'라는 이름을 붙인 서재에 자신을 가둔 채 책을 통해 역사의 온 시간을 체험하고, 동서양의 온갖 일을 경험했다. 숙고를 거듭한 끝에 몽테뉴는 삶의 새로운 스타일을 발명했다. '에세'다. 우리는 흔히 에세이를 문학의 한 장르로 착각한다. 일상에 대한 소소한 감상이나 깨달음을 늘어놓는 글이다. 그러나 에세이는 '어떻게 살 것인가'에 대한 대답, 즉 삶의 한 양식이다.

몽테뉴는 삶을 영원한 시도라고 생각했다. 어떠한 관습에도 얽매이지 않고, 어떠한 진리도 독단하지 않은 채 현재보다 더 나은 삶을 시도해야 좋은 삶을 살 수 있다고 믿었다. 에세는 아무것도 미리 정해두지 않고, 삶을 성찰해 끝없이 고쳐 쓰려는 자가 이룩한 드높은 정신의 기록이다. 순간의 감상과는 거의 상관없다. 몽테뉴는 평생에 걸쳐서 같은 글을 반복해서 고쳐 썼다. 틀린 건 바로잡고, 모자란 건 채우고, 낮은 건 끌어올렸다. 답 없는 인생에서 인생의 길을 찾아가면서 정신의 높이를 고양하는 방법, 그것이 몽테뉴가 말하는 에세였다.

몽테뉴는 거기에 이르는 길을 치타델레에서 찾아냈다. 읽고 쓰는 시간을 통해서 별 볼 일 없는 법관에서 인류의 정신적인 스승으로 자기 삶을 고쳐 썼다. 치타델레가 없었다면 에세도 없었다. 책으로 가득한 지상의 방 한 칸, 서재 없이 새로운 삶은 불가능하다. 무미한 삶에서 커다란 공허를 느꼈을 때, 전적인 자유 속에서 홀로 있을 수 있는 시간을 겪은 사람만이 스스로 삶의 형태를 발명할 수 있다. 편집자를 그만두고 다음 삶을 생각할 때 나는 읽은 대로 몽테뉴를 좇았다. 시골 마을 도서관이 나의 치타델레였다.

시골 마을에서 나는 새벽이면 집 뒤 솔숲을 산책하고, 낮에는 불안의 구름에 잠긴 채 무작정 책을 읽었다. 서른 해 만에 다시 세계문학 전집을 하나씩 다시 꼼꼼히 읽었다. 『각성』에서 케이트 쇼팽은 속삭인다. "모든 시작, 특히 한 세계의 시작은 필연적으로 모호하고 복잡하고 혼란스러우며 극도로 불안할 수밖에 없다. 우리 가운데 몇 명이나 이러한 시작을 이겨내고 일어서는가! 얼마나 많은 영혼이 그 격렬한 혼돈 속에 스러지는가!" 파도 소리의 형식을 빌려서 들려오는 내면의 부름에 휩싸여 그녀는 불현듯 전혀 새로운 삶의 길을 깨닫는다. 그 목소리는 "절대 멈추지 않고 속삭이고, 포효하고, 중얼거린다." 영혼을 고독한 심연에서 헤매게 하고, 내적 명상의 미로로 몰아간다. 그러나 그 소리는 혼란스럽기보다는 관능적이다. 시골 마을 도서관에서 한없이 책을 읽으면서 내 심장이 또다시 두근, 했다. 각성의 순간이 찾아오고, 그 앞으로 새로운 일, 새로운 삶, 새로운 시간이 열렸다.

서재의 서(書)는 책을 뜻하고, 재(齋)는 '삼가다'를 의미한다. 선인들은 서재를 독서와 습정(習靜)의 공간으로 여겼다. 습정이란, 고요함을 익히는 일, 즉 마음을 가라앉히고 자신을 성찰하는 행위다. 『습정』에서 정민은 이를 두문정수(杜門靜守) 넉 자로 압축했다. 문을 닫아걸고 밖으로 쏠리는 마음을 거두어 굳게 지키는 일이다. 자기를 들여다보면서 뜻을 정성스레 하고 마음을 바르게 가다듬는 일이다. 책 속에서 사색하면서 지난 삶을 들여다보는 동안, 살아온 삶의 형태가 한 문장으로 무르익어 열매 맺는 걸 느꼈다.

'읽기 위해 살다.'

마르케스의 자서전 제목 '이야기하기 위해 살다'에서 가져온 말이다. 누군가는 평생 말하고 쓰기 위해서 살지만, 어릴 적 도서관에 처음 들어섰던 그날부터 나는 그들의 목소리에 귀 기울이고, 그들의 글을 읽는 일에서 말할 수 없는 기쁨을 느꼈다. 편집자로 일하는 동안에도 내 삶에 진짜 보람을 가져온 일은 책을 만들고 파는 일이 아니었다. 이제 막 쓰인 원고를 저자로부터 받아서 읽는 일, 읽으면서 말들의 새로운 우주를 여행하는 일, 그 안에 파묻혀 꿈꾸는 일이었다. 그리고 보면 읽고, 읽고, 또 읽는 일, 지금껏 그 밖의 다른 삶은 생각해보지 않은 듯했다.

그날 나는 내 정체성을 확연히 깨달았다. 편집자가 아니라 '읽기 중독자'가 내 삶의 실체였다. 그리고 책을 읽고 만들고 쓰면서 인생 전체를 채워왔으니, 앞으로도 죽는 날까지 읽는 일을 중심으로 살면 절대 후회하지 않을 듯했다. 일주일에 두세 권쯤 책을 읽고, 밑줄 그은 것을 때때로 옮겨 적고, 가끔은 새로운 책을 기획해 펴내기도 하면서 살아도 좋을 듯했다.

삶의 결말은 누구에게나 똑같다. 어느 날 갑자기 죽음이 찾아오고, 모든 것이 무(無)로 돌아간다. 따라서 인생엔 과정만이 소중하다. 헛되게 시간을 흘려보내기보다 좋아하는 일에 더욱 집중하고 헌신할 때, 인생은 나날이 나아진다. 두번째 인생을 시작할 때 나는 다른 일을 별로 하고 싶지 않았다. 읽기가 이끄는 대로 살면서 읽기 위해서 온통 시간을 쓸어넣고 읽기 위해서 사람을 만나고 싶었다. 다른 일은 전혀 하고 싶지 않았다.

마샤두 지 아시스는 말했다. "인생의 시절들은 저마다 앞서왔던 시절을 수정한 개정판이다. 그러나 그것도 다시 수정되고 마침내 최종본이 나오면 편집자는 그것을 벌레들에게 던져줄 것이다." 편집자에서 물러나 삶을 다시 쓰기로 한 이후, 지금까지 난 하루도 책을 읽지 않은 적이 없다. 덕분에 삶의 행복도가 올라갔다. 물론, 때로 책을 만들고 자주 글도 쓴다. 그러나 주로 읽어서, 읽으려고, 읽는 일을 한 차례 더 하려고 그 일을 한다. 이렇게 죽는 날까지 읽으면서 살고 싶다. 그러면 벌레들에게 던져질 인생 위 묘비명에 "읽기 위해 살다" 한 줄이 새겨지지 않을까.

장은수_산문집 출간 예정

기록 매체의 변천사로 본 책의 역사

서미석(번역가, 편집자)

점토판과 길가메시 서사시

기원전 3000년경 고대 메소포타미아 문명에서 인류 최초의 기록이 등장했다. 부드러운 점토를 이겨서 만든 판 위에 날카로운 갈대 펜으로 쐐기 모양의 문자를 새긴 뒤 단단해지도록 말리거나 불에 구워 오래 보존할 수 있게 했다. 쐐기문자로 기록된 점토판 문서에는 함무라비 법전 같은 법률, 상인의 거래 장부, 신화 속 영웅들의 모험담, 일상생활의 기록 등 다양한 내용이 담겨 당시의 삶을 엿볼 수 있다. 그중 가장 유명하며 세계 최초의 문학작품으로 불리는 『길가메시 서사시』는 고대 도시 우루크의 전설적 왕 길가메시의 모험과 성장을 다룬다. 반신반인으로 태어나 폭군이 된 길가메시는 여신 아루루가 보낸 괴물 엔키두와 싸우다 친구가 된다. 둘은 함께 숲속의 괴물 훔바바를 죽인 뒤 그에 대한 응징으로 신들이 보낸 하늘의 황소마저 죽여버린다. 결국 신들에게 벌을 받아 엔키두가 병에 걸려 죽자 길가메시는 애통해하며 인생의 무상함을 깨닫는다. 영생의 비밀을 알아내려 현자 우트나피시팀을 찾아가지만, 인간의 한계를 깨닫고 현실로 돌아와 유한한 삶에서 의미를 찾는다. 삶과 죽음, 우정과 인생의 의미를 깊이 있게 풀어낸 『길가메시 서사시』는 오늘날의 독자에게도 중요한 메시지를 던진다.

파피루스와 사자의 서

고대 이집트인들은 파피루스라는 특별한 매체를 통해 삶과 죽음에 대한 통찰을 남겼다. 나일강 삼각주에서 자라는 갈대의 일종인 파피루스 줄기의 속심을 얇고 길게 썰어 직각으로 겹치고 망치나 돌로 평평하게 두드려 건조하여 표면을 매끄럽게 다듬은 뒤 그 위에 상형문자로 역사, 문학 작품, 종교 경전 등 다양한 내용을 기록했다. 그중 가장 유명한 것은 부장품 중 하나였던 '사자의 서'였다. 죽은 사람의 영혼을 보호하고 도와 안전하게 내세로 갈 수 있게 안내하는 기도문, 찬미가, 서약문, 자신을 변론하는 방법과 주문 등이 실렸다. 특히 통용되는 192개의 주문 가운데 의뢰인의 요구에 맞춰 필요한 주문을 골라 넣어 작성했지만 125번 주문인 '심장의 무게 달기' 주문은 대부분 포함되었다. 고인이 생전에 한 행위에 대해 심판 받는 심장의 무게 달기 의식에서 깃털의 무게와 비교한 심장의 무게가 더 무거워 죄가 크다고 드러날 때 주문을 잘 외우면 심장이 가벼워져 무사히 통과할 수 있다고 여겼다. 죽음을 새로운 삶의 시작으로 생각한 이집트인들은 '사자의 서'에 기록된 대로 따르면 사후 세계에서 길을 잃지 않고 안전하게 내세에 도달할 수 있다고 믿었다.

갑골과 주역

기원전 1200년 무렵 중국 상나라에서는 점을 치는 데 특별한 방법을 사용했다. 주로 거북의 등껍질이나 동물의 뼈를 불에 구워 금이 간 모습을 보고 길흉을 판단했다. 그 결과를 그림 형태의 글자로 남겼는데, 거북의 등딱지와 짐승의 뼈에 새겨진 글자라고 하여 갑골문자로 불렸다. 『주역』은 주나라 시대에 편찬된 고대 중국의 철학서이자 점술서였다. 기본 팔괘와 이를 조합한 육십사괘로 우주 만물의 변화와 인간의 삶을 설명하려 했다. 동전이나 산가지를 던져 나온 괘를 해석해 음양오행의 원리로 미래를 예측하거나 문제에 대한 답을 구했다. 『주역』은 단순한 점서를 넘어 삶의 원리와 우주의 이치를 담고 있어 사람들은 이를 통해 자신과 세상을 이해하려 했다. 갑골문자는 신과 소통하는 방법이었고, 『주역』은 인간과 우주의 연결 고리였다. 고대 중국의 지혜와 신비가 담긴 『주역』은 동양철학이 발전하는 밑바탕이 되었고, 오늘날까지도 활발히 연구되며 읽히고 있다.

죽간과 손자병법

중국 춘추전국시대에는 중요한 글을 대나무에 기록한 죽간을 사용했다. 죽간은 얇은 대나무 조각을 끈으로 묶어 만든 것으로, 튼튼하여 오랫동안 보관할 수 있었고 휴대하기도 편리했다. 기원전 6세기 오나라의 명장 손무는 전쟁의 기술과 전략을 담은 『손자병법』을 썼다. 13개의 장으로 구성된 『손자병법』은 병력 배치, 기만술, 지형의 중요성 등 전쟁에서 승리하기 위한 전략과 전술을 담고 있다. 손무는 싸우지 않고 이기는 것이 최고의 승리라고 강조하며, 적의 심리를 이용하고 지형을 활용해 유리한 위치에서 싸우는 방법 등을 제시했다. 이러한 가르침은 단순히 전쟁에만 국한되지 않고 사람들의 일상생활과 경영 전략에도 큰 영향을 미쳤다. 죽간에 기록된 『손자병법』은 후대에도 깊은 울림을 주었으며, 전쟁의 기술뿐 아니라 삶의 지혜와 철학을 담고 있어 오늘날까지 많은 독자에게 사랑받는다.

양피지와 켈스의 서

서양 중세 시대에는 소나 양의 가죽을 가공해 만든 양피지에 글씨를 기록했다. 양이나 송아지의 가죽에서 털을 제거하고 여러 번 가공해 부드럽고 평평하게 만들어 여러 장을 겹쳐 묶고 표지를 씌워 책을 완성했다. 수도원의 필경사들은 펜에 잉크를 묻혀 정성스럽게 글자를 쓰고, 그림을 그려넣거나 금박, 은박으로 장식하여 책의 예술적 가치를 높였다. 그중 가장 빼어난 필사본으로 꼽히는 책은 『켈스의 서』다. 8세기 후반에서 9세기 초 아일랜드 또는 스코틀랜드에서 성 골룸바 수도원의 필경사에 의해 제작된 것으로 추정되며 켈스 수도원에 소장되어 있었으므로 『켈스의 서』로 불렸다. 최고의 송아지 가죽으로 만든 340장의 양피지에 성경의 4복음서(마태오, 마르코, 루카, 요한)를 필사한 이 작품은 정교한 채색 삽화와 화려한 장식이 특징이다. 각 장의 첫 머리글자는 커다랗고 화려하게 꾸몄고 페이지 가장자리에는 복잡한 켈트 문양과 동물 그림들을 그려넣어 아름답게 장식했다. 수도사들이 신에게 기도하듯 거룩하게 쓰고 장식한 『켈스의 서』는 고대 아일랜드의 지혜와 예술, 신앙을 잘 보여주는 문화유산이다.

활판인쇄와 구텐베르크 성경

종이의 발명은 인류 역사에서 중요한 전환점이었다. 중국 한나라의 관리 채륜이 종이를 발명하면서 책의 역사는 새로운 장을 맞이했다. 가볍고 저렴하며, 대량 생산이 가능한 종이는 실크로드를 통해 서양으로 전파되어 중세 유럽에서 필사본 책을 만드는 데 사용되었다. 하지만 15세기 중반 독일의 금속 세공사 요하네스 구텐베르크가 새로운 인쇄술을 개발하면서 종이의 진가가 드러난다. 포도주 압착기에 착안해 금속활자를 틀에 넣고 잉크를 발라 종이에 찍어내는 방법을 개발한 구텐베르크는 1455년 세계 최초의 인쇄 성경인 『구텐베르크 성경』을 출판했다. 한 면에 42줄씩 인쇄되어 '42줄 성경'으로도 불리는 이 작품은 아름다운 서체와 정교한 장식으로 유명하다. 구텐베르크의 활판인쇄는 세상을 바꿔 놓았다. 비싸고 귀해 소수의 사람만 소유할 수 있었던 책이 저렴하게 보급됨으로써 지식과 정보가 널리 퍼질 수 있는 길이 열렸다. 마르틴 루터는 구텐베르크의 인쇄술을 이용해 95개 조 반박문을 배포함으로써 종교개혁에 성공할 수 있었다. 이처럼 종이와 활판인쇄는 르네상스, 종교개혁, 과학혁명 등 중요 사건들의 밑거름이 되며 인류 문명이 발전하는 데 크게 이바지했다.

디지털 매체와 미래의 책

현대에 들어서 디지털 기술의 발달로 기록 매체는 혁명적 변화를 겪었다. 컴퓨터와 인터넷의 등장으로 정보는 손쉽게 저장, 전달되며 언제 어디서든 접근할 수 있게 되었다. 전자책, 온라인 기사, 블로그, 소셜 미디어 등 다양한 형태의 디지털 콘텐츠는 현대인의 일상에 자리잡았다. 앞으로 책의 형태는 더욱 다양화될 것이다. 글과 이미지만을 담는 데서 나아가 동영상, 음악, 3D 모델 등 다양한 형태의 콘텐츠를 통합한 입체적 책이 등장할 것이다. 가상현실과 증강현실 기술을 활용해 책 속 세상을 생생하게 체험할 수 있는 인터랙티브 책도 기대할 수 있다. 역사소설을 읽으면서 당대 도시를 3D로 둘러보거나, 과학소설을 읽으면서 우주 공간을 여행하는 듯한 경험을 할 수 있을 것이다. 또한 누구나 쉽게 책을 만들고 출판할 수 있는 환경이 조성되고, 디지털 플랫폼을 통한 유통이 활성화될 것이다. 클라우드 서버를 통해 전 세계 어디서든 책을 읽을 수 있고, 개인 맞춤형 추천 시스템을 통해 취향에 맞는 책을 쉽게 찾고 다양한 전자책을 저렴하게 이용하는 구독 서비스가 확산할 것이다.

인류의 지식을 담는 그릇은 시대의 흐름에 따라 끊임없이 변화해왔다. 점토판, 파피루스, 거북의 등딱지, 죽간, 양피지, 종이를 거쳐 디지털 매체에 이르기까지, 인류는 주변에서 흔히 구할 수 있는 재료를 활용하여 자기 생각과 지식을 기록하고 전달했다. 매체의 변화는 단순한 기술의 진보를 넘어 우리의 사고와 문화를 반영한다. 점토판에 새겨진 쐐기문자에서 디지털 화면에 나타나는 전자책에 이르기까지, 기록 매체의 역사는 인류 문명의 발전과 함께해왔으며, 앞으로도 계속해서 진화할 것이다. 그 어느 때보다 기술 발전이 가속화되고 있는데 100년 뒤의 독자들은 어떤 형태의 책을 읽고 있을까?

서미석_인문서 출간 예정

책과 국기에 대한 단상

한성윤(스포츠 기자)

수많은 책이 모여 있는 대형 서점 진열대에서 책을 찾아보던 순간, 왜 책은 전부 네모난 모양일까, 하는 생각이 문득 떠올랐다. 왜 세모난 책과 둥근 책은 찾아보기 어려운 것일까? 책은 반드시 네모난 모양으로 만들어야 한다는 규칙은 없을 터인데, 책이 탄생한 지 수천 년의 시간이 지났음에도 동양과 서양, 기독교와 이슬람처럼 상이한 문화권 모두 네모난 모양의 책을 갖고 있다는 것은 분명 신기한 일이다. 호기심에 찾아보니 과거 파피루스에 글을 적던 시절부터 유래했을 것이라는 의견이 많았다. 종이의 원료인 나무가 둥근 모양이고, 인쇄 문화가 과거와는 비교할 수 없을 정도로 발달한 요즘의 사정을 생각하면, 이 설명으로는 뭔가 부족하다는 느낌이 드는 것이 사실이다. 사각의 판형이 글을 읽기 편리한

데다 관습이 전해지면서 책은 네모난 모양으로 정착된 것이 아닐까, 하고 막연하게 추측하게 된다. 여기에 사각형이 책을 보관하기에 가장 편리하다는 점도 한몫했을 것이다. 내용물이 둥근 CD나 LP가 반드시 네모 모양의 케이스에 담겨 진열되고 판매된다는 점에 생각이 미치자, 보관이나 공간 활용의 중요성이 영향을 미친 것일 수도 있겠다는 생각이 들었다.

서점에서 나와 거리를 지나치는데, 상가 안의 TV에서 항저우 아시안게임 시상식 장면이 나왔다. 국제경기에서 우리 선수들이 금메달을 따는 장면은 언제 보아도 가슴이 뭉클한데, 오늘은 서점에서 책의 형태에 대해 오래 생각한 탓인지 우리 선수의 감격스러워하는 모습보다 시상식에 등장한 세 나라의 국기가 모두 사각형이란 사실에 더욱 주목하게 됐다. 시상식을 계기로 국기에 대해 조금 더 생각해보니 거의 모든 국기가 사각형이고, 심지어 사각형 내부에 존재하는 모양 역시 매우 비슷하다는 것을 알 수 있었다. 국기 역시 책과 마찬가지로 누군가 모양을 정해놓은 것은 분명 아닐 것이다. 만일 특정 국가가 사각형 국기를 만들었다면, 다른 문화권에 존재하거나 특정 국가에 반대하는 국가로서는 다른 모양의 국기를 제작할 수도 있었을 것이다. 실제 국기의 역사가 생각보다 길지 않다는 점을 감안하면 더욱 그럴 것 같지만, 책의 모양이 대부분 네모난 것처럼 국기의 모양 역시 대부분 사각형으로 구성되어 있다는 점은 분명 신기한 대목이다. 아시안게임을 비롯한 국제 대회 시상식은 국기가 올라가는 동안 1위 국가의 국가가 올려퍼진다. 국기라는 상징이 국가라는 음악을 만나 더욱 감동적인 장면을 연출하게 되는 것이다. 만일 국가(國歌)가 존재하지 않았다면 국제 대회의 시상식은 지금보다 훨씬 밋밋하게 진행되었을 것이다. 월드컵 축구가 펼쳐지기 전, 모든 선수가 국기를 바라보며 국가를 부르는 모습은 전쟁을 앞둔 전사들의 다짐을 떠올리게 하며, 이를 지켜보는 국민 모두를 하나로 만든다. 이처럼 국기와 국가는 떼려야 뗄 수 없는 관계라고 할 수 있다.

책 역시 음악과 밀접한 관계를 맺고 있다. 과거에 독서와 음악 감상은 대한민국에서 살아가는 소시민들을 대표하는 취미생활이었다. 아무 소리도 들리지 않는 조용한 상황에서 책에 열중하는 것도 좋지만, 잔잔한 음악이 흐르는 가운데 책을 읽으면 특별한 경험을 할 수도 있다. 책은 눈으로 읽고, 음악은 귀로 듣는다. 책과 음악이, 눈과 귀가 조화를 이루면 독서와 음악감상을 더욱 즐겁게 할 수 있다. 가끔 책을 읽다 마음을 울리는 음악이 나오면 책 읽기를 잠시 중단하고 음악에 집중하게 된다. 인생에서 가끔 휴식을 취해야만 한다는 어떤 절대자의 목소리가 음악이라는 매개체로 나에게 강제로 휴식을 주는 것이라 스스로 생각할 때도 있다. 아마도 무라카미 하루키를 비롯해 세계적인 거장들이 음악을 좋아하는 것도 비슷한 이유이리라.

무라카미 하루키는 우리나라를 비롯해 이 시대에 가장 많은 독자를 보유한 작가일 것이다. 인기가 높은 작가든 무명작가든 관계없이 책은 독자가 없다면 의미를 잃어버리게 된다. 물론 베스트셀러가 반드시 좋은 책이 아니며, 많이 읽히는 책이 아니더라도 훌륭한 저작물은 분명 많지만, 숫자에 관계없이 독자가 반드시 존재해야만 비로소 책의 의미가 완성된다. 아무리 잘 쓴 글이라도 일기는 자신을 위해 쓰지만, 책은 기본적으로 저자가 아닌 다른 사람을 위해 제작하는 것이기 때문이다. 국기는 어쩌면 책보다 더 명확한 대상을 갖고 있다. 외국 국기가 아무리 미학적으로 훌륭하고 깊은 의미를 담고 있다 하더라도, 대한민국 국민에게 태극기가 갖는 의미를 뛰어넘을 수는 없을 것이다. 반대로 객관적으로는 깊은 인상을 남기지 못하는 국기라고 해도 그 나라 국민에게는 큰 울림을 줄 수 있는 것이 바로 국기다. 그렇다면 국적을 바꾼 사람의 국기에 대한 감정은 어떨까? 새로운 나라를 선택한 만큼 그곳의 국기에 대한 충성심도 있겠지만, 그렇다고 해서 출신 국가의 국기를 볼 때 아무 관계 없는 제3국 국기와 비슷한 감정을 느끼지는 않을 것이다. 오래전 좋아했던 작가의 작품에 더이상 감흥을 느끼지 않거나, 심지어 미움을 품게 된 경우라도, 전혀 모르는 작가에 대한 감정과 다를 수밖에 없다. 이런 점도 국기와 책의 공통점이라고 할 수 있을 것이다.

비슷한 점이 많은 책과 국기는 시대의 변화 속에 여러 어려움에 놓여 있다는 점도 비슷하다. 1980년대까지는 오후 5시가 되면 국기하강식이 진행되었고, 길을 걷던 사람들이 모두 멈추고 그 과정을 지켜봐야 했다. 또한 국경일이면 가구 대부분이 태극기를 게양하여 태극기의 물결로 가득했기에 동네마다 태극기 판매상이 존재했을 정도였다. 시간이 흘러 1990년대에는 국경일임에도 대형 아파트 단지에 태극기를 달지 않는 가구가 늘어나고 있다는 뉴스가 나왔다. 2000년대 이후에는 태극기를 향한 관심이 과거와 비교할 수 없을 정도로 식었다. 요즘에는 국경일에 태극기를 다는 가구를 찾기 어려운 실정이다. 월드컵이나 올림픽 같은 국제 대회 시 상식을 제외하면 태극기에 감동하는 사람을 찾아보기 어려운 세상이 된 것이다. 국기는 '나라 사랑'이라는 순수한 마음과도 관련하지만, 점차 권위주의의 상징처럼 비치면서 2000년대 이후의 시대와 맞지 않는 측면이 있는 것도 사실이다. 국기에 대한 관심이 줄어든 것을 국민 탓으로만 돌리기는 어려운 측면이 분명 존재한다.

점점 시들어가는 국기에 대한 마음처럼 책의 현실 역시 매우 어둡다. 어쩌면 책이 사라질지도 모른다는 위기감은 사실 아주 오래전부터 있었다. 특히 컬러TV가 대중화된 1980년대에 TV의 인기가 급증하는 것에 많은 사람이 우려를 표했다. TV를 '바보상자'라고 부를 정도로 TV 또는 동영상에 대한 경계심이 대단했다. 어린 세대가 활자 매체보다는 TV에 나오는 영상에 의존하면서 문해력이 떨어지고, 사고의 폭이 좁아질뿐더러 심지어 폭력성이 늘어날 위험에 처했다는 이야기가 많았다. 그런데 지금은 TV가 휴대 전화 안으로 들어오며 과거와 비교할 수 없을 정도로 영상 매체의 파급력이 늘어나게 되었고, 앞서 제기된 우려 역시 훨씬 재빠르게 진행되고 있다. 필연적으로 '책'에 대한 관심이 급격히 떨어지고 있다. 책은 더이상 잘 팔리는 상품이 아니며 종이책의 죽음이 곧

올지도 모른다는, 어쩌면 시기의 문제일 뿐 책은 이미 사양길에 접어들었고 이 상태라면 책이 사라질지도 모른다는 우려가 더욱 커지고 있다. 과연 책은 위기를 극복하고 살아남을 수 있을까?

무라카미 하루키는 국내 언론과의 인터뷰에서 "어떤 시대에도 일정 수의 사람들은 계속 책을 읽을 것입니다. 저는 그런 부동(不動)의 '일정 수의 사람들'을 믿고 싶습니다"*라고 이야기했다. 책을 읽는 사람들은 분명 적어졌지만, 책은 인류가 멸망하지 않는 한 영원히 존재할 몇 안 되는 물건일 것이다. 과거에 책의 위기를 만들었던 TV가 오늘날 위기에 처한 것을 보면, 최소한 TV보다 책의 생명력이 훨씬 길 수밖에 없다는 걸 확신할 수 있다. 휴대전화로 들어온 영상 매체의 위력은 강력하지만, 책은 스스로 진화하면서 해결책을 찾게 될 것이다. 세계에서 유일하게 네팔의 국기가 사각형이 아닌 삼각형 두 개로 이뤄진 것처럼 책 역시 때로는 네모난 모양의 정체성을 버릴 수도 있을 것이다. 이미 책은 전자책과 음성까지 더한 오디오북의 형태로 변신해 새로운 영역을 만들고 있다. 국기에 대한 충성심은 과거보다 줄었지만, 국가가 존재하는 한 국기는 결코 사라지지 않을 것이다. 책은 어쩌면 국가가 사라진 이후에도 존재할 것이며, 사라진 국가에 대한 기록과 추억은 오히려 책으로 영원히 남게 될 것이다.

---

* 곽아람, 「하루키 "어떤 시대에도 읽는 이들은 있어…종이책 죽음? 난 그들을 믿는다"」, 〈조선일보〉, 2023.11.01.

한성윤_ 저서 『가슴에 새긴 태극마크, 등에 짊어진 일장기』『청춘, 여름, 꿈의 무대 고시엔』 출간

책 읽기는 김매기다

황규관(시인, 삶창 출판사 대표)

김매기는 논이나 밭에서 자라는 풀을 뽑는 일로 알려져 있지만 김을 맬 때 풀을 뽑는 일만 하는 것은 아니다. 웃자란 순을 따주기도 하고 솎아낼 것이 있으면 솎아내주기도 한다. 또 흙을 뒤집어주면서 뿌리에 산소를 공급해주는 효과도 얻는다. 간단히 말해 김매기는, 밭에서 자라고 있는 작물을 총체적으로 가꾸는 일이다. 그런데 여기서 김매기 전 밭에서 무슨 일이 벌어졌는지 돌아볼 필요가 있다. 시간을 되감아보면 먼저 밭에 씨를 뿌리는 일이 있었을 테고—요즘에는 모종을 사다가 심는 경우가 많다고 한다—그 전에는 밭을 간 일이 있었을 테며, 그 이전에는 거름을 냈을 것이다. 내 기억은 오래된 것이니 요즘의 농법과는 다를 수 있겠으나 아마 대동소이할 것이다.

책 이야기를 하라는데 갑자기 웬 주말농장이 등장하는가, 하는 이들도 있겠지만 나는 요즘 책 읽기를 김매기와 비슷한 것이라 생각하고 있다. 갑자기 김매기가 책 읽기의 비유로 떠오른 것은 우연한 경험 때문이다. 내가 사는 아파트 단지 한 귀퉁이에 있는 작은 텃밭을 나이 좀 지긋한 여인 두 분이 일구고 있는 것을 지나가다 본 적이 있었다. 그 텃밭의 주인은 누구인지 모르고, 또 아파트 단지 내 공동 부지를 특정인이 텃밭으로 일궈도 되느냐는 볼멘소리도 없지 않은데, 그럴 때마다 나는 현시적인 화단 대신 텃밭을 만들자는 말을 하곤 했다. 그리고 그분들이 작은 텃밭을 가꾸는 것을 보면서 이제는 많이 늙으신 어머니의 그 끝없는 김매기를 떠올렸다.

『동경대전』「포덕문」에는 하느님이 수운 최제우에게 나타나는 장면이 나온다. 1860년 4월 어느 날, 수운의 몸이 떨리고 마음이 선득해지면서 이상한 소리가 들려 이게 도대체 무슨 일이냐고 묻자, 나는 상제인데 그동안 나 또한 공이 없었다〔余亦無功〕는 하느님의 답이 돌아왔다. 『용담유사』에 실린 「용담가」에서는, "나도 또한 개벽 이후／노이무공(勞而無功) 하다 가서"라고 되풀이된다. 어떤 이들은 이 구절을 하느님이 자신의 '헛수고'를 말하며 이제 수운에게 그 공을 이루도록 하려고 했다고 풀이하지만, 나는 '노이무공'에서 『노자』 2장에 나오는 '공성이불거(功成而弗居)', 즉 '공을 이룬 후 그 공에 머물지 않는다'는 구절이 떠올랐다. 어쩌면 좌절의 마음이 깊었던 수운에게 하느님이 '나 또한 공이 없었다'고

위로를 건넸는지도 모른다. 이 대목은 여러 창조적 해석이 가능하다는 게 내 좁은 소견이다.

자본주의 사회의 통념적인 윤리는, 애써 일한 만큼 그에 대한 보답이 꼭 있어야 한다는 것이다. 그렇지 않은 현실은 '나쁜' 것이다. 여기서 '보답'은 '일'을 제공한 대가에 해당하며 대부분의 '일'은 경제적 가치를 창출하는 행위와 다름없다. 쉽게 말하면 내가 제공한 '일'로 당신은 경제적 가치를 움켜쥐게 됐으니 내게도 그에 합당한 몫을 줘야 한다는 것이다. 지극히 당연하고 정당한 요구다. 이렇게 자본주의 사회는 일의 제공과 보답의 팽팽한 대립을 전제로 하는 체제다. 이런 입장에서 갖게 된 관점으로는 하느님의 '노이무공'이 '헛수고'로 해석되는 것도 무리는 아니다. 하지만 일에 대한 등가적 가치로 경제적 부와 사회적 지위가 '상식'으로 받아들여지는 오늘날의 현실에서 수운의 '노이무공'이나 노자의 '공성이불거'는 사실 발붙이기 힘들 것이다.

내가 책 읽기를 김매기로 비유했을 때는 나도 뭔가를 바라는 게 있다는 뜻일 게다. 다만 바라는 게 무엇이냐는 문제는 남는데, 내가 강조하고 싶은 것은 김매기의 결과가 아니라 김매기의 과정이며, 앞에서 말했듯이 김매기에는 그 전(前) 과정을 필요로 하고 또 이제부터 말하겠지만 그 결과도 분명히 있다는 것이다. 김매기는 밭에 심은 작물을 위해 풀을 뽑고 흙을 고르고 또 번다한 순을 솎아주는 행위인데, 그것은 작물의 충만한 흥성을 목적으로 한다. 하지만 씨를 뿌리고 거둬들이는 과정은 그 자체로 의미와 가치가 있고, 이는 오늘날 매사를 매끈한 결과 위주로 사고하는 풍습에 비춰 이단적이기까지 하다. 그런데 그것은 씨를 뿌리고 거둬들이기까지의 과정에 여러 우여곡절이 있다는 것에 기인한다. 이 우여곡절은 날씨나 재해부터 사회, 문화적 층위까지 그 층이 사뭇 두텁다. 그래도 결국 그 결과가 말도 못 하게 초라할 수도 있는데 의외로 이런 경우는 허다하다.

누구에게나 대체로 마찬가지이겠지만 교과서 외의 첫 책에 대한 기억은 그렇게 뚜렷하지 않다. 내 경우는 동네에서 굴러다니던 만화 같기도 하고 친구가 빌려준 소년 잡지 같기도 하다. 물론 그런 단순한 만남을 책에 대한 기억으로 치기는 어렵다. 그렇기에 책을 처음 만난 기억은 더욱 어둡고 아득한 법이다. 한 가지 분명한 것은, 점점 내 책 읽기가 목적성을 띠기 시작했다는 것. 하지만 책 읽기가 특정 목적을 위한 수단으로 삼았다는 뜻은 아닌 게, 내가 하고자 하는 일은 책 읽기가 없이는 불가능하기 때문이기도 하지만 책을 읽는 순간이 그 자체로 '나의 시간'을 이뤘기 때문이다. 지금 내가 사로잡혀 있는 이미지로 말한다면, 책이 나를 김매줬다고 말하는 것도 괜찮을 것이다. 하지만 책이 웃자란 나의 욕망과 번민의 순을 때맞춰 솎아줬는지는 잘 모르겠다. 도리어 욕망과 번민을 더 키운 것은 아닐까도 싶지만 정작 내 욕망과 번민의 순을 솎아주는 건 내 일이라는 사실을 안 지는 그리 오래되지 않았다. 그렇다면 책은 호미이기도 하단 말인가?

내 생각으로 책은 욕망을 키워주는 동시에 솎아주는 사물이면서 동시에 다른 세계로 이어주는 고구마 줄기 같은 것이다. 따라서 책 읽기야말로 리좀(rhizome) 같은 대화 양식이다.

소크라테스는 아테네 시민들을 성가시게 붙잡아서 지혜를 따져 물었다고 전해져오고 있지만 만약 그 당시에 지금처럼 책이 풍부했다면 소크라테스는 먼저 독서인으로 우리에게 남았을지 모른다. 그렇다면 그에게는 법정에 세워질 일도 사형을 언도받을 일도 없었을까? 이런 가정은 어차피 무의미하다. 왜냐면 위에서 말했듯 책 읽기 자체가 누군가에게 말 거는 행위이기도 하지만 책이라는 것이 지금 같은 인쇄물에 국한되지 않기 때문이다. 즉 소크라테스는 여전히 동료 시민에게 무언가를 물었을 공산이 크다. 문제는 그것의 불온성 혹은 독창성일 것이다. 책 읽기를 통해 얻은 언어가 불온하거나 독창적인 경우, 그는 그가 사는 현실에서 배척받거나 심지어는 죽임을 당할 수도 있다. 수운 최제우는 죽임을 당한 경우인데, 수운은 어느 날 갑자기 신을 만난 종교인만은 아니었다. 그 또한 독서인이기도 했다. 문제는 독서가 사유로, 사유가 기도로, 기도가 접신을 거쳐 집필과 행동으로 빠르게 전환되었고, 그의 독창성은 심지어 불온하기까지 했다.

현대인의 책 읽기는 너무도 공리적이거나 아니면 지나치게 자기 현시적이다. 다르게 말하면 책 읽기가 책 쓰기를 위한 수단 같은 인상을 준다. 즉 책 읽기의 과정보다는 그 결과에 몰두해 있는 것이다. 책 읽기가 임금노동의 다른 버전이 된 것일까. 하지만 임금노동의 제공과 정당한 경제적 보답 사이에는 복잡한 사회적 과정이 숨어 있고 심지어 사회를 지탱하게 하는 윤리적 문제가 도사리고 있다. 따라서 임금노동의 제공과 정당한 경제적 보답의 관계는 윤리적 토대 위에서 투명하고 단순해야 건강한 것이지만 책 읽기는 임금을 원하는 노동과는 질적으로 다른 것이다. 그런 차원에서 우리는 그동안 책 읽기를 격려하고 고무해왔고 책을 읽지 않는 사태 앞에서 있는 걱정 없는 걱정을 다 해왔던 것이다. 우리의 삶은 오로지 경제적 행위로만 꾸려지지 않는다는 깊은 공감대가 과연 인문학의 마음 아니었던가.

책 읽기가 김매기인 것은, 책 읽기가 곧 공리적인 또는 이해타산적인 행위만은 아니라는 강변이면서, 책 읽기는 과거와 미래를 현재로 동시에 불러들이는 사건이기도 하기 때문이다. 김매기가 그렇지 않은가? 우리가 살아보지 못한 미래를 현재에 불러들이기는 하지만 그것이 미래를 일목요연하게 규정한다는 뜻은 당연히 아니다. 도리어 미래를 더욱 어지럽고 예측 불가능하게 만드는 일이라고 해야 맞다. 책 읽기와 김매기가 한 가지 우리를 위로해주는 게 있다면, 그것은 미래를 어렴풋이 미리 살게 해준다는 점일 것이다. 우리는 과거를 다시 살면서 미래를 미리 사는 몇 가지 방법을 안다. 책 읽기가 그중 하나일 텐데, 다만 그것이 김매기와 닮았을 때만 그렇다. 김매기는 과거를 다시 살지 않고는 할 수 없는 일이고, '뙤약볕 아래'라는 현재에서 미래를 바라보지 않으면 하기 힘든 노역이기도 하다. 그렇다고 미래를 현재의 욕망 앞에 무릎 꿇리는 행위도 아니다. 오늘 김매고 곧바로 내일 거둬들이는 법은 없으니 말이다. 책 읽기와 김매기에는 다른 점도 분명 있는데, 김매기는 그 노력과 과정을 무화(無化)시키는 흉작을 주기도 하지만 책 읽기는 대체로 자신의 내면에 작으나 크나 풍작을 안겨준다. 책 읽기의 결과를 성급하게 욕망하지만 않는다면 말이다. 하지만 무엇보다도 노이무공의 마음이 먼저인데, 만일 책 읽기에 이 마음이 없다면 책을 읽는 것과 비례해 다른 함정이 만들어지고 있는지 누가 알겠는가.

황규관_ 저서 『문학이 필요한 시절』 출간

최초의 조선 여성, 향란을 담다
― 퍼시벌 로웰의 『조선, 고요한 아침의 나라』(1886)

이상엽(작가, 다큐멘터리 사진가)

낡은 사진 한 장이 있다. 1884년 2월, 지금의 수유동 화계사 올라가는 길 앞에서 한 여성과 마부를 미국 외교관이 찍은 것이다. 현재로서는 시각과 공간, 인물에 대한 정확한 기록이 남아 있는 최초의 조선 여성 사진이다. 하지만 의외로 이런 의미를 부여한 역사적 예가 없다는 점이 놀랍다. 이 사진을 추적하기 위해 연구 논문과 단행본, 일기, 기록물 등을 찾아가는 여행을 떠나보자.

이 사진을 찍은 이는 미국인 퍼시벌 로웰(Percival Lowell)이란 사람이다. 로웰은 하버드대학에서 수학을 전공하고, 집안의 도움으로 사업을 하다가 문득 세상이 보고 싶어 1883년 일본에 체류하게 된다. 동양 문화를 공부하며 사진술을 익혔다. 1883년 일본에 도착한 미국행 조선 보빙사를 만나 주일미국공사의 요청으로 이들을 데리고 3개월간 미국을 두루 여행했다. 이에 대한 보답으로 고종은 로웰을 공식 초청한다. 그는 1883년 12월부터 1884년 3월까지 약 3개월간 머물면서 조선의 여러 분야를 글과 사진으로 취재해 『조선, 고요한 아침의 나라』를 발간한다. 그는 최초로 고종의 사진('어사진'이라 표현)을 찍어 한국 사진사(寫眞史)에서도 유명한 편이다. 이후 천문학에

퍼시벌 로웰이 1886년 미국에서 출간한 『조선, 고요한 아침의 나라』의 표지.

투신해 화성의 운하를 관찰하며 세밀한 연구 기록을 남겼고 명왕성을 예측했다. 나중에 발견된 명왕성(Pluto)의 영문명은 퍼시벌 로웰의 이름과 관련한다. 로마신화의 플루토는 그리스신화의 하데스와 같다. 로웰 천문대는 새로 발견한 행성에 이름을 붙일 권리를 가졌다. 미국 전역에 후보를 공모했고 한 소녀가 제출한 플루토를 선정했다. 이 플루토(Pluto 혹은 Plouto)는 퍼시벌 로웰의 머리글자 P와 L을 참조해 선정됐다는 것이 정설이다.

미국 사진가 조선을 방문하다

고종에게 '조선의 사찰을 보고 싶다' 요청했기에 로웰은 화계사에서 여러 인물과•풍경을 찍을 수 있었다. 이를 주도적으로 준

비한 것은 19살에 불과했던 윤치호였다. 그가 고종의 최측근이 될 수 있었던 것은 17살에 도일해서 요코하마 네덜란드 영사에게 3개월 배운 영어 실력 덕분이었다. 그가 쓴 당시 일기를 보자.

> 1884년 1월 22일(26일, 금, 맑음, 삼가다)
> 이날 오후 1시에 사서기(司書記)·로웰·최미산(崔薇山: 최경석, 崔慶錫)·이사관(李司官)·정사관(鄭司官)과 함께 기생 4인을 데리고 화계사(華溪寺)에 가다. 화계사에서 자다.*

이때 화계사 여정에 동행한 인물들은 정확히 주미공사관 스쿠더와 윤치호, 김옥균, 서광범, 홍영식 등 고종의 (개화파) 측근과 관료 사서기, 최미산, 이사관, 정사관이 있었다. 그리고 여흥을 위해 기생 4명과 광대패 10여 명, 일본인 요리사 1명도 함께 갔다. 말과 마부들까지 합하면 굉장히 큰 여행단이었다. 그런데 왜 화계사였을까를 추리해보면, 동행한 김옥균이 개화파들과 공식 혹은 비공식으로 회합했던 곳이 화계사였기에, 이들이 고종에게 추천한 것으로 보인다. 사진 속 여인은 기생 4명 중 한 명으로 로웰의 책에는 'The fragrant Iris'라 표기되어 있어 지금까지 계손향(溪蓀香)으로 불렸지만, 이를 통역한 윤치호가 난을 붓꽃으로 오역했다고 보는 몇몇 연구자들은 향란이라 부르고 있다. 이편이 자연

---

* 이 글에 사용한 윤치호의 일기는 '한국사료총서'(https://db.history.go.kr/diachronic/level.do?levelId=sa_024r)에서 인용했다.

스럽다. 로웰은 그의 책에서 연회에 참석해 만나본 조선의 기생에 대해 다음과 같이 쓰고 있다.

어린 여성의 그녀는 알록달록한 색의 정교하고 청초한 옷을 입고 있었다. 자연과 예술의 조화를 이룬 듯 그녀는 완벽하게 빛나고 있었는데 그녀의 정돈된 차림새는 그동안 다른 한국인들에게서 는 찾아볼 수 없는 모습이기에 더욱 놀라웠다. 갑자기 나와 눈이 마주치자 그녀는 예상했듯이 수줍음을 감추지 못해 했다. 마치 유령이라도 본 듯 놀라워했다. …… 다음 등장한 이는 다행스럽 게도 외국인에 대해 반감이 있는 듯 보이진 않아 잠시나마 기뻤 다. 그녀에게 있어, 두려움보다는 호기심이 더 큰 듯해 보였는데 이는 아마도 전에 외국인을 대해본 경험이 있던 이유였을 것이 다. 몇 번의 조심스러운 거절을 한 후에 결국 그녀는 내 옆에 앉 았고 수줍은 내색을 하면서 연회를 즐기기 시작했다. 그 후 다른 여성들이 따라 들어왔다. 매력적인 여성들은 분홍, 파랑, 보라, 초록 등 저마다 화려한 색상의 옷을 입고 등장하였다. 이들의 옷 은 주로 실크 재질로 되어 있었는데 복주머니와 모자는 털로 가 장자리가 수놓아져 있었다. 화려한 의상과 상반되게 이들의 머 리는 곱게 쪽을 지고 비녀를 꽂아 단정하게 손질되어 있었다.*

로웰은 이들을 '노래 부르는 소녀들(singing girls)'이라고 표현

---

* 퍼시벌 로웰, 『내 기억 속의 조선, 조선 사람들』, 조경철 옮김, 예담, 2001, p. 202.

했다. 그럼 이제 향란은 어떤 인물이었는지를 알아보자. 1884년 2월, 퍼시벌 로웰이 지금의 수유동 화계사 올라가는 길 앞에서 기생 향란을 찍은 또다른 사진이 있다. 화계사 유람에서 찍은 5~6장 중 3장이나 향란을 찍었으니, 그녀에게 무척이나 관심이 많았던 게 분명하다. 로웰은 독학한 순수 아마추어 사진가이며 기존의 사진계와 교류하지도 않았지만 이 사진은 매우 정교하게 구성한 흔적이 역력하다. 솔숲 사이로 난 길을 극적으로 표현하면서도 말을 탄 향란을 주 피사체로 부각하고 있다. 여기서 마부는 등을 돌리고 있는데, 이는 로웰의 의도였거나 마부의 거절일 수도 있다. 대체로 당시 5 x 8인치 유리건판이 들어가는 목제 대형카메라를 조작하는 데는 상당한 시간이 필요하니 마부가 순간적으로 등을 보이는 행위를 포착한 것은 아닐 것이다. 조금 더 향란의 얼굴이 부각되길 원했을 수도 있다. 현재 이 사진의 필름인 유리건판은 분실됐고 이를 복제한 랜턴 슬라이드는 로웰의 퍼트넘 자료관에 소장되어 있다. 또한, 원본 프린트는 보스턴미술관에 아카이브로 되어 있다.

사진에 담긴 조선 여성 향란

향란의 신분은 기생이다. 하지만 그녀가 어디에 소속되어 있었는지는 현재 남겨진 자료가 없어 확인할 수 없다. 유추는 할 수 있다. 왕실의 요청을 받았다는 것, 당시 매우 드물었던 외국인을 접대하는 행사에 동원되었다는 것, 노래와 춤에 능했다는 점이 단

화계사 올라가는 수유동 근처에서 찍은 조선 최초의 여성 사진. 그녀의 이름은 향란이다.

서다. 당시 한성부에는 공식적인 관기가 없었다. 그렇다고 청계천 부근에 성업하던 기방에서 데려왔을 가능성도 별로 없다. 지방의 관기를 급히 뽑아 올리기에는 시간이 부족했을 것이다. 여러 사정으로 미루어 향란은 장악원 소속의 여악으로 보인다. 조선 500년 동안 왕실이 주관하는 연주와 노래, 춤을 포함한 모든 음률을 총괄한 장악원은 조선 후기 최고이자 최대의 유흥가인 청계천 광통교에 있었다. 관아인 장악원은 크기나 구성원의 숫자, 영향력 측면에서 다른 관아를 압도했다. 전성기에 1,141명의 관원을 가진 조선 최대 규모의 관아였다. 그런데 장악원이 향란과 같은 기생과 무슨 관계인가 하겠지만, 기생 중 악기를 다루고 노래하며 춤을 추는 예능인은 십중팔구 장악원 소속의 여악이었다고 한다. 조선 초기에는 궁중에서 큰 행사가 있으면 지방관아 관기 중 뛰어난 예능인을 뽑았고 그들은 행사 기간에 체류하다가 다시 고향으로 내려갔다. 조선 후기로 갈수록 장악원이 이들을 가려 뽑아 임금을 주고 한양에 머물게 했다. 그 수가 약 150명 정도였다. 실제 해야 할 (노)역에 비해 임금이 턱없이 낮았지만 그들은 많은 정부 행사에 불려가 흥을 돋워야 했다. 추정하건대, 향란의 정체는 장악원 소속의 여악을 담당하던 관기였을 것이다. 로웰은 향란에게 어떤 감정을 가졌을까? 화계사에서 함께한 향란에 대해 로웰은 그의 저서 『조선, 고요한 아침의 나라』에서 다음과 같이 밝힌다.

> 그녀는 매우 매력적이었다. 은비녀만큼이나 소박하게 빗어 넘겨 쪽을 찐 그녀의 새까만 머리를 흩어보던 내 눈길이 그녀의 얼굴에 멈추었다. 그녀의 미소로 인해 한동안 나는 내가 외국인이며 내 고향은 수만 마일 떨어진 곳이라는 사실을 깜박 잊고 있었다.*

로웰이 향란에게 상당한 관심을 둔 것은 분명하다. 그의 책 전체에서 특정인에게 이렇게 감정을 드러낸 것은 향란이 유일할 정도다. 게다가 이 둘은 대화를 나눴다. 향란과 로웰은 조선어나 영어 대신 어눌한 일본어로 소통했는데, 일본 체류 시 일본어를 공부한 로웰은 그렇다 해도, 쇄국하던 조선에서 향란이 일본어를 구사했다는 것은 놀랍다. 아마도 강화도 조약 이후 한성부에 드나들던 일본인 외교관들을 접대하는 자리에 자주 불려가면서 일본어

---

* 앞의 책, p. 286.

정부 고관들과 함께 찍은 향란의 사진. 당시 사회 분위기로 볼 때 파격 그 자체다.

를 익힌 것이 아닐까 싶다. 다시 사진 이야기로 넘어가서, 놀라운
것은 향란의 태도인데, 사실상 처음 보았을 미국인이 '나무상자로
그림을 만들어 보일 테니 여기를 봐라' 하는 요구에 당당히 자세
를 취한 것이다. 당시 사회상으론 대처하기 어려운 상황을 맞이한
것인데, 향란은 용감하게도 사진에 담긴 첫 조선 여성이 된다.

　퍼시벌 로웰이 1884년 2월 화계사에서 찍은 향란의 세번째 사
진이 있다. 자신을 보좌한 사관 이시렴과 3명의 조정 관료, 그리고
향란을 함께 찍었다. 사실 이 사진은 자신의 저서에도 사용하지
않았고, 보스턴미술관에도 소장되지 않았다. 로웰의 소장품을 모
아놓은 퍼트넘 자료관에만 소리소문 없이 소장되어 있다. 아마도
사진의 완성도 때문인지, 아니면 단지 기념으로 촬영한 때문인지

알 수 없다. 그래서 이 사진은 형식보다는 내용이 중요하다. 정부의 고위 관료와 기생이 함께 사진을 찍었으니, 당시 조선의 사회 관습상 파격이 아닐 수 없다. 이렇게 다섯 사람을 모아놓고 함께 찍은 것이 로웰의 의도였는지, 아니면 나름 화계사 여행에서 마음 맞는 사람들이 모였는지는 알 수 없다. 어찌 됐든 향란은 나이에 비해서 당돌한 여성임이 분명하다. 향란은 아마도 장악원 여악을 담당하는 관기였을 것으로 추정되는데, 이들이 어떤 대우를 받고 어떤 처지에 놓여 있는지는 윤치호의 일기를 통해 엿볼 수 있다.

김옥균 씨와 그의 동료인 서광범, 홍영식이 퍼시벌 로웰 씨에게 동대문 밖 절(화계사)에서 조선식 식사를 대접했다. 주미 공사관이었던 스쿠더 씨도 그때 참석했다. 기생도 몇 명 있었는데, 향란이라는 기생이 퍼시벌 로웰 씨를 시중들도록 배정되었다. 일행이 사원으로 걸어가는 도중 저녁 공기가 다소 쌀쌀했다. 스쿠더 씨가 친절하게도 어떤 기생에게 자신의 외투를 걸쳐주었다. 영월이라고 기억한다. 그 기생은 스쿠더 씨의 사려 깊은 행동에 대해 고맙다고 인사하는 대신에 외투를 땅에 던져버렸다. 스쿠더 씨는 외투를 주우면서 '빌어먹을'이라고 크게 외치면서 화를 냈다. 스쿠더 씨는 비종교인인데 확실히 그때 상황은 그런 욕을 해도 정당화될 수 있는 상황이었다. 물론 스쿠더 씨는 그 기생이 단순히 조선 양반의 예절을 지키려고 했다는 사실을 알지 못했다. 왜냐하면, 옛날 서당에서 가르치는 조선 양반의 일반적인 규범에 따르면, 어떤 대접을 받아서 누군가에게 고맙다고 인사하는 것은 체면을 깎는 일이기 때문이다. 무식한 여자들이 그 기생이 외투를 땅에 던지듯 나의 사려 깊고 친절한 말이나 행동을 땅에 던져버릴 때면, 스쿠더 씨가 그 상황에서 했던 대로 나도 소리를 지르면서 욕하고 싶었고, 지금도 하고 싶은 마음이 절실하다.

이 기록은 조선과 조선인을 혐오해 마지않았던 친일파 윤치호가 사건이 발생한 1844년으로부터 47년이 지나 쓴 1931년 일기에 등장하는 내용이다. 아마도 기억하고 싶은 것만 기억했겠지만, 놀랍게도 기생 두 명의 이름을 기억하고 있다. 바로 사진의 주인공 향란과 동료 영월이다. 계손향의 원래 이름이 향란이란 것도 여기서 확인된다. 그런데 영월이 스쿠더의 외투를 던져버린 것은 조선식 예절을 지키려 한 것인지, 아니면 함께 가고 있는 양반들의 눈치를 살핀 것인지 확실치 않다. 그런데 참으로 웃기는 상황이 윤치호 본인의 1844년 일기에서 확인된다. 바로 스쿠더의 외투를 던져버린, 욕하고 싶었던 영월이 사실은 자기 마음에 쏙 들었는지 다음 날 그녀와 동침한 것이다.

1884년 1월 23일(27일, 토, 맑음, 삼가다)
화계사에서 지내다. 밤에 영월(影月)과 같이 자다.

여기서 분명히 할 것은 관기들의 (노)역에는 성적인 접대가 포함되지 않는다는 것이다. 이런 상황은 향란과 로웰 사이에서는 전혀 나타나지 않는다. 그도 그럴 것이 화계사에서 돌아온 며칠 후 19살 윤치호가 영월과 다시 만나 절절히 후회하는 장면에서 확인할 수 있다.

> 1884년 1월 26일(30일. 화. 맑음. 삼가다)
> 낮에 영월에게 230냥을 주다. 가히 실없는 일이라 하겠다. 어찌 우습지 않은가.

윤치호의 일기에는 자주 주색에 빠져 기방을 출입한 내용이 등장한다. 그런데 이번에는 그냥 민간의 기방 기생이 아니라 왕실 행사에 참여하는 기생과 동침까지 한 것이다. 그래서 도대체 230냥이 요즘 시세로 얼마쯤 되는지 알아봤다. 19세기 초반에는 한 냥이 4만 원 정도, 후반에는 1만 원 정도 했다. 물가 변동 때문일 것이다. 대충 따져봐도 윤치호가 영월에게 준 돈은 요즘 돈으로 230만 원가량이다. 로웰의 여행과 연회에 참여하는 영월의 (노)역과 무관하게 윤치호는 사적인 거래를 한 것이다. 하지만 일기에 쓴 것처럼 자신의 행동을 원망하고 싶었을 것이다.

향란과 영월의 삶이 달랐을 것 같지는 않다. 당시 한성부에서 관기로 살아가는 나름의 방법이 있었을 것이고, 장악원이 해체된 후 대한제국 시기와 식민지 시기에 대중 예술인으로서 삶을 살았

멀리 수락산이 보이는 이 벌판은 수유동 어디쯤일 것이다.

을 것이다. 이들은 새로운 문화에 민감했고 예술에 능숙했다. 그리고 조선인 중에서 흔치 않게 외국인들과 접촉했다. 어쩌면 사진에 찍힌 최초의 조선 여성이 기생일 수밖에 없었겠구나 싶은 대목이다.

역사의 다층적 해석이 가능한 사진책

지금까지 미국인 퍼시벌 로웰이 1884년 조선을 방문해 찍었던 사진 중 여성 향란을 알아봤다. 공간과 시각이 명확하고 촬영자와 피사체가 밝혀진 사진에 담긴 최초의 조선 여성을 향란으로 규정해봤다. 로웰의 퍼트넘 자료관에 존재했었다는, 조선에서 찍은 총 63장 사진 자료는 인화지 사진 2장, 유리건판 3장, 랜턴 슬라이드 38장만 남아 있다. 한국 처지에서 소중한 기록물인데, 의외로 부실한 관리로 인해 원본들이 망실된 듯하다. 특히 향란의 유리건판 원본 역시 사라졌고 이를 복제한 랜턴 슬라이드 유리판만 존재한다.

일본에 도착한 1883년에 퍼시벌 로웰은 미국에서 사진 촬영 장비를 마련해 온 것으로 판단된다. 5 x 8인치 판형의 목제 카메라와 렌즈, 유리판, 감광 현상액 등이었을 것이다. 그는 일본에 체류하는 동안 300여 점의 사진을 찍었다. 조선을 방문할 당시 약 80장 정도의 유리판을 사용한 것으로 보인다. 그리고 1884년 중반 유럽 여행을 거쳐 미국 보스턴으로 돌아갔다. 그해 로웰은 조선에서 촬영한 사진 중 60점을 정리해 전시했고 '보스턴 아마추어사진가협회'와 같은 기존 사진계가 이를 높게 평가해 전시 최우수상을 받았다. 아마도 당시엔 일본이 미국에 꽤 많이 소개되어, 덜 알려진 조선을 선택했을 수도 있다. 또한, 이 수상이 힘이 되었는지 2년 후『조선, 고요한 아침의 나라』를 출판한다.

향란은 미국인 사진가에 의해 처음으로 (미국에) 소개된 조선의 여성이었다. 『조선, 고요한 아침의 나라』에는 25장의 사진이 수록되어 있는데, 초판은 고종의 사진이 핵심으로 사용됐다. 비용 절감을 위해서였는지 1888년 재판에서는 사진이 5장으로 확 줄었지만, 향란의 사진이 핵심으로 바뀔 정도로 그녀의 이미지가 인기 있었던 듯하다. 사실 사진이 처음 발명되고 첫 피사체가 된 유럽인들은 남녀의 차이가 없었을지도 모른다. 하지만 조선은 여성

사진가이자 외교관이었던 퍼시벌 로웰의 모습. 인천 제물포에서 찍힌 것으로 추정된다.

들이 얼굴을 드러내기 힘든 사회 구조를 가졌었고, 실제 조선의 사진가들에 의해 찍힌 여성은 20세기가 돼서야 가족사진이란 이름으로 사진관에서 출현하기 시작했다.

이상엽_ 저서 『은어는 안녕하신가?』 『강화 돈대』 출간

책, 시간 속으로 흩어질 것을 거두어들이는 힘

송기호(교수)

책은 사람의 머릿속에만 있기에 육체의 소멸과 함께 시간 속으로 흩어져 사라질 운명에 있던 것을 단단한 물질에 새겨 영속성을 부여한 것이다. 인간 삶의 경험, 축적된 지식 그리고 소망과 염원이 점토판에 쐐기문자로 새겨지고, 파피루스 두루마리와 짐승의 가죽으로 만든 양피지에 문자로 기록되고, 또 나무의 펄프로 만든 종이에 활자로 인쇄되고, 요즘에는 반도체 기술로 만들어낸 다양한 디지털 서판에 저장된다. 어느 것이든 책의 본질은 우리 몸에 기억으로 갇혀 있어 육체의 소멸과 함께 사라지고 말 것을 단단한 물질에 새겨넣어 시간을 거슬러 살아남도록 하는 것이다. 앞으로 아무리 기술이 발전한다 해도 책의 이러한 본질은 변하지 않을 것이다.

이집트의 나일강을 중심으로 성장한 고대 문명의 정수는 높이 솟은 피라미드나, 수천 년을 지나도 썩지 않고 보존된 미라나, 파라오들이 쌓아올렸던 재물이 아니다. 나일강의 늪지대에서 자라던 파피루스다. 나일강의 비옥한 삼각주를 닮아 삼각형인 이 풀은 쓸모가 많았다. 나무가 귀한 그 지역에서 땔감으로 쓰거나 다발로 묶어 배를 만들거나 노끈으로 만들었고, 줄기 아랫부분은 식용으로 사용하기도 했다. 그런데 이 풀의 더 중요한 쓸모는 각진 엽맥을 얇게 펴 겹쳐서 종이처럼 만들어 필기구로 사용한 것이다. 사람들은 기원전 4000년경부터 거친 파피루스 종이에 마른 갈대 펜으로 잉크를 찍어 인간의 머릿속에 잠시 머물다 사라지는 기억을 죽음과 같은 망각의 늪에서 건져내어 생명을 불어넣었다. 그렇게 파피루스 종이에 새겨넣은 지식은 피라미드보다 높이 쌓여 문명을 꽃피웠다. 나일강의 늪지대에서 자라던 풀이 고대 이집트문명을 일으키고, 나중에 지중해로 건너가 그리스와 로마 문명의 원천이 되었으니 놀라운 일이다.

기원전 2세기경에 처음 사용된 것으로 알려진 양피지(羊皮紙)는 파피루스 종이를 대체했다. 파피루스 종이는 속이 비치는 탓에 한쪽 면에만 글씨를 써야 했다. 양피지는 파피루스와 달리 불투명하고, 울퉁불퉁한 섬유 이랑이 없어 양면에 기록할 수 있었다. 그런데 양피지는 파피루스 종이보다 만들기 어려웠다. 짐승을 잡아 가죽을 벗겨 털을 제거한 후 석회를 섞은 물에 여러 날 담가둔다. 이 가죽을 꺼내어 틀 위에서 평평하게 편 뒤, 수축하기 전에 잘 말리면 팽팽하면서도 유연한 소재가 만들어지는데 이것이 양피지이다. 양피지가 산 짐승을 희생시켜 얻은 가죽이어서 그런지 몰라도 양피지에 글을 새기는 일에는 종교적 경건함이 더해졌다. 양피지 하면 자연스레 중세 수도원에서 잘 손질된 양피지 위에 생생한 채색 삽화를 그려 넣던 화공과, 한 손에 깃펜을 들고 다른 손에 깃펜을 자르는 칼을 쥐고 나무 책상에 상체를 구부리고 정성껏 한 획씩 글씨를 써내려가던 필경사(筆耕士)가 떠오른다. 그리고 살아 있던 짐승의 가죽에 새겨지는 인간의 염원을 떠올리게 된다.

여러 종류의 짐승에서 가죽을 얻었지만, 어린 숫양으로 만든 양피지의 품질이 가장 뛰어났다. 어린 동물의 가죽에서 가장 좋은 양피지를 얻는다는 것이 어찌 보면 소름 돋을 만한 이야기일 수도 있지만, 이는 기독교의 핵심적 교리와 잘 어울려, 산 짐승을 죽여 제물로 바치는 희생제(犧牲祭)를 떠올리게 한다. 구약에 따르면 사백 년 넘는 긴 시간을 이집트에서 종살이하던 이스라엘 민족이 모세의 인도로 이집트를 벗어나기 전에 문설주에 양의 피를 발라 그 표식으로 자신들의 신 야훼가 이집트 전역에 내린 재앙을 모면한다. 이스라엘 민족은 이날을 유월절(逾越節)이라 부르며 기념하게 되었다. 유월절에는 "너희 어린 양은 흠 없고 일 년 된 수컷으로 하되 양이나 염소 중에서 취하고"(출애굽기 12:5)라는 계율에 따라 어린 숫양을 잡아 자신들을 재앙에서 구해낸 신을 기억했다. 중세 유럽에서 어린 숫양에게 얻은 최고급 양피지로 만든 많은 책이 기독교 신앙을 다룬다는 점은 그리 놀랍지 않다. 짐승을 죽여 얻은 가죽에 종교적 믿음을 적어내려가는 일은 신에게 산 짐승을 제물로 드려 속죄하고 신의 자비를 구하는 희생제와 닮았다.

육체에 깃들어 있기에 육체의 소멸과 함께 사라질 것들을 붙잡아두려는 인간의 마음을 잘 반영한 것으로 돌에 새겨지는 석문(石文)만 한 것이 없지 않을까. 글씨가 새겨진 돌을 무심히 지나치기는 어렵다. 석문을 볼 때마다, 정갈한 마음으로 먹을 갈아 종이에 글을 쓰던 이와 그 글을 바탕으로 돌에 정과 망치로 정성껏 한 자한 자 글자를 새겨넣던 석공이 떠오른다. 문신 같은 글씨로 온통 장식된 돌은 눈과 비에 젖은 몸을 바람에 말리고 햇살과 달빛 아래 천천히 늙어간다. 때로 그 몸에 바위꽃이 피어나기도 한다. 그렇게 수백 년, 아니 천 년이 넘는 시간이 흐르기도 한다. 세월의 흔적이 새겨져 흐릿해진 글씨가 탁본(拓本)을 통해 선명하게 되살아나는 것이 그저 놀랍기만 하다. 사람들은 글쓴이와 석공의 마음을 찾아 먹을 묻힌 솜뭉치를 돌에 두드려 세월에 희미해진 글씨를 선명하게 되살려낸다. 글씨를 품은 돌은 그렇게 환생한다.

종이는 그 어느 필기구보다 글을 기록하는 소재로 오랫동안 그리고 광범위하게 쓰였다. 나무에서 얻은 펄프로 만든 종이에 새겨지는 인간의 염원은 나무의 속성을 닮았다. 나무는 땅속 깊이 뿌리를 내리고 있으면서 언제나 하늘을 향해 발돋움하기에 하늘과 땅과 지하세계를 이어주는 존재로 인식되었다. 인간은 이러한 존재인 나무를 닮았다. 인간은 땅에 발이 묶여 있지만, 나무처럼 하늘을 향해 고개를 들고 저 높은 곳의 더 나은 세상을 꿈꾼다. 나무에서 얻은 종이가 인류의 지식을 담아 이 땅에 묶여서도 더 높은 세계를 꿈꾸어온 인간 문명의 원천이 되었다는 점은 그리 놀랍지 않다. 나무는 하늘에 걸쳐진 사다리이니, 종이에 글을 인쇄하는 일은 나무라는 사다리를 타고 우리가 꿈꾸는 하늘로 오르는 일이기도 하다.

종이로 만든 책은 오랫동안 하늘로 향하는 인간의 영혼을 실어 나르는 수단으로 여겨졌다. 종이책이 크게 퍼져나간 19세기에 미국 시인 에밀리 디킨슨은 이런 시를 썼다.

우리를 먼 곳으로 데려가는 데는
책만 한 프리깃은 없네.
힘이 넘쳐 날뛰는 시(詩)의
책장(冊張)만 한 준마(駿馬)도 없네.
이 여행은 가장 가난한 자도
비용 걱정 없이 떠날 수 있으니
인간의 영혼을 실어나르는 전차는
얼마나 저렴한가.

－「책만 한 프리깃은 없네」 전문

이 시에 등장하는 프리깃은 19세기 중엽 가장 빨리 항해할 수 있는 범선이었다. 프리깃과 준마 그리고 전차는 모두 사람이나 물건을 빠르게 실어나르는 수단을 뜻하니, 책은 이들처럼 빠르게 사람의 영혼을 실어나른다는 것이 이 시의 내용이다. 한때 인간의 삶에서 책이 어떤 의미를 지녔는지 잘 보여주는 시이다.

우리는 책이라면 대개 종이책을 떠올린다. 그런데 요즘 종이책을 읽는 사람이 줄고, 종이책이 팔리지 않는다는 얘기를 자주 듣는다. 인간의 영혼을 실어나르는 수단으로 여겨졌던 종이책이 큰 위기를 맞은 셈이다. 최근 기술이 발달하며 책의 형태도 크게 달라졌다. 이제 많은 글이 다양한 형식으로 손쉽게 기록하고 수정할 수 있는 컴퓨터, 태블릿, 휴대전화, 디지털 손목시계와 같은 여러 디지털 서판에 새겨진다. 전통적인 책의 개념이 크게 바뀌고 있으며, 영상이 글자를 대체하는 일도 늘어난다. 전통적 의미의 필자라는 개념도 달라져, 이제는 거의 모든 사람이 매일 다양한 디지털 서판에 무언가를 끊임없이 쓴다.

이러한 변화를 어떻게 받아들여야 할지 모르겠다. 새롭게 등장한 디지털 기술이 우리의 감성을 바꾸고, 나아가 '쓰기'에 대한 의미를 근본적으로 바꾸고 있는지도 모르겠다. 우리는 디지털 서판 앞에서 거친 파피루스 종이를 앞에 놓고 갈대 펜에 잉크를 묻히던 이들이나 잘 손질된 양피지 앞에서 깃펜을 깎으며 정신을 모으던 이들, 또는 원고지를 앞에 놓고 마음을 가다듬던 이들과는 다른 양상을 보인다. 이제 거의 모든 사람이 매일 무언가를 디지털 서판에 쓰지만, 자신의 글이 생산되고 소비되는 맥락을 돌아보지 않으며, 그 글이 디지털 신경망을 타고 퍼지며 어떤 파동을 일으키는지에 무심하다. 디지털 서판 앞에서 우리의 생각은 끊임없이 명멸하는 0과 1로 이루어진 디지털 신호처럼, 쉼 없이 변해가는 다양한 관심사와 유행을 좇아 디지털 공간 어딘가를 떠돌 뿐이다. 종이책이 더 익숙한 나는 이런 디지털 기술이 만들어낼 책의 미래가 어떤 모습일지 짐작되지 않는다. 책의 형식과 내용이 어떻게 달라지든 그게 디지털 시대를 맞닥뜨린 책의 운명일 것이다.

송기호_ 저서 『시간을 물고 달아난 도둑고양이』 출간

책, 도(道), 똥, 사변적 감응

박준영(철학자)

　책은 기다린다. 놓여 있다. 망각에 삼켜지지 않기 위해, 독서 행
위의 군불 안에서 활활 타오르기 위해, 가만히 누워 있다. 책은 자
신에게 다가오는 무심한 시선을 단번에 사랑으로 바꿔놓아야 하
고, 그만큼 강렬하게 유혹해야 한다. 어떤 이야기, 어떤 사변, 어떤
미로의 신체를 가만히 펼쳐 보여야 한다.

　위대한 책은 첫 문장과 두번째 문장 그리고 세번째 문장쯤에서
읽는 자를 거대한 혓바닥으로 느닷없이 삼켜버린다. 폭풍 속에서
선실의 천장에 매달린 현등처럼 독자의 의식은 예각에서 직각, 둔
각에 이르기까지 팽팽하게 좌우로 흔들리며 선회한다.* 그 의식의

---

* 미셸 투르니에, 『방드르디, 태평양의 끝』, 김화영 옮김, 민음사, 2003, p. 7. 첫 세 문장
참조.

끈이 끊어지기 바로 직전에 책은 황홀감을 선사한다. 마침내 현등이 천장에 부딪혀 박살나는 그 순간이 도래하면, 독자는 부지불식간에 긴 탄식을 내뱉는 것이다.

보르헤스(J. L. Borges)가 즐겨 인용하는 중국 백과사전에는 책에 대한 다음과 같은 엄밀한 규정들이 나열되어 있다.

(1) 册, (2) 策, (3) 지식의 묶음, (4) 대나무를 얇게 또는 굵게 쪼개어 가죽끈 등으로 엮어 만듦, (5) 경악, (6) 기어가게 만듦, (7) 道, 똥과 오줌 안에 깃들어 있는 것, (8) 낭송용과 묵독용으로 나뉨, (9) 멀리 가져가기도 힘들지만 가까이 두면 금방 상하는 것, (10) 기이한, (11) 희귀한*

책을 단순한 양피지 묶음이나 팔림프세스트(palimpsest)로 바라보는 해석학적 관점에서 이런 규정들은 너무 난해하거나 난삽하다. 이 관점에서 이런 따위의 규정은 분류이지 정의가 아니다. 소크라테스식으로 '무엇임(to ti esti)'을 찾기 위해서는 중국풍 객설은 불필요하다. 그러나 책을 정의하는 책이라는 미로 안에서, 우리는 길을 잃거나 경악함으로써 이 규정에 긍정적으로 대답할 수 있다. 연루되는 것, 또는 휘말려드는 것, '의심의 자발적 중단'(새뮤얼 테일러 콜리지)을 실행하는 것.

그렇게 됨으로써 그 안에서 기어다니게 된다면, 우리는 책을 제

---

* 『은혜로운 지식의 하늘 창고Celestial Emporium of Benevolent Knowledge』 '책' 항목 참조.

대로 장악한 셈이다. 아니, 거기에 진지를 구축하고 이제 다른 곳으로 나아갈 플랑가르드(flanc-garde)가 된다. 책은 횡적 연결의 체계 혹은 네트워크이기에 아방가르드(avant-garde)를 필요로 하지 않는다. 아방가르드의 체계는 수직적이며 위계적이고, 수목적이며 과장한다. 마키아벨리도 인정하겠지만, 한니발이 로마를 점령하기 위해 수많은 부하의 머리를 쓸데없이 베었던 것처럼, 과장된 의무감으로 책을 읽는다면 독자는 얼마 가지 않아 동지들을 잃고 기진맥진할 것이다.

부채 의식 없이 책을 읽는 것, 읽기 위해 읽는 것이 아니라 매혹당해서 거기 기꺼이 삼켜지는 것은, 다른 의미로 책의 내장(內臟) 안에서 독자인 내가 단어들을 갉아먹으며 새로운 도(道)를 혹은 똥*을 분비하는 일이다.

다른 한편, 책을 쓰는 것은 이 도의 퇴빗더미 안에서 새로운 신체를 빚어내는 일, 혹은 '탁월한 저자의 등에 올라타 비역질을 통해 괴물을 탄생시키는 일'(질 들뢰즈)이다. 책에 대해 말하면서 똥이나 괴물을 들여오면 매우 기괴해진다. 그러나 이는 단순한 은유 이상이다. 오물에 대한 거부감, 신체의 아름다운 조화가 가진 불가피한 더러움에 대한 (불가능한) 기피는 그것이 '죽음'과 관련하기 때문이다. 하지만 이러한 '관련'은 날조된 것이다. 똥에는, 퇴빗더미에는 엄청난 미시-생명체들이 우글거린다. 이 생명체들이 없

---

* 『장자莊子』 22편인 「지북유知北遊」 참조. 이 책에서 도와 똥은 전혀 은유적 관계를 형성하지 않는다. 도는 말 그대로 똥이고, 똥은 사실적으로 도이다.

다면 그 어떤 생태적 신진대사도 불가능하다. 도가 똥더미에 있다는 것은 그것을 의미한다. 책이 똥이고 퇴빗더미이며 괴물이라는 것은 그것을 의미한다. '우리' 퇴비주의자들(compost-ists, 도나 해러웨이)은 이런 식으로 책을 쓴다. 초월이 아니라 내재의 장 안에서, 하방 지향성의 도-유물론 안에서.

하지만 헐값에 팔아치우기 위해, 돈을 벌기 위해 책을 쓸 수도 있다.* 여기에 심각한 함정이 있을 것이다. 돈은 또다른 의미에서 똥이다. 마르크스가 말했던 것처럼 "자본은 머리에서 발끝까지 모든 털구멍에서 피와 오물을 흘리면서 이 세상에 나온다".** 화폐의 총체로서 자본은 실재의 퇴빗더미 안에 생명체들을 꼭꼭 눌러 담아 살게 하는 것이 아니라, 기존에 존립해 있는 일체의 것을 연기처럼 사라지게 한다.*** 죽이는 것이다. 글을 쓰는 작가는 죽이는 일을 할 수 없다. 출판사의 이윤은 출판사의 사안일 뿐 작가는 자신을 연기 속에 사라지게 두지 않는다.

조지 오웰(G. Orwell)이 말한 것처럼, 만약 어떤 작가가 출판 시장의 경쟁 구도 안에서 허덕이고 있다는 것을 깨닫는다면, 그의 책들도 "어김없이 생명력 없고 …… 분홍색의 화려한 단락과 의미 없는 문장과 수식형용사들" 속에서 허덕이며, "그래서 대체로 허

---

* 폴 오스터, 『빵 굽는 타자기』, 김석희 옮김, 열린책들, 2000, p. 172.
** 카를 마르크스, 『자본론 I 하』, 김수행 옮김, 비봉출판사, 1989;2001, p. 1046.
*** 카를 마르크스, 프리드리히 엥겔스, 『공산당 선언』, 심철민 옮김, 도서출판 b, 2018, p. 17.

튼소리들을 하고 있었다는 사실"을 안다.* 대개의 작가가 가진 허영심과 게으름이 역설적으로 이러한 사실을 감지하게 만드는 것으로 보인다. 작가들은 시장을 돌아볼 만큼 부지런하지도, 오물을 자청해서 뒤집어쓸 만큼 종속적이지도 않다. 이들은 대개 책을 쓰는 고통스러운 작업이 무척 싫지만, 그것에 저항하는 것이 불가능하다는 것도 안다. 거기서 오는 야릇한 쾌락은 정신적이라기보다 신체적이다. 흰 여백 위에 타이핑되는 문자들은 과거와 현재의 탁월한 다른 책들을 전방위적으로 참조한 자유간접화법의 카니발이다. 이 카니발 속으로 독자들을 끌어들이는 것은 그들 모두의 신체에 울림을 주고, 되돌려받는 행위다.

상호 참조의 카니발이라고 부를 수 있는 이 과정 안에서 우리는 시공간적 삶이 하나의 평면에 있으며, 서로가 낯설지 않은 거대한 공생체라는 것을 깨닫게 된다. 참조(reference)란 말 그대로 "보고하기, 가지고 돌아오기(to report, to bring back/rapporter)"**이기 때문이다. 작가와 독자는 이 상호 참조의 얽힘과 퇴빗더미 속에서 자신의 개성을 기꺼이 번제할 준비가 되어 있다.

그런데 비평 혹은 책의 '해석(hermeneutic)'은 이와 다른 것처럼 보인다. 그러나 이는 겉보기만 그럴 뿐이다. 해석은 신화적 의미에서 헤르메스(Hermes) 신과 관련된다. 여기서 해석자는 델피

---

* 조지 오웰, 「나는 왜 쓰는가?」, 『동물농장』, 도정일 옮김, 민음사, 1998, p. 143.
** 브뤼노 라투르, 『존재양식의 탐구 — 근대인의 인류학』, 황장진 옮김, 사월의책, 2023, p. 128.

신전의 사제인 '헤르메이오스(hermeios)'이며, 신비한 신의 언어를 인간의 언어로 '전환'하는(transfer) 또는 '번역'하는(translate) 역할을 맡는다. 신의 언어를 인간의 언어로 이동시키는 것이 해석의 역할이었던 셈이다. 그런데 헤르메스의 이동성은 초월적인 것에서부터 오는 정보처럼 보이지만 그렇지 않다. 여기서 해석은 어떤 '문자'의 해석이 아니라 '음성'의 해석이기 때문이다. 즉 이것은 원초적인 작가의 음성이 해석자의 음성으로 변형되는 것이다.* 이런 면에서 해석의 최초 신념은 문자 텍스트가 아니라 음성이라는 물질적인 혹은 신체적인 '진동'에 있다.

책은 이 진동을 문자화하기 위한 분투다. 해석이 전달하고자 하는 음성의 진동은 애초에 책의 단어들과 단락들 그리고 행간 안에 물질적으로 고여 있다. 이 분비물들의 세계가 중요하다. 우리가 책의 볼륨을 손으로 느낄 때, 우리의 신체 '전체'가 에로틱한 몰입감 속에 끈적거리며 달라붙는 것은 이 세계의 유혹 때문이다. 우리는 책-신체가 열어놓은 이질적 공간으로 우리 신체를 밀어넣고, 다시 열어주는 행위를 통해 그 유혹을 기꺼이 받아들인다. 이러한 체험을 '사변적 감응(speculative affect)'**이라고 부를 수 있

---

* 문자언어에 대한 해석의 불신에 대해 팔머는 플라톤의 『제7서한』과 『파이드로스』로부터 내려오는 전통을 이야기한다. 그래서 해석은 모든 언어를 구어적 효과로 변형하는 임무를 가지게 되는 것이다. "언어를 문자화하는 것은 그것의 생명력으로부터의 '언어의 자기소외(alienation of language, Selbstentfremdung der Sprache)'이다." Palmer, R. E., *Hermeneutics: interpretation theory in Schleiermacher, Dilthey, Heidegger, and Gadamer*, Northwestern University Press, 1969, pp. 15-16.
** '사변적'이라는 말은 인간적 경험 너머, 퀑탱 메이야수(Quentin Meillassoux)의 용어

다. 초월적 지성이 결코 도달하지 못하는 그 세계로의 문턱, 사변적 감응의 덩어리, 책이다.

로 '상관주의' 너머의 물질, 객체를 사유하는 것을 말한다. 나는 이 용어를 미학적으로 전용해서 쓰고 있다. 즉 사변적 감응이란 인간적 경험 너머의 물질, 객체와 더불어 체현하거나 착근하는 것을 의미한다. 이때 '너머'에는 초월적 의미가 전혀 없다. 그것은 유토피아(u-topia, 여기 없는 곳)가 아니라 헤테로토피아, 즉 '다른 곳(hetero-topia)'이다.

박준영_ 저서 『철학, 개념』, 번역서 『신유물론』 출간

당신은 무엇을 읽습니까

곽경훈(응급의학과 전문의)

1

소금은 아주 중요하다. 소금이 없는 삶은 도저히 상상할 수 없다. 돼지를 도살했을 때, 소금이 없다면 어떻게 될까? 며칠만 지나도 고약한 노린내가 풍길 것이며 조금 있으면 파리가 알을 까서 구더기가 득실거릴 것이다. 바다와 민물에서 잡은 생선도 마찬가지다. 소금이 있어야 젓갈을 담글 수 있다. 햇볕에 말리려고 해도 소금이 필요하다. 채소도 마찬가지다. 소금을 뿌려 단지에 담지 않으면 열흘만 지나도 곰팡이가 슬어 흐물거릴 것이다. 소금이 없으면 왕후장상부터 저잣거리의 장삼이사까지 죄다 헐벗고 굶주릴 것이다.

그런데 이번에도 왕후장상이 문제다. 썩은 고기에 꼬이는 파리

떼처럼 놈들은 돈 냄새에 무척 민감해서 소금을 그냥 지나치지 않는다. 그들이 지닌 권력을 이용하여 소금을 독점하고 통제한다. 백성이 항의하면 창과 칼로 겁박하고 여차하면 관아에 끌고 가 매질한다. 그리하여 왕후장상의 밥상은 점점 풍족해져서 그들의 얼굴에는 개기름이 번들거린다. 반면에 장삼이사의 그릇에는 멀건 풀죽뿐이라 그들의 얼굴은 거무튀튀하고 거칠다.

사내는 그걸 참을 수 없었다. 또, 사내에게는 참지 않고 무엇인가 해낼 재주와 배짱이 있었다. 출신은 장삼이사에 불과했으나 글을 깨쳤고 굵은 몸통과 튼튼한 팔다리에 넘치는 힘은 산을 뽑을 만했다. 그래서 사내는 왕후장상의 눈을 피해 소금을 거래하기 시작했다. 왕후장상이 소금을 독점하여 얻는 불의한 이익을 조금이나마 장삼이사와 나누려 했다.

그러나 세상은 호락호락하지 않았다. 왕후장상이 곧 사내의 일탈을 알아차려서 그들의 하수인이 찾아왔다. 하수인은 사내를 협박했다. 사내는 장삼이사일 뿐이니 벌벌 떨며 제발 살려달라고 애걸복걸하리라 생각했을 것이다. 하지만 하수인의 예상은 빗나갔다. 사내는 협박에 분노하여 하수인을 두들겨 팼다. 산을 뽑아 흔들 만한 팔에 얻어맞았으니 하수인이 멀쩡할 리가 있을까. 그렇게 사내는 하수인을 죽이고 도망쳤다. 사내는 왕후장상의 법을 피해 목숨을 부지하고자 정체를 감추었다. 외롭고 처량한 도망자가 되었지만 그래도 의지할 것이 있었다. 사내의 단출한 짐에 책이 한 권 있었기 때문이다.

어떻게 그 책이 사내에게 왔는지는 명확하지 않다. 우연이라면 우연이고 운명이라면 운명일 것이다. 장삼이사답지 않게 글을 깨친 터라 사내는 시간이 날 때마다 그 책을 읽어 거의 외울 단계에 이르렀다.

책의 내용은 간결했다. 왕후장상 같은 신분이 중요한 것이 아니다. 대의명분에 충실하면 미천한 자도 군자가 될 수 있으며 천자라도 대의명분을 저버리면 소인배일 뿐이다. 책은 그렇게 말했고 사내는 크게 공감했다. 그리하여 사내는 대의명분을 위해 살기로 결심했다. 지금은 죄를 지은 도망자에 불과하지만 대의명분에 모든 것을 헌신하여 꼭 군자가 되겠노라 스스로 맹세했다.

실제로 사내는 그 맹세를 지켰다. 무사로 이름을 알리고 장군이 되고 제후의 자리에 오르는 내내 대의명분에 집착했다. 그런 태도 덕분에 명성을 얻고 모두에게 강렬한 인상을 남겼지만 동시에 '대의명분을 지키는 나야말로 군자'란 자존감은 사내를 파멸로 이끌었다.

그렇지만 사내가 비참하게 죽은 후에도 명성은 사라지지 않았다. 백성의 사랑은 숭배로 변했고 사내는 신의 자리에 올랐다. 시대가 지나도 사내의 지위는 낮아지지 않았다. 오늘도 많은 사람이 사내를 모신 사당에서 향을 피우며 행운과 보호를 간청한다.

그렇다. 사내는 미염공 관우이며 그가 평생토록 소중히 여긴 책은 『춘추』다. (『춘추』는 노나라의 역사를 기록하는 방식을 취했으나 실제로는 공자가 자신이 생각하는 대의명분을 역사를 빌려 설파한 책이다. 소금을 밀매하다가 살인을 저지른 도망자에 불과한 젊은 관우에게 춘추는 정체성과 자존감을 제공하는 원천으로 작용했을 것이며 독특한 성격을 형성하는 것에 크게 기여했을 것이다.)

2

인간은 다른 동물과 마찬가지로 물질적인 존재다. 영혼이니 마음이니 하는 개념을 들먹이며 특별한 존재처럼 굴지만 그런 개념은 실체가 분명하지 않다. 사실 영혼과 마음은 뇌의 화학작용이 만드는 현상에 불과하다. 그래서 약물을 이용하여 망상과 환각을 심을 수도 있고 반대로 망상과 환각을 치료할 수도 있다. 또, 사고나 질병으로 뇌가 손상되면 우리가 영혼과 마음이라 부르는 것도 함께 일그러진다. 뇌의 손상된 부분에 따라 일그러지는 방향이 달라진다. 따지고 보면 인간은 다른 동물보다 정교하고 복잡하며 추상적 사고에 특화된 뇌를 지녔을 뿐이다.

그런데 추상적 사고에 특화된 뇌를 지녔다는 것은 가끔 흥미로운 차이를 만든다. 인간도 기본적으로는 다른 동물처럼 식욕과 성욕, 수면욕 같은 본능에 따라 행동하지만 때로는 그런 본능에 어긋나는 행위를 펼치기도 한다. 또, 추상적 사고는 그런 본능의 범위를 확대한다. 예를 들어, '유전자를 널리 퍼트린다'는 모든 생명체가 지닌 목적인데 오직 인간만 그 범위를 '생물학적 유전자'에서 '신념과 사상'으로 확장한다. 그러니까 몇몇 인간은 생물학적 유전자를 남기기에는 매우 불리해도 신념과 사상을 널리 퍼트리는 것에 유리한 행위를 기꺼이 선택한다. 예수는 십자가형을 피하지 않았고, 토머스 모어는 목이 달아나는 것을 개의치 않았으며, 소크라테스는 흔쾌히 독배를 마셨다.

책은 그런 측면에 가장 효과적인 수단일 것이다. 살인을 저지르고 도망친 소금밀매꾼에 불과했던 관우가 2,000년 가까운 시간이 지난 요즘에도 민간신앙과 문학에서 강력한 영향력을 지닌 존재로 군림하는 것만 봐도 그렇다. 그가 읽은 책이 하필이면 『춘추』여서 기회주의적인 약육강식이 지배하던 사회에서도 홀로 대의명분에 헌신할 수 있었고, 그로 인해 시간이 흘러도 잊히지 않을 강력한 힘을 획득했다. 공자가 『춘추』에 남긴 사상이 관우를 통해 극적으로 구현된 것이다. 그러니까 공자와 관우 모두 『춘추』란 책을 통해 시대와 공간을 뛰어넘어 영향력을 발휘한 셈이다.

그래서 당신이 '무엇을 읽느냐?'는 당신이 '무엇을 먹고 마시느냐?'만큼 중요하다. 기껏해야 한두 권의 책을 읽을 수 있던 '관우의 시대'와 달리 요즘에는 수백 권의 책을 손쉽게 읽을 수 있기에 더욱 그렇다. 편견과 증오로 똘똘 뭉친 궤변을 그럴듯하게 포장한 책을 읽으면 맹목적인 감정이 충만한 폭도가 될 것이다. 유사학문을 옹호하는 책을 읽으면 허무맹랑한 주장을 펼치는 음모론자가 될 것이다. 그러니까 쓰레기 같은 내용으로 가득한 책을 읽으면 당신도 쓰레기처럼 어리석은 인간이 된다. 그렇다고 책 따위 읽지 않고 유튜브 영상만 시청하면 당신은 아예 쓰레기도 되지 못할 것이다. 성급하고 입이 빠른 부류는 책의 종말을 외치지만 책을 읽지 않는 자는 자신의 종말조차 인식하지 못할 것이다. 그러니 모두 '괜찮은 책'을 선택하길 기원한다.

곽경훈_ 저서 『곽곽선생뎐』『날마다, 응급실』출간

시니어 독서에 주목하라

김경집(인문학자, 김경집어른연구소 대표)

　친구들 가운데 자기 사업을 하는 경우를 제외하곤 이젠 거의 모든 동창이 은퇴했다. 여전히 본인은 젊다고 생각하는 '늙은것들'은 다행히 만날 때마다 병원, 약, 병 이야기 따위는 아니지만 대부분 공통적으로 허탈함, 무료함, 무력감 등을 하소연한다. 혹은 눈에 넣어도 아프지 않은, '좋아 죽을' 손녀와 손자 사랑 이야기 향연이다. 어쩌다 이 나이까지 왔는지 당혹스럽다. 까만 교복 시절이 엊그제 같은데.

　이야기를 나누다보면 다들 각자 열심히들 살았다. 바쁘게 일하고 사는 데에 치여 자기 시간을 갖는 건 어려웠고 어쩌다 누리는 휴가도 전쟁처럼 치르고 살았다. 책 읽을 시간도 없었다고 푸념도 했다. 사실 시간을 잘 쪼개고 마음만 조금 기울여도 책을 읽을 여유는 충분히 만들 수 있었지만, 책 읽는 습관이 자라날 교육을 받은 적이 없었고 굳이 책을 읽지 않더라도 허물이 되지 않는 환경이었으니 다들 그렇게 책과 거리를 두고 지냈다. 그게 굳어졌으니 정작 남는 게 시간뿐인 지금도 책과 친하지 않다. 흉도 아니다. 눈이 침침해졌다는 핑계까지 생겼으니. 그러면서도 온종일 유튜브에 빠져 산다. 최신 정보가 다 자신의 손에 들었다고 착각까지 하면서. 정작 그 내용의 진위 여부를 가려낼 판단력이 없으면 가짜뉴스의 홍수에 빠져 시대착오와 극우적 생각으로 똘똘 뭉쳐서 백약이 무효인 지경이 된다.

부모가 그렇게 살았으니 자식들도 책 읽는 모습이 낯설다. 아쉽지도 않다. 모든 콘텐츠가 다양하고 신속하게 쏟아지는 세상 아닌가. 게다가 세상은 그냥 눈으로 보기만 하면 모든 해석까지 해결되는 직관적(instinctive)인 채널이니 머리 아플 일도 없다. 그렇게 영상 위주의 환경에서 기호인 문자는 이해와 판단이라는 복잡한 에너지를 요구하는 번거로운 것에 불과하다. 그게 굳어진다. 부모도 자식도 책을 읽지 않는다. 사는 데에 아무 지장도 없다. 출판계가 죽는소리하는 것도 당연하다. 주변을 둘러봐도 책 많이 읽는다고 더 잘 사는 것은 아니다. 그러니 조금의 자극도 없다. 콩밭에서 콩 나오는 법이다. 늦었지만 지금이라도 부모 노릇 제대로할 때이다.

이제 퇴직했으니 넘쳐나는 건 시간뿐이다. 시간이 남아본 적이 없고 시간을 어찌 써야 하는지 배운 적도 생각해본 적도 없다. 그러니 허탈하고 망연하다. 나는 그런 친구들에게 이제라도 책을 읽으라고 권한다. 살아온 삶을 반추해보고 살아갈 삶의 의미와 방향에 대해 사유하고 숙고할 수 있는, 제대로 된 어른이 되는 법을 지금부터라도 마련해야 한다고 말한다. 그러면 이런 반문도 나온다.

"너는 평생 책을 읽고 살아왔지만 우리는 책과 담쌓고 살았어. 책을 읽고 싶어도 무엇을 읽어야 할지도 모르겠어."

이건 양반이고 설득의 가능성이 있다. 이런 반문도 따른다.

"야, 책 읽는다고 돈이 생기냐? 책값도 만만치 않더라."

책을 읽지 않아도 사는 데 전혀 지장을 느끼지 않고 살아왔으니 그런 반문도 당연할 것이다. 나는 이렇게 대답한다.

"우리는 운좋게 책 읽지 않고도 살아갈 수 있었던, 산업화 세대야. 돈은 벌었고 세상도 발전했지. 그러나 내 삶의 의미와 가치에 대해, 세상과 사회에 대해 깊이 성찰할 여유를 갖지 못했어. 그저 물질적 풍요에 만족했지. 하지만 그게 인생의 전부는 아니라고 봐. 그러니 이제라도 책을 읽고 사유하며 삶의 밀도를 높여보면 좋지 않을까?"

그리고 덧붙인다.

"퇴직했으니 경제적으로야 수입이 줄었을지 모르지만 지출도 줄었잖아. 수입만 생각하면 그걸 못 느껴. 그리고 책값이 비싸다고? 영화 관람료와 큰 차이도 없어. 게다가 책은 저자가 오랫동안 연구하고 수년 동안 글을 쓰고 고치며 만들어낸 결과물이야. 그걸 달랑 커피 서너 잔 값에 네 손에 넣을 수 있는데 그 돈이 아깝니?"

물론 아무리 그리 말해도 끄떡도 하지 않는 녀석들이 더 많다. 그러나 몇몇은 앞으로는 책을 읽어야겠다고 다짐하듯 말한다. 이미 책을 읽기 시작한 친구들은 책이 그렇게 재미있고 시간을 뜻깊게 보낼 수 있으며 자연스럽게 생각의 깊이가 심화되는 걸 체감하고 있다고 뿌듯해한다. 아무리 많은 영상미디어와 뉴스가 있더라도 사유의 힘이 강화되고 가치의 기초가 단단해지게 하는 건 독서만 한 것이 없다며 그걸 늦게 깨달은 게 아쉽다고 한다. 결국 시니어들에게 독서의 경험을 어떻게 마련해야 하는가가 관건인 셈이다.

변변치도 못했던 도서 지원 정책마저도 완전히 뭉개진 상황에 과연 그걸 기대할 수 있느냐에 대해서는 회의적이지만, 그걸 뒤집어 말하면 그렇게 뭉개도 조금도 아쉬워하지 않고 분노도 느끼지 않는 이들이 많다는 뜻이기도 하다. 그걸 바꿔야 한다. 언제까지 예산 지원 운운하며 매달릴 것인가. 책 안 읽으면 궁극적으로 손해라는 걸 깨달을 수 있도록 해야 한다.

벼는 농부의 발걸음소리를 듣고 자라고 자식은 부모의 등을 보고 자란다. 책 읽는 부모의 모습을 보지 못한 자녀들은 똑같은 모습을 반복할 것이다. 그러니 부모를 비롯한 시니어 세대가 책 읽는 모습을 의식적으로라도 보여주도록 해야 한다. 출판계도 이 점에 대해 많이 생각하고 효과적인 대안을 마련해야 한다. 그 기초만 다져도 출판의 미래가 어둡지만은 않다. 얼마나 책을 멀리하면 출판계를 무시하고 묵살해도 된다는 발상을 하는지부터 성찰해야 한다. 그동안 출판계는 관성적인 루트에서 벗어나 대담하게 변신하려 얼마나 노력했을까. 나는 출판계에서 '늙고 낡은 생각'에 찌든 이들이 제발 미련 없이 물러났으면 좋겠다. 과거의 화양연화에 취해서 그 꿈을 다시 누려보고 싶은 것뿐이라면 그건 백일몽에 불과하다. 젊은 세대에게 과감하게 넘기시라. 생각이 먼저 바뀌어야 세상을 바꿀 수 있다.

책은 갈수록 위축되는 것처럼 보일지 모른다. 책의 위상이 예전만 못한 건 자연스러운 흐름이다. 그러나 콘텐츠의 시대에서 책이라는 거대한 호수를 포기하면 가뭄과 기근에 빠지게 된다. 책을 무조건 옹호하는 게 아니다. 책이 갖는 본질적 힘은 변하지 않기 때문이다. 다만 그것을 생산하고 유통하고 소비하는 방식은 혁명적으로 바뀌어야 할 것이고 파생 가치를 극대화하는 힘을 갖추는 것이 승패를 좌우할 것이다. 나 역시 이미 초로의 시니어에 들어선 상태에서 그것을 응원할 뿐이지 주도할 힘은 없다. 그러나 그것은 시대적 당위이다. 그런 시대정신의 성찰에서 비로소 미래 의제를 도출할 수 있다.

나는 시니어들이 책의 세상으로 귀환하도록 돕는 일에 힘쓸 것이다. 쉽지는 않을 것이다. 평생 책을 가까이하지 않았는데 늘그막에 책과 친해지는 건 어색할지 모른다. 그러나 지금의 시니어들은 역사상 처음으로 고등학교까지 보통교육을 받은 첫 세대이고 산업화의 역군이자 수혜자였으며 최초로 연금으로 노후를 살아갈 세대이다. 자식에게 용돈을 받는 게 아니라 경제적으로 빠듯한 자식들에게 용돈을 쥐여주는 세대이다. 평균 기대 수명이 80세를 훌쩍 넘은 지 오래다. 시간과 돈의 여유가 있다. 분명 책을 읽을 수 있는 최적의 환경을 갖췄다. 게다가 여전히 아날로그적 습속도 남아 있다. 이 기회를 놓치면 안 된다. 지금의 시니어 세대는 앞선 부모 세대가 그런 모범을 보여주지 못해서 아쉬웠을 것이다. 그 모범을 지금의 시니어들이 마련해야 자식들도 따라 한다. 시간은 많고, 아직은 여전히 건강하며, 경제적 노동은 하지 않지만 연금으로 기본 생활을 꾸려가는 이 세대가 책을 읽으면서 삶의 밀도와 태도가 달라지는 결과를 보여주면 다음 세대들도 자연스럽게 책을 읽게 될 것이다. 책을 통해 사유의 밀도와 심도가 강화되고 상상력과 통찰력이 풍부해지며 직관과 영감의 순간을 경험하면서 저절로 콘텐츠를 생산할 수 있는 잠재력이 커질 것이다. 그게 미래의 힘이다. 그 힘이 자라게 될 못자리를 짜는 게 지금 어른들의 몫이다.

대한민국 사람들이 가장 좋아하는 '고전' 중 손꼽히는 게 생텍쥐페리의 『어린 왕자』인 이유 중에는 그 책의 힘도 있겠지만, 나는 그보다는 '내가 지금은 이렇게 닳고 세속적이지만 예전에는 맑고 순수했으며 따뜻했어'라는 자기 위로와 변명도 있다고 생각한다. 그렇게 생각하면서 시간의 비가역성 때문에 돌아갈 수 없다고 합리화한다. 그러나 생텍쥐페리가 말한 그 '어린' 왕자는 단순히 나이를 말하는 게 아니다. '내 안의 어린 왕자'에게 물어야 한다. 파블로 네루다의 마지막 시집 『질문의 책』에 나오는 시행들, "나였던 그 아이 지금 어디 있을까/ 아직 내 안에 있을까/ 아니면 사라졌을까"에 '심쿵'했던 이들이 기억해야 하는 고갱이는 '나였던 그 아이'가 아니라 지금 내 안에 있어야 할 '나인 그 아이'이다. 그게 내 이상이고 삶의 목적이었던 걸 기억해보면 남은 날 조금은 더 농밀하게 그리고 가치 있게 살 수 있을 것이다. 책은 그런 힘을 갖는다. 하나의 '기호'에 불과할 문자가 내 안에 들어와 자리잡게 되는 힘은 영상으로는 도저히 들이지 못한다. 이제 남은 삶에서 그것을 되찾아야 한다. 그게 시니어 독서의 매력이고 힘이다.

한 사람이 생산하고 소비하는 문장의 길이가 생각의 길이를 결정한다. 그리고 그에 따라 삶의 밀도가 달라진다. 짧은 입말로 짜인 영상도 좋지만 유장하면서도 치밀한 글로 빚어진, 그것도 하나의 큰 스토리를 담아낸 책의 힘은 사라지거나 사위는 게 아니라 오히려 더 깊어진다. 그게 나잇값에 비례한다. 그러니 출판계도 독자도 시니어 세대에 주목하면 여러모로 좋지 않을까?

김경집_ 저서 『명사의 초대』 출간, 『소인을 위한 논어, 군자의 옷을 벗다』 출간 예정

나의 책, 『하늘과 바람과 별과 詩』

유성호(교수, 문학평론가)

정지용과 윤동주

윤동주는 1917년 12월 30일 북간도에서 태어나 서울에서 연희전문학교를 마치고 일본 동경과 경도에서 짧은 유학 생활을 하였다. 그 과정에서 독립운동 죄목으로 체포되어 차가운 감옥에서 1945년 2월 16일, 27년 1개월 남짓의 짧은 삶을 마감하였다. 그는 한국문학사에 불멸의 삶과 죽음 그리고 그것의 결정(結晶)인 시편들을 남기고 '또다른 고향'으로 서둘러 떠났다. 정지용이 〈가톨릭청년〉을 편집하고 있을 무렵, 어린 윤동주는 가톨릭 연길교구에서 발행한 이 문학잡지의 애독자이자 투고자였다. 정지용은 해방 후 천주교에서 운영하던 경향신문 주간을 지냈고 이화여대 교수로도 있었으나, 나중에 모두 사퇴하고 녹번동 한 초가에 은둔하다가 한국전쟁중에 북으로 떠나갔다.

정지용과 윤동주는 도시샤대학 선후배였지만 생전에 서로 만났다는 문헌적 증거는 없다. 정지용은 윤동주의 연희전문학교 동기이자 경향신문 기자였던 강처중을 통해 윤동주의 유고를 처음 접했고 유고 시집 초판에 감동적인 '서(序)'를 썼다. 이 시집을 출간한 정음사는 1928년 외솔 최현배가 창설하여 일제의 억압 속에서도 한글을 지키는 출판 활동을 벌여온 출판사이다. 정음사에서는 외솔의 『우리말본』을 비롯하여 꾸준하게 한글 관련 책을 출간하였다. 바로 그 출판사에서 일본 후쿠오카 감옥에서 싸늘하게 옥사한 비극적 청년 시인의 유고 시집이 출간된 것이다. 정음사 사장 최영해는 외솔의 아들로, 양정고보와 연희전문을 나왔고 해방후 경향신문 부사장을 역임하였다. 여기서 우리는 정지용과 강처중과 최영해 등이 결속하여 윤동주의 유고를 발표하고 시집을 발행하는 동선을 그릴 수 있다. 그것은 '가톨릭-경향신문-정음사'의 궤적과 그대로 일치한다.

윤동주는 『정지용시집』(시문학사, 1935)을 소장하게 된 날짜를 1936년 3월 19일이라고 시집 내지에 선명하게 적었다. 당시 정지용의 시는 윤동주뿐 아니라 여러 후배, 예컨대 신석정, 이상, 임화, 청록파 등에게도 보편적으로 감염된 어떤 수원(水源)이었다. 마치 1920년대 시인들이 모두 김억의 변역풍을 따라 하자 춘원 이광수가 요즘 시들이 모두 "오뇌의 무도화"하였다고 말한 흐름과 비슷한 것이었다. 물론 윤동주의 정지용 모작은 초기 습작에만 몰려 있다. 윤동주는 정지용을 흠모하고 모방하고 끝내는 넘어선다. 어쩌면 그것은 정지용으로부터의 역주행을 택한 결과일 것인데, 정지용이 후기로 갈수록 주체를 지우는 차원으로 나아갔다면 윤동주는 철저하게 주체를 형성하고 관철해가는 일인칭 고백 시편을 썼기 때문이다. 아닌 게 아니라 그는 졸업 기념 시집에서 정지용 모작 혹은 과도기적 습작을 모두 빼고 열아홉 편만 정선(精選)하였다. 정지용을 벗어나 자신만의 시집을 구성한 것이다. 그가 직접 편집한『하늘과 바람과 별과 詩』였다.

세 가지 판본의 시집

그런데 윤동주 시집『하늘과 바람과 별과 詩』는 한 권이 아니라 모두 세 권이다. 첫번째는 윤동주가 연희전문학교 졸업반 때 자신의 시편 가운데 열아홉 편을 묶은 자필 원고이다. 이 원고는 비록 발간되지는 못했지만, 1941년 11~12월쯤 완성된 윤동주 자선(自選) 시집인 셈이다. 윤동주가 정병욱에게 준 원본이 남아, 현재 일반에게 공개되어 친필 시고 전집의 자양이 됐다.

이어 1947년 2월 13일 경향신문에 정지용의 소개글과 함께 윤동주의「쉽게 씌어진 詩」가 발표되었고, 1948년 1월 유고 31편을 모아 정지용 '서'와 강처중 '발문(跋文)'과 유영의 추도시를 붙여

『하늘과 바람과 별과 詩』 초판을 정음사에서 간행하게 된다. 두번째 것이다. 여기에는 원래 윤동주가 내려 했던 『하늘과 바람과 별과 詩』 열아홉 편 외에 열두 편이 이런저런 맥락으로 추가되었다. 강처중의 노력이 컸다.

이후 1948년 12월 윤동주의 누이 윤혜원이 오빠의 습작 노트를 가지고 고향에서 서울로 이주하였다. 1953년 7월 15일 정병욱이 〈연희춘추〉에 「고 윤동주 형의 추억」을 기고하였고, 1953년 9월에는 윤동주에 대한 최초의 비평 「윤동주의 정신적 소묘」가 고석규에 의해 쓰인다. 마침내 윤동주 10주기인 1955년 2월 16일, 윤혜원이 가지고 온 습작 노트의 시편까지 더해 모두 89편의 시와 4편의 산문이 실린 『하늘과 바람과 별과 詩』가 정음사에서 다시 출간된다. 세번째 것이다. 이때 초판에 실렸던 정지용 '서'와 강처중 '발문'은 그들의 북행 행적으로 지워진다. 편집은 정병욱에게 자문한 윤일주가 했고 표지화는 김환기가 담당하였다. 이때 윤동주가 좋아했던 『정지용시집』의 배열이 적극 참조되었는데, 강처중이 아니라 윤일주와 정병욱이 편집한 결과였다. 정작 『정지용시집』은 시인의 행적 때문에 읽을 수 없었는데, 그 책을 모본(模本) 삼아 윤동주 시집 재판이 새롭게 설계된 것이다.

박용철에 의해 편집된 『정지용시집』은 모두 5부로 구성되었다. 1부 최근작, 2부 초기 시, 3부 동요와 동시, 4부 신앙시, 5부 산문시였다. 『하늘과 바람과 별과 詩』 재판도 1부 자필 시고, 2부 동경 시편, 3부 연대가 기재되지 않은 작품군, 4부 동요, 5부 산문으로 배열함으로써 『정지용시집』의 체재를 고스란히 따랐다. 이러한 세 가지 판본의 텍스트 역사 안으로 제국과 식민, 삶과 죽음, 기억과 망각, 해방과 분단과 전쟁의 흔적이 흘러갔다. 그후로 이 시집은 출판사를 달리하면서 여러 판본으로 대중에게 보급됐다.

이른바 「서시」에 관하여

결국 『하늘과 바람과 별과 詩』는 친필 원고, 초판, 재판이라는 형태를 거치면서 더욱 증보되었고, 원형이 많이 바뀌기도 했다. 아쉬움과 다행이 교차한다. 친필 원고와 초판 사이에는 윤동주의 죽음과 조국 해방이 있었고, 초판과 재판 사이에는 전쟁과 분단이 있었다. 그러한 외인(外因)들이 시집의 내적 구조를 모두 바꾸어버린 셈이다. 누구든 자신이 살아가는 역사에서 한 치도 벗어나지 못한다.

여기서 되돌아보아야 할 사실 하나를 추가해보자. 이른바 「서시序詩」에 관련된 것이다. 윤동주는 졸업 기념 자선 시집을 만들 때 먼저 열여덟 편을 정선하고 마지막에 1941년 11월 20일 날짜로 된 아름다운 시를 한 편 썼다. 그래서 시집은 모두 열아홉 편으로 구상되었다. 그런데 "죽는 날까지 하늘을 우러러"로 시작하는 이 유명한 시편은 처음에는 제목이 없는, 시집의 서문으로 구상된 것이었다. 그것은 자필 시고를 보면 확연히 알 수 있는 사실이다.

윤동주는 다른 열여덟 편과는 전혀 다르게 이 시편을 배치하였다. 다른 작품은 공통적으로 모두 원고지 첫 행을 띄고 2행에 제목을 적되 세 칸을 띄고 쓴 데 비해 이 작품만 첫 행을 띄지 않고 제목도 달지 않았다. 심지어 모든 행의 첫 칸을 비우는 일종의 들여쓰기까지 하였다. 따라서 이 작품은 명백하게 시집『하늘과 바람과 별과 詩』의 '서문'으로 준비된 작품이었던 셈이다. 물론 어느 작품보다 아름다운 시로 쓰인 감동적인 '자서(自序)'였던 것이다.

그후 윤동주가 옥사하고 강처중이 주도하여 펴낸 정음사 간 초판에서는 이 작품을 어떻게 처리했을까? 강처중은 이 작품에 제목이 없다는 사실을 알고 있었지만, 시 안에 '하늘' '바람' '별'이 모두 주요한 이미지로 나오는 것으로 보아 이 시편의 제목을「하늘과 바람과 별과 詩」로 명명하고 그 위에 '(序詩)'라고 괄호를 두름으로써 이 작품이 시집의 서시(序詩, 서문 격의 시)임을 명시하였다.

그러다가 이제 윤동주도 정지용도 강처중도 더이상 시집에 개입할 수 없던 1955년 2월, 정음사 간 재판에서 이 시편은 비로소「序詩」라는 제목으로 윤동주의 연희전문학교 졸업 사진과 함께 수록된다. 자필 시고는 볼 수 없고 초판은 금서가 된 그때, 모든 이가 이 재판 시집을 텍스트로 하여 윤동주의 시를 읽고 교과서에 그의 시를 실었다. 그때부터 윤동주 자필 시고 전집이 나오는 1990년대 후반까지 이 작품은 아무런 의심 없이「서시序詩」라는 제목으로 통용되었다. 하지만 원래는 시집의 제목 없는 서시였을 뿐이다. 이제 와서 '서시'라고 부르는 게 잘못되었다고 말하는 것이 아니다. 이른바 「서시」라고 한번 써봄으로써 그저 이 작품의 역사성을 되돌아보자는 뜻일 뿐이다. 앞으로도 우리는 여전히 작품 「서시」를 사랑하고 암송하고 자랑스러워할 것이다.

결국 우리는 모든 텍스트가 역사적인 산물이며, 그만큼 텍스트의 속살과 맥락과 구성까지 면밀히 들여다봐야 할 이유를 알게 된다. 윤동주만이 누리고 있는 기억 전승의 특권에도 불구하고, 그의 시집 또한 역사적 변형을 많이 치른 텍스트임을 강조하고자 할 따름이다. 그 역사성의 한복판에 『하늘과 바람과 별과 詩』세 권이 험난한 역사를 증언하면서 가파르게 놓여 있다.

유성호_저서 『단정한 기억』 출간

탐서와 열독 그리고 루쉰과 만유

노승현(출판 기획자, 번역가)

탐서(探書)는 자신의 과거와 고별하고, 짙은 안개로 보이지 않는 길을 찾아 나서는 과정이다. 인생의 가장 중요한 능력이자 좋은 친구로서 열독(閱讀)은 책의 향기가 영혼에 스며드는 과정으로 인생의 길을 밝혀주는 등불이지만 독서와 다르다. 독서는 타인이 미리 준비해놓은 기호와 문자를 통해 분별하고 이해하고 분석하는 과정에서 낭독, 감상, 기억, 지식 학습의 행위를 포함한다. 이와 다르게 열독은 피동적이거나 공리적 행위가 아닌 자발적이면서 적극적인 행동이다. 결과를 강조하는 것이 독서라고 한다면 열독은 과정을 강조한다고 볼 수 있다. 그렇다면 만유(漫遊)란 무엇이며 여행과 어떻게 다른가? 여행은 휴가를 보내는 한 시대의 풍조이자 소비를 자랑하는 것이며 풍경에 대한 경험 지식을 자신만 소유하는 행위이다. 그러나 만유는 철학적 기질을 띤 시적 체험이자 비판일뿐더러 밖에 존재하는 풍경과 거리를 두고 빈틈없으면서도 신중하게 사색하고 자기반성 하는 적극적인 행위이다.

탐서는 열독이고 열독은 만유라는 눈으로 루쉰을 한번 만나러 떠나보자.

혼돈의 중화민국 교육부의 공무원이자 베이징대학 등에 출강하던 루쉰은 고향 사오싱과 절연한 뒤 온 가족이 함께 모여 사는 삼세동당(三世同堂)을 베이징에서 실현하고자 했다. 그러나 14년이나 살면서 자신의 꿈조차 이룰 수 없었던 루쉰은 베이징을 떠나 산 설고 물 설은 샤먼으로 남행하기 전인 1926년 3월 10일, 어린 시절을 보냈던 고향을 생각하면서 짧은 산문 「아장과 산해경」을 써서 보름 뒤 잡지 〈망위안〉에 발표했다.

이 네 권의 책은 바로 내가 맨 처음 손에 넣고 가장 애지중지한 보물 같은 책이었다. (『루쉰전집 제2권』, 인민문학출판사, 2005, p. 1632.)

루쉰이 가장 아끼는 보물 같은 책을 처음으로 선물한 아장은 누구인가? 사오싱의 명문가 집안의 도련님이었던 어린 루쉰이 침상에서 함께 새우잠을 잘 정도로 좋아한, 루쉰의 작고 뚱뚱한 유모이다. 루쉰의 집으로 오기 전 일찍이 장발에다 붉은 두건을 쓴

도적떼에게 몹쓸 짓을 당했고, 까막눈이면서 지속한 말을 뱉는 청상과부였다. 그러나 루쉰과 다른 사람들이 구매할 수 없는 상황에서 뜻밖에도 루쉰이 밤낮으로 생각하던 『산해경山海經』(중국어로 '싼하이징'이라고 발음한다)을 사다준 사람이자 호기심 가득한 어린 루쉰에게 책이라는 새로운 세계를 열어준 사람이기도 했다. 루쉰이 산문을 발표했을 때는 이미 유모가 세상을 떠난 지 28년이 지난 시기였다.

> "도련님, 그림이 있는 『삼형경三哼經』(중국어로 '싼형징'이라고 발음한다)을 내가 도련님에게 줄려고 사 왔어요!"(『루쉰전집 제2권』, 인민문학출판사, 2005, p. 1631.)

일 년 중 정월에나 한 번씩 밖에 나가 놀 수 있었고 겨우 두 집뿐인 책방조차 문이 굳게 닫혀 있던 그 시절에 유모는 루쉰이 그렇게 갖고 싶어하던 『산해경』을—『삼형경』으로 기억하고 있었지만—어느 날 고향집에 다녀오면서 구해다 주었다. 루쉰은 어린 시절에 자신이 애지중지하던 쥐 은서(隱鼠)를 발로 밟아 죽인 범인이 바로 유모였음을 알고는 얼굴에 대놓고 아장이라 속되게 부르기도 했다. 그러나 30년의 시간이 지난 뒤, 유모와의 추억을 잊지 않고 한 편의 산문으로 발표할 정도로 유모는 루쉰 인생에서 잊을 수 없는 어린 시절의 좋은 친구였다. 글자도 모르고 책 이름조차 잘못 기억하고 있던 유모가 구해온 『산해경』은 목판인쇄 상태가 매우 거칠어 보잘것없었고, 종이도 아주 누렇게 돼 있고 그림도 매우 졸렬했지만, 루쉰은 그때 유모가 구해 온 책을 처음으로 넘겨 보던 그 당시를 떠올렸다. 장난치기를 좋아했던 어린 루쉰은 노는 일에 정신이 홀딱 빠져 있을 때는 아무렇지도 않았지만 앉아 있을 때는 언제나 『산해경』을 떠올렸다. 정말 갖고 싶었던 책을 글자도 모르는 유모가 구해다 주자 "청천벽력을 맞은 듯 온몸이 떨렸다"라고 당시의 충격을 솔직하게 묘사했다.

　나는 루쉰이 받은 충격과 놀람의 깊이를 알 수 없지만 '청천벽력을 맞은 것처럼 온몸이 떨려오는' 책을 만난 적이 있었는가? 지금까지 반백 년을 넘게 살아오면서 수많은 책을 찾고, 구매하고, 읽어왔다. 지난 시절을 되돌아보면서 내 정신세계를 이끌어주었던 책을 고르라면 루쉰의 책이라고 말할 수 있다. 루쉰의 책을 처음 만난 지도 30년이 훌쩍 흘렀지만, 시대적 풍파를 겪으면서 다시 몇 차례 꺼내 읽게 된 루쉰의 세계가 내 안으로 들어오기 시작한 것은 나이를 먹어가던 중년의 시절이었다.

　루쉰은 새로운 세계를 볼 수 있는 눈과 굳센 길을 열어준 『산해경』이 인생의 중요한 출발점이라고 생각했다. 그 책을 만난 이후부터 스승 장타이옌에 대한 글을 쓰다가 세상을 떠나기 열흘 전까지, 한평생 함께했던 금불환(金不換)이라는 붓을 손에서 놓지 않았다. 55년의 길지 않은 일생에서 루쉰은 정말로 수많은 책을 찾고, 구매하고, 읽고, 사유하면서 수많은 소설, 시, 잡문을 썼다. 마지막 번역서가 된 고골의 『죽은 혼』을 끝내 완역하지 못했지만, 일본 유학 시절부터 세상을 떠나기 전까지 루쉰은 끊임없이 수많은 문예 작품을 번역했다. 『죽은 혼』의 1부는 바진의 마지막 편집을 거쳐 1935년 11월에 출판됐고, 루쉰은 잠시 건강을 회복한 1936년에 다시 『죽은 혼』의 2부를 번역하여 잡지 〈역문〉에 연재하기 시작했다. 그러나 내일을 장담할 수 없는 몸으로, 상하이 따루신춘 9호 2층 방에서 깊은 새벽에 담배를 피우며 원고와 씨름했지만 끝내 미완성인 상태로 남겨두고 세상을 떠났다.

루쉰은 어린 시절 고향집에서 아주 멀리 떨어진 규원당(奎元堂)이라는 책방에서 인생 첫 책인 『모시품물도고』를 구입했다. 난징 광무철로학당을 거쳐 7년의 일본 유학 시절에도 먹고 입는 것을 절약하며 마루젠(丸善) 서점을 통해 새로운 책의 세계로 끊임없이 들어갔다. 1909년 8월, 루쉰은 몰락한 사오싱 저우 씨 집안을 다시 일으켜 세워야 한다는 어머니의 간곡한 부탁을 받고 집안을 책임져야 할 장남으로서 빈털터리 신세로 귀국할 수밖에 없었지만, 이후 발길이 닿았던 베이징, 시안, 샤먼, 광저우, 항저우, 상하이에서도 계속 책을 찾고 구매했다. 독일어로 출간된 외서를 구하지 못할 때는 마루젠 서점에 부탁하여 끝내 구하는 탐서의 열정을 절대로 포기하지 않았다. 특히 루쉰은 베이징의 적막한 사오싱회관의 보수서옥에 머물던 시절부터 베이징에서의 마지막 거처였던 시산타오 후퉁 20호의 녹림서옥을 떠나기 전까지 고서적과 옛 탁본 등 관련 자료를 구하러 류리창을 475번이나 드나들었다. 루쉰 인생의 마지막 거처였던 상하이에도 우치야마(內山) 서점이라는 루쉰의 사랑방이 있었는데, 이곳은 루쉰이 감시 대상이 되어 내일을 장담할 수 없을 때 루쉰 가족이 몸을 숨기던 장소이다. 혁명의 희망과 사랑의 실천을 위해 찾아간 광저우였지만, 루쉰은 장제스의 반혁명과 자신이 아무것도 할 수 없다는 절망 속에서 1927년 9월 27일 쉬광핑과 함께 상하이로 가는 증기선 산둥호에 올랐다. 루쉰은 길지 않은 자신의 55년 인생에서 가장 아름다웠던 여섯 달 시간을 보낸 광저우 바이윈루 26호 2층(오늘날의 바이윈루 7호 혹은 5호)에서 작은 여행 가방을 들고 주장강의 동쪽 부두에서 상하이로 가는 산둥호에 올라 알 수 없는 미래가 펼쳐질 장소로 떠나야만 했다. 루쉰은 인생의 마지막 거처가 될지 전혀 알수 없는 상태에서 같은 해 10월 3일 쉬광핑과 함께 상하이 황푸강 부두에 내렸다. 상하이에 도착한 첫날밤부터 루쉰은 자신의 책을 오랫동안 출간하고 판매한 베이신(北新)서국을 찾았을뿐더러, 겨우 이틀이 지난 10월 5일에는 주로 일본 서적을 수입해 판매하던 우치야마 서점을 처음으로 찾아갔다. 루쉰은 세상을 떠나는 마지막 순간에 평생을 자신과 함께했던 금불환(황금을 위해 글을 쓰지 않겠다는 루쉰의 굳은 신념이 드러난 작은 붓의 이름)을 들어 긴급하면서도 짧은 부탁의 편지를 썼다. 루쉰 인생의 절필서가 된 마지막 편지를 받은 사람이 바로 우치야마 간조였다. 두 사람은 단순히 책방 주인과 도서 구매자의 관계를 훌쩍 뛰어넘은 인생의 동반자이자 막역한 친구였다.

55년이라는 짧은 삶을 살다가 떠났지만, 루쉰은 책을 위해 살

앉고 책을 목숨만큼 소중히 여겼다. 세상을 떠나기 열흘 전까지도 끝내 완성하지 못한 글쓰기를 보면 루쉰의 인생 자체가 바로 책이 었다. 루쉰이 남긴 중문서 2,193종과 외서 1,869종 등 총 4,062종의 1만 4,000권 남짓한 책을 통해서도 장서가로서 책에 대한 루쉰의 열정을 알 수 있다.

루쉰은 1936년 7월 7일 자오자비에게 보낸 편지에서 이렇게 말했다.

> 본래 본업과 관련이 있는 것은 어떤 상황이든 관계없이 입고 먹는 것을 아껴서라도 구매해야 합니다. 녹림의 강도를 시험해보면 어떤 상황이든 돈을 아끼지 않고 마우저 권총을 사는 것을 곧바로 알 수 있습니다. 그러나 문예계의 사람들은 오히려 마치 이런 기풍이 없는 것 같았기 때문에 책을 내는 것이 참으로 어려웠습니다. (『루쉰전집 제14권』, 인민문학출판사, 2005, p. 1217.)

루쉰은 한평생 동안 시안과 항저우를 제외하면 여행을 거의 하지 않았고, 삶의 거처였던 사오싱, 난징, 도쿄, 센다이, 베이징, 샤먼, 광저우, 상하이에서 책을 소장하고 쓰는 '본업'을 절대로 손에서 내려놓지 않았다. 입고 먹는 것도 절약해 책을 구매할 정도였기 때문에 궈모뤄는 루쉰의 몰골과 옷차림이 짐승 같다고 조롱했을뿐더러 "자본주의 이전의 봉건 잔당"이자 "뜻을 이루지 못한 파시스트"라고 비판하기도 했다. 당시에 루쉰은 자신의 이름을 드러내지 않았지만, 오히려 궈모뤄가 부끄러움을 전혀 모르는 "재사이자 건달의 총책"이라고 비판했다. 그 정도로 두 사람의 관계가 좋지 않았기에 호사가들은 루쉰이 1931년 7월 20일 강연에서 한 이야기에 근거하여 루쉰의 이름으로 궈모뤄를 헐뜯는 이런 말을 만들어 세상에 퍼트렸다.

멀리서 보니 개새끼처럼 보였고 가까이서 보니 동양의 개새끼였는데 자세히 보니 본디 궈모뤄 선생이었네.

탐서와 열독, 집필과 장서가 한평생 본업이었던 루쉰을 생각하면 나는 그 발꿈치에도 이르지 못한 채 지금까지 살아왔지만, 지난 세월을 돌이켜보니 나 또한 책 자체가 본업이었다고 부끄럽게 고백할 수 있다. 붓끝은 날카롭고 사유는 깊고도 뜨거웠던 비판 정신과 강렬하면서도 성찰하는 자아의식으로 가득했던 루쉰의 일생은 중국 신문예학 개척자의 삶으로서 지금까지도 어마어마한 영향력이 사라지지 않고 있다. 루쉰은 한평생 직간접적으로 100여 곳의 서점과 교류하고 4,000여 종의 책을 읽었으며 한 해를 마무리하는 날에 구매한 책의 목록을 꼼꼼히 기록했다. 그 양이 9,000여 권이나 될 정도였다. 그런 삶을 생각해보면 나는 그의 발꿈치를 따라가는 일이 지금도 벅차지만, 까치발을 들고서라도 루쉰의 '본업' 세계로 가는 일은 멈출 수 없다.

동서남북을 책으로 뒤덮은 작은 골방을 서천당(書天堂)으로 여기며 지금도 여전히 탐서와 열독의 시간을 보내고 있다. 루쉰의 세계를 만나고자 홀로 두 번이나 루쉰의 뒤를 따라가는 오랜 시간 만유를 감행하기도 했다. 그러나 책을 본업으로 삼고 세차게 실천한 루쉰의 일생을 생각하면 부끄럽기 그지없다. 루쉰의 인생길을 따라나선 오랜 만유에서 도시 영혼의 거처이자 휴식이 되었던 여러 책방을 찾았고, 만유 뒤에 돌아오는 가방 속에는 언제나 책이 가득했다. 피할 수 없는 인생길이라 생각하면서 지금도 세번째로 루쉰의 인생길을 따라가볼 궁리를 하고 있다.

과거를 읽고 미래를 밝히는 책방이 도시 곳곳에 없다면 인생의 여행자는 정말 어디에서 쉴 수 있을까? 그곳에서 세상을 향해 드러내는 작은 불빛조차 없다면 도시의 영혼은 어떻게 어두운 밤을 건너갈 수 있을까? 루쉰이라는 등불은 꺼지지 않고 계속 타올라야 한다.

뜨거운 피로 쓴 루쉰의 5서─『외침』『방황』『들풀』『아침 꽃 저녁에 줍다』『옛이야기 다시 쓰다』─와 그의 수많은 잡문은 인생의 동반자처럼 언제나 내가 가야 할 길을 이끌어주고 있다. 청년 시절에 읽었던 루쉰의 글을 중년이 되어 몇 번이고 다시 읽을 때마다 느끼는 그의 피 울음과 같은 외침을 결코 내려놓거나 도외시할 수 없다. 인생의 진미는 바로 그 피 울음을 끝없이 찾아 나서고 정면에서 바라보는 일로부터 시작된다.

노승현_ 인문서 출간 예정

나의 서(書) 읽기

윤성훈(서예사 연구자)

2003년 겨울을 잊지 못한다. 그때 나는 매일같이 『맹자』를 마주하고 있었다. 한문을 배우기 위해 들어간 태동고전연구소(지곡서당)는 1학년 과정의 마무리로 『맹자』의 배송(背誦, 책을 보지 않고 소리 내어 외어 읽음)을 요구했다. 책을 다 외기 위해선 꼼짝없이 방에 틀어박혀 하루에도 몇 번이고 반복하여 읽어낼 수밖에 없었다. 사실 시험을 통과하기에 급급했던 당시는 한 문장 한 문장 따라가기 바빠 정작 맹자가 한 말의 속뜻을 새겨볼 여유 따윈 없었다. 하지만 그 덕에 『맹자』가 내 생각의 힘줄과 근육 속 깊은 곳에 자리잡게 되었음은 틀림없다. 번역이건 글쓰기건 연구건 이후에 조금이라도 긴 호흡이 필요한 작업을 위해 발휘했던 내 지적 지구력의 한 자락엔 오래전 전국시대를 살다 간 저 위대한 사상가의 말들이 깃들어 있다고 믿고 있다. 한자 문화권의 대표적 고전 중 하나인『맹자』의 문장이 번역을 위한 한문 독해력의 구체적 바탕이 되었음은 말할 나위도 없겠다. 이래저래 서른 살에 만났던『맹자』는 이후 내 인생에서 잊을 수 없는 책이 되었다.

맹자의 매력은 무엇보다 그 거침없는 보편성의 추구에 있다. 그는 인(仁, 사람다움)이나 의(義, 올바름)와 같이 사람이라면 누구나 추구해야 할 가치가 있으며, 그 보편적 가치는 인간의 본성에 깊이 뿌리박혀 있다고 믿었다. 그의 이런 생각은 무척이나 견고했다. 그가 살았던 시대는 폭력과 살육이 만연했던, 인류사에서 손꼽을 만한 난세였다. 그러나 그는 이에 아랑곳하지 않고 자신의 이상을 설파하고 다녔다. 설득을 위해 때론 듣는 사람이 기가 질릴 정도의 장광설도 마다하지 않았다. 지위가 높은 상대라도 여지없었다. 당대의 강대국 제나라 선왕(宣王) 앞에서, '옛 폭군 걸(桀)이나 주(紂)는 인의를 해친 사람이다. 그러니 그들을 내쫓은 것은 왕에게 반역한 것이 아니라 인의를 해친 한갓 필부를 벌한 것일 뿐이다'라는, 왕의 입장에서는 심히 불편할 이야기를 아무렇지도 않게 내뱉기도 했다. 그의 이러한 거침없음은 어디에서 온 것일까? 맹자의 당당함의 높이는 그 신념의 깊이에서 왔다. 보편에 대한 그 깊은 도타움은, 자신의 뒤에 역사라는 두터운 배경이 있노라는 믿음이 있기에 가능한 것이었다.

현대인의 시각에서 본다면 맹자의 감각은 살짝 이상해 보일 수도 있겠다. 자신이 믿는 가치의 근거를, 이론적 정합성이나 자연

법칙적 보편성보다는 주로 역사에 두고 있기 때문이다. 자신에 앞서 먼저 인의를 믿고 실천했던 공자, 그리고 그보다 앞선 고대의 성인들이야말로 맹자에겐 인간이 지닌 보편적 가치의 무엇보다 확실한 증좌였다. 맹자여, 무엇이 그토록 확실한가? 보시게, 우리 앞에 그들의 언행에 대한 기록, 책이 있지 아니한가?

「만장萬章」은 『맹자』를 외는 데 큰 고비가 된다. 책의 중반을 넘어서 지쳐갈 무렵에 만나는 「만장」 상편의 기나긴 언설들은, 맹자란 웅변가의 진수를 보여주면서도 읽는 이를 적잖이 지치게 만들기도 한다. 그렇기에 숨 헐떡이며 가파른 고개를 넘고 난 후, 쉬엄쉬엄 내리막길을 가다가 「만장」 하편의 끝 무렵에서 만나게 되는 아래의 짧은 구절은 상쾌한 청량함마저 느끼게 한다.

> 한 지역을 대표할 만한 훌륭한 인물이라야 다른 지역의 가장 훌륭한 인물과 사귈 수 있고, 한 나라에서 가장 훌륭한 사람 정도 되어야 다른 나라의 가장 훌륭한 사람을 벗할 수 있으며, 이 세상에서 가장 뛰어난 사람들 중 하나가 되어야 세상의 다른 뛰어난 사람과 교유할 수 있는 법이다. 세상에서 가장 뛰어난 사람과 사귀어도 성에 차지 않으면, 나아가 시대를 거슬러올라 옛사람을 따져보게 된다. 그가 지은 시를 외고 그 글을 읽고서도 그 사람을 파악하지 못할 수 있겠는가? 그리하여 마침내 그 사람이 놓인 시대적 배경까지 논구한다. 이것이 곧 시대를 초월하여 친구를 사귄다는 것이다.

(孟子謂萬章曰 一鄉之善士 斯友一鄉之善士 一國之
善士 斯友一國之善士 天下之善士 斯友天下之善士 以友天下之善士爲未足 又尙論古之
人 頌其詩 讀其書 不知其人 可乎 是以論其世也 是尙友也)

원문의 '선사(善士)'는 인품과 실력이 모두 뛰어난 인사를 가리
킨다. '일향(一鄉)'과 '일국(一國)'의 선사는 그 고을과 나라를 통
틀어 가장 뛰어난 사람이다. 맹자는 자신을 등용해줄 군주를 찾아
천하를 주유했다. 실제 그는 여러 나라의 뛰어난 인재들을 많이
만나보았을 것이다. 그러나 이 발언의 의도가 그저 훌륭한 사람과
교유하는 것에 있지 않음은 다음 문장에서 곧바로 드러난다. 그의
눈은 한 지역, 한 나라를 넘어 이 세상 전체로 향하고 있다. 전국시
대를 살았던 맹자에게 '천하(天下)', 즉 이 세상이란 중국과 그 주
변 정도의 영역을 벗어나지 못했다. 이는 그의 시대적 한계다. 그
공간 너머의 보편을 추구하려면, 동시대란 시간의 지평을 넘어설
수밖에 없었다. 이에 맹자는 과거로 눈을 돌린다. 여기서 '상(尙)'
은 같은 음의 '상(上)'을 뜻한다. 즉 시간을 거슬러오른다는 말이
다. 현세의 최고의 선인(善人)으로 만족할 수 없다면, 이 세상이
존재한 이래 가장 훌륭했던 사람까지 돌아보아야 한다. 그 사람을
어떻게 알 수 있는가? 그 사람이 지은 시를 읽고 그의 언행이 기록
된 책을 읽으면 된다. 이것이 곧 상우(尙友), 즉 시대를 거슬러올
라 사람을 사귀는 것이다.

정말이지 대단한 보편의 추구다. 맹자는 현실과 적당히 타협하

길 거부했다. 그의 도저한 이상 추구는 특유의 민본주의와 역성혁명 사상을 낳았으며, 이는 유학에 신선한 활기를 부여했다. 『맹자』라는 책을 읽던 내게도 이 구절은 활력을 선사했다. 그렇다, 과거로부터 내려온 책을 읽는다는 행위의 의의가 바로 여기에 있지 않은가. 책을 읽는다는 것은 시간을 거슬러, 책을 지은 혹은 책에 등장하는 사람과 사귄다는 것이다. 또한 독서란 행위를 통해 내 작은 현실을 뛰어넘어 보편적 가치를 추구함을 의미하는 것이리라. 이런 깨달음이야말로 『맹자』를 깊이 읽는다는 지난한 작업으로 지친 나를 새롭게 일깨우는 지신(知新)의 북돋움이었다.

사실 이 구절에서 말하는 '서(書)'는 지금 우리가 흔히 접하고 있는 책과 좀 다르다. 현대를 사는 우리들은 책을 쉽게 사서 읽을 수 있다. 그러나 과거에 책은 무척 귀한 물건이었다. 그것은 어렵게 전하여온 것이며, 소중히 받들어 읽어야 할 무엇이었다. 책(冊)이란 그 형상에서 유추할 수 있듯이 대쪽 혹은 나무쪽을 길게 엮은 죽간 혹은 목간을 가리킨다. 책은 종이가 탄생하기 이전에 동양 서적의 주요 매체였다. 이에 비해 '서'는 원래 의미를 가리키는 '율(聿)'과 소릿값인 '자(者)'의 결합으로 이루어진 형성자 '書'였다. ('서'라는 음의 한자에는 종종 '者'가 포함된다. 예를 들어, '더울 서[暑]'나 '실마리 서[緒]'가 그렇다.) 즉 이 글자는 원래 '쓰다', '기록하다'라는 동사적 용법으로 쓰였다. 여기에서 파생하여 '서'는 크게 다음 세 가지 명사적 용법을 갖게 되었다.

첫째, 책이다. 책이라곤 해도, 앞서도 이야기했듯이 맹자의 시대엔 보통 책은 아니었다. 『논어』나 『맹자』에서 '서'는 과거의 역사 기록, 그중에서도 주로 『서경書經』(『상서尙書』라고도 함)을 가리켰다. 물론 당시에 공자나 맹자가 보았던 '서'가 지금의 『서경』과 같은 형태는 아니었다. 우리가 보는 유가 경전 『서경』의 성립은 한(漢) 제국과 위진남북조시대 그리고 당대(唐代)라는 기나긴 시간을 필요로 했다. 하지만 당시 사람들이 과거에 실존했다고 믿었던 문화 영웅 즉 옛 성인들의 언행을 기록했던 역사 기록물은 맹자 때에도 분명 전해지고 있었고, 이는 당대 교양의 중요한 부분을 이루고 있었다. 따라서 맹자가 말한 '독기서(讀其書)', 즉 '그 글(서)을 읽는다'는 것은 그 자체로 훌륭함을 추구하는 행위가 될 수 있기도 했다.

둘째는 편지이다. 과거 문인들의 문집은 주로 문체별로 편집되었는데, 이때 '서'는 편지를 가리켰다. '쓴 것'은 시간을 타고 내려오면 역사 기록이 되지만, 당대에 유통되면 소통의 매개체인 편지가 된다. 한대(漢代)에 서서히 나타나기 시작한 개인 간 편지는 위진남북조시대를 거치며 한문의 주요 갈래가 되었고, 문인 사대부가 사회의 주류를 형성한 송대(宋代)에 폭발적으로 증가하며 일상적 소통 수단으로 자리잡았다. 송대를 문화의 모범으로 삼은 사대부의 나라였던 조선이 편지의 나라가 되었던 것은 우연이 아니었다.

셋째, 글씨를 가리킨다. 어원을 고려하면 '서(書)'가 붓으로 쓴 글씨를 지칭함은 당연하다 하겠다. 글자의 의미 중심축인 '율(聿)'이 곧 손으로 붓을 잡고 있는 모습을 상형한 것이기 때문이다.

금문 聿(상대[商代] 후기)

이 한자는 우리나라와 일본에서는 전통적 형태인 '書'를 고수하고 있는 데 반해, 중국에서는 간화자 '书'를 표준형으로 쓴다. 여기서 잠시, '書'에서 '書'로 그리고 다시 '书'로 변천한 역사를 되돌아보자.

금문(金文) 등에 최초로 나타난 '書'라는 고대 형태는 한자 역사 초기 단계의 자료에서 흔히 목격할 수 있다. 전국시대 말의 죽간인 수호지(睡虎地) 진간(秦簡)에서도 이런 형태를 확인할 수 있다.

書 (수호지 진간)

진시황이 통일한 진 제국은 금세 멸망했고, 뒤이은 한나라는 오래도록 지속되었다. 한 제국의 안정된 통치 아래 행정 문서의 수요가 폭증했으며, 이 시기 한자는 예서(隸書)로, 초서(草書)로 대대적인 변화를 보이게 되었다.

서역 지방인 거연(居延, 쥐옌)에서 출토된 목간에서 한대 '書'의 모습을 볼 수 있다.

書(거연한간居延漢簡 한 선제 원강[元康] 4년[기원전 62년])

전한의 제10대 황제인 선제(宣帝) 시기에 쓰인 목간에서는 현재 우리가 쓰고 있는 표준체와 거의 흡사한 형태의 예서체 '書'를 쓰고 있다.

書(거연한간)

  시기를 특정할 수는 없지만 역시 한나라의 것인 다른 거연한간
에서는 이 예서체를 다시 간략화한 초서체가 보인다. 이 초서체는
크게 아래위 두 부분으로 구성된다. 윗부분은 '聿'을 간략화한 것
이며, 아랫부분은 '曰'을 가로획과 점으로 줄였다. 그리고 위아래
의 자연스러운 연계를 위해 '聿'의 필순을 바꾸었다. 즉 원래 '聿'
은 긴 세로획을 가장 나중에 쓰는 데 비해, 여기에서는 짧은 세로
획을 먼저 긋고 시계 방향의 곡선을 그린 다음 자연스럽게 아래의
가로획으로 연결한 후 점을 찍어 마무리했다.
  이 초서의 형태는 글씨 쓰기의 주요 매체가 죽간(목간)에서 종
이로 넘어간 이후에도 계속하여 살아남았다. 위진남북조시대 초
엽인 서진(西晉) 시기의 문자 자료인 누란(樓蘭) 출토 종이 문서
에도 이 초서 '書'의 형태가 보인다.

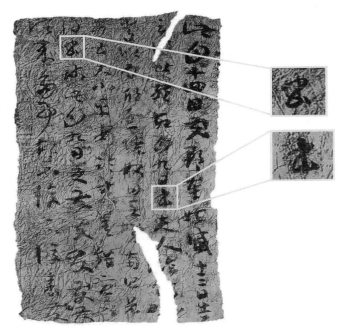

제2행 제9자, 제5행 제2자의 '書'에 주목 (누란 한문 간지[簡紙] 문서)

이후 초서는 동진(東晉)의 걸출한 서예가 왕희지에 의해 예술
적 완성에 다다랐다. 왕희지의 편지를 모은 자료인 『십칠첩十七帖』
에 보이는 '書'는 우아하기 그지없다.

書 (왕희지, 『십칠첩』)

이 글씨는 거연한간이나 누란 문서의 그것과 기본 뼈대는 같다. 그러나 필획의 성격 그리고 조형 의식에서 온 차이는 그 서사의 최종 형태에도 차이를 불러왔다. 왕희지는 아래 가로획의 마지막 점을 아래 글자와 연결하는 필선으로 과감히 통합해버렸다(물론 다른 초서체에는 점으로 마무리하는 경우도 많다). 이렇게 확립된 초서체 '書'가 현대 중국의 간화자 '书'의 원형이 되었다. 다만 여기에서는 원래 아래에 있던 점이 오른쪽 어깨 위로 올라가 붙었을 뿐이다. 사실 간화자의 조형 원칙이라는 관점에서 보면 이 점은 불필요하다. 그러나 이 잉여의 점으로 인해 현대적 간화자의 저변에 한자 손글씨의 장구한 역사가 놓여 있음을 자연스레 인지할 수 있게 되었다.

지곡서당에서 『맹자』를 외던 시기는 금세 지나갔다. 지금 돌이켜보면, 힘들지만 행복한 시간이었다. 서당을 수료한 후 나는 조선 시대의 편지, 즉 간찰 자료를 정리하고 번역하는 일에 몰두했다. 한문으로 쓰인 옛 편지는 대체로 흘림체인 행초서로 쓰였다.

이 글씨들을 익히고 또 편지를 독해하며 한문 실력을 배양하는 일은 결코 만만치 않았기에, 그러는 동안 다시 하세월을 보내고 말았다. 공부는 끝이 없으며 한문의 세계는 넓고도 넓다. 그렇더라도 일정한 훈련을 거친 나는 이제 어느 정도 노련한 한문 번역자이자 연구자가 되었다고 할 수 있겠다. 하지만 아직도 내 귓전엔 「만장」의 저 구절을 외던 젊은 시절에 마음으로 사귀었던 맹자의 목소리가 쟁쟁하다. 보편의 가치를 위해 거침없이 내달리던 맹자의 호연지기는 이천몇백 년 후 내 가슴속에도 충만하다. 이 오래된 젊음의 목소리는 간찰에 쓰인 글씨들을 단순히 판독하고 번역하는 것을 넘어, 그 역사적 연원과 조형 원리의 세계로 나를 이끌었다. 서의 예술, 즉 서예는 한자 문화권에서 유구한 역사를 갖고 있고 그 지평 또한 대단히 광대하다. 사서(四書)나 십삼경(十三經)처럼 여기에도 따로 눈부신 고전들이 있다. 왕희지뿐 아니라 당나라 때 쓰인 손과정의 「서보書譜」나 회소의 「자서첩自敍帖」, 그리고 송대 소동파나 황정견, 미불 등 서가들의 글씨는 얼마나 아름다웠던가. 서예의 아름다움에 본격적으로 주목하고 보니, 조선 시대의 글씨들도 달리 보였다. 이 또한 탐구할 거리가 무궁무진한 세계이다. 막막하여 두려운 한편, 또 어떤 새로운 경지와 만나게 될까 가슴이 뛴다.

서(書). 책과 편지와 글씨. 나는 오늘도 시간을 거슬러올라가 옛사람과 벗을 맺으며, 그들이 이야기했고 오늘날에도 살아 숨쉬는 그 어떤 가치를 내 나름의 목소리로 다시 이야기하려 애쓰고 있

다. 다소 고되긴 하나 즐겁기 그지없는 상우이다. 그 중심엔 '서'가
있다.

윤성훈_ 저서 『한자, 문명의 무늬』 출간 예정

책의 무게

박찬휘(자동차 디자이너)

책은 무겁다.

짐을 싸는 일은 쉽지 않다. 더군다나 멀리 날아가는 여행을 꿈꾼다면 간소화된 짐을 꾸리는 건 필수다. 신발 한 켤레 덜 가져가는 건 쉽게 타협이 되는데 다 가져가고 싶은 책은 늘 골칫거리다. 책의 악명 높은 무게 때문이다. 물론 욕심껏 넣은 책들을 휴가 동안 다 읽고 오지 못할 걸 알면서도 이번만큼은 다를 것이다, 하며 허튼 결심을 반복한다. 나이가 들수록 지적 허기 때문인지, 휴가지에서 느긋하게 독서하는 내 모습을 자꾸만 떠올리다보니 가방 속으로 책들을 꾸역꾸역 밀어넣는다. 덜어낸 신발 한 켤레만큼 책을 대신 넣으니 결국 더 무거운 짐이 된다.

새로운 주소로 이사 갈 때도 언제나 책장의 오랜 책들은 제거

목록 1순위다. 이삿짐을 줄이겠다는 첫번째 의지는 언제나 책장으로 조준된다. 그래서 이사할 즈음이면 책장의 책을 바닥에 늘어놓고선 토너먼트를 한다. 이 책은 신인 작가가 썼는데 훗날 스타 작가가 될지 모를 일이니 못 버리겠고, 이 낡은 교양서적은 대학 시절의 청춘이 묻어 있어 함부로 버릴 수 없다. 그렇다면 충분히 기억하고도 남을 만큼 여러 번 읽은 것을 버리려고 미련 없이 손에 쥐는 찰나 손끝에 쥐어지는 낯익은 두께와 무게에 멈칫한다. 의리를 생각하라며 책이 보내는 가련한 눈빛에 마음은 이내 녹아버린다. 야심 찬 토너먼트는 매번 이렇게 흐지부지된다.

물리적 두께와 무게 때문에 늘 품고 살아가는 데에는 언제나 고민이 따르지만, 함께해온 책의 정서적 가치를 간과하지 못하기에 차마 떼어놓지 못한다. 켜켜이 쌓아온 번잡했던 지난날들의 두께와 함께 각박한 세상살이 속에서도 책 속의 문장들이 내게 툭툭 던져온 무게들을 떠올려보면 사실 이깟 종이책의 무게는 별것 아니다. 여태 책장에 놓여 있는 두꺼운 책을 무겁더라도 여행 가방에 더 쑤셔넣을 수밖에 없다.

책은 우주다.

이미지 잉여의 시대를 지나고 있다. 인간은 시각의 압도적인 지배를 받기에, 이미지를 받아들이는 순간 상상의 날개를 멈칫하게 된다. 이미지는 하나의 일방통행로다. 이미지는 결정이자 강요이다. 선명한 내비게이션의 기호는 눈앞에 화살표 모양으로 그려지고 우리는 맹목적으로 우회전하고 좌회전한다. 머릿속으로 지도를 보며 동서남북을 나누고 거리에 대한 익숙한 감과 함께 목적지를 예측하는 일은 더이상 없다. 상상이 마침표를 찍기도 전에 친절한 이미지들은 이미 눈앞에 펼쳐져 있고, 화살표만 좇다보면 이미 목적지에 도착해 있다. 우리는 날쌘 이미지들 때문에 스스로 상상하는 법을 잃어버린 지 오래다. 아니, 상상이라는 인간만의 고유한 생각 캔버스를 상실해버렸다. 이미지의 범람은 인간을 나약한 추종자로 한정 짓는다.

책은 문자를 담고 그 속의 문자는 공동체의 약속이다. 문자를 읽으며 공통된 정보를 취하지만 다른 상상으로 문자 속의 이미지를 다르게 이어붙이는 건 각자의 몫이다. 이별 통보를 받고 '그이가 이별을 원하는 게 아닐 거야'라고 여전히 희망하는 것도 이별 통보를 문자의 형태로 받을 때 가능한 일이다. 이처럼 문자가 조합될 때 우리는 무언가를 풍부히 상상하고 어리석게 착각한다. 인공지능은 이미지를 보고 무수한 이미지 간의 연결 고리를 찾는다. 이렇게 다양한 조합을 통해 탄생한 새로운 이미지는 생성형 이미지에 불과하다. 아이에게서 엄마의 모습과 아빠의 모습이 보이듯이 이미지와 이미지를 통해 조합하는 방식은 어디서 본 듯한 모습을 지닐 수밖에 없다. 자칫 베낀 것과 같은 파렴치한 상상이 될 수도 있고, 흔하게 볼 수 있는 구태에 지나지 않은 뻔한 상상이 될 수도 있다. 그래서 다시 '책'이다. 문자를 보고 이미지의 실마리를 구현해야 하는 일은 독서로 할 수 있는 일이다. 혹시나 활자를 보며 이미지가 그려지지 않거나 형상이 연결되지 않는다면, 그 이유는 그 책이 지루하게 쓰였거나 독서가 즐겁지 않거나 둘 중 하나다.

우리가 활자에 집중하면, 지면 위의 활자가 눈에 들고 이것이 각자의 중요한 기억과 경험의 필터를 지나치며 이미지로 그려지기 시작한다. 이미지는 다시 장면으로 연출되어 움직이기도 하고 공간에 놓인 입체가 되기도 한다. 그렇게 개인의 사유를 지나 형성된 입체는 저마다 다른 모습을 가지고 있다. 책의 영원성은 우주와 같은 무한 조합의 가능성에서 비롯한다. 종이에 깨알처럼 박힌 글씨가 종이 위에 갑자기 서더니 결합과 해체를 반복한다. 문자는 각자의 조합을 통해 '아' 다르고 '어' 다른 오해와 상상을 이뤄내는 최소 단위다. 책은 무한한 조합을 근거로 사람들의 해석을 확장시켜온 유일한 매체였다. 책을 통해 폭발된 해석은 역사의 발명품이 되기도 하고 특별한 저녁의 레시피가 되기도 한다.

책은 생물이다.

책은 숨을 쉬는 사물이다. 오랜 시간이 지나면 시간의 때가 묻는다. 책의 황변은 시간의 무게를 말한다. 헌책방의 익숙한 냄새처럼 책은 습기를 머금으면 거북하지 않을 만큼의 곰팡내가 난다. 그래서 가끔은 누군가의 선택을 받아 책장이 넘겨지면서 바람과 빛을 누려야 한다. 그렇게 사람의 호흡과 시선을 함께 받을 때 책장은 뽀송뽀송한 책으로 그 싱싱함을 유지할 것이다. 오랫동안 돌봄이 없다면 그대로 시들고 말아버릴 화초처럼, 넘겨지지 않은 책의 육신이 온전할 리 만무하다. 숨을 쉬고 관심의 물이 필요한 화초처럼 책은 생물이다.

책은 생물이기에 우리의 마음을 오르락내리락한다. 책이라는 생물이 가진 표피 덕분이다. 까끌한 종이를 넘기는 일은 손끝의 촉각이 하는 일이다. 손끝이 닿을 즈음이면 책장은 넘겨질 것이고, 우리는 '다음' 페이지를 기약한다. 책장을 넘기는 일, 과거가 새로운 현재에 덮이는 것을 스스로 선택하는 일도 책에서만 가능한 경험이다. 게다가 손끝에 닿은 종이의 결은 우리가 다음으로 넘어가거나 이전으로 돌아가는 일에도 관대하다. 이처럼 책은 서사 속의 과거, 현재 그리고 미래에 대한 책임의 주체를 우리에게 완벽히 인계한다. 비록 가상과 현실의 경계가 무너졌기에 시간 속의 자아가 모호한 시대에 살고 있지만, 책의 촉각은 우리가 시간의 주체라는 사실을 일깨운다. 밤이면 잎을 내리고 아침이면 빛을 향해 잎을 펼치며 시간을 호소하는 생명의 나무처럼 책은 생명이기에 우리에게 시간을 인식하게 하고 페이지의 주체를 인계한다. 주체를 인계받은 이들은 화초처럼 뿜어내는 열린 페이지로부터 산소 같은 지적 행복을 누리고 적정한 습도와 같은 앎의 쾌적함을 누리게 된다. 책은 이처럼 생명을 스스로 영위하려는 생물이다.

앞서 책은 무겁다고 하지 않았는가? 보통 무겁고 낡은 사물을 버릴 때는 주저하지 않는다. 적어도 나는 무겁고 낡은 것을 매정하게도 오랫동안 그리 대해왔다. 그런데도 책은 쉽지 않다. 무게든 내용이든 상관없이, 이것이 내 앞에서 언제나 쌕쌕거리며 숨을

쉬어대는데 어찌 이것을 버릴 수 있겠는가? 초롱초롱한 눈빛으로
나만 바라보는 이것이 생명체가 아니면 무엇이겠는가?

박찬휘_ 저서 『종이 위의 직관주의자』 『딴생각』 출간

판타스틱 북월드

초판 1쇄 인쇄 2024년 9월 13일
초판 1쇄 발행 2024년 9월 25일

지은이 강건모 외 38인

편집 이고호 정소리 이원주 | 디자인 윤종윤 이주영 | 마케팅 김선진 김다정
브랜딩 함유지 함근아 박민재 김희숙 이송이 박다솔 조다현 정승민 배진성
저작권 박지영 형소진 최은진 오서영
제작 강신은 김동욱 이순호 | 제작처 천광인쇄사

펴낸곳 (주)교유당 | 펴낸이 신정민
출판등록 2019년 5월 24일 제406-2019-000052호

주소 10881 경기도 파주시 회동길 210
문의전화 031.955.8891(마케팅) | 031.955.2680(편집) | 031.955.8855(팩스)
전자우편 gyoyudang@munhak.com

인스타그램 @gyoyu_books | 트위터 @gyoyu_books | 페이스북 @gyoyubooks

ISBN 979-11-93710-53-1 04810
      979-11-93710-51-7 (세트)

* 교유서가는 ㈜교유당의 인문 브랜드입니다.
  이 책의 판권은 지은이와 ㈜교유당에 있습니다.
  이 책 내용의 전부 또는 일부를 재사용하려면 반드시 양측의 서면 동의를 받아야 합니다.